昭明文選

三

黃侃黃焯批校

〔梁〕蕭統 編 〔唐〕李善 注

黃侃 黃焯 校訂

長江出版傳媒

崇文書局

不字蓋衍
舊音
以韵言之蓋馬名也
丘光庭說疇等也
案當用疇庸義
疇昔也非善注

顏延年沈約宋書曰顏延之字延年琅邪人也
好讀書無所不覽文章之美冠絕當時
吴國內史劉柳以爲行軍
叅軍後爲祕書監太常卒
驥不稱力馬以龍名論語曰驥不稱其力稱其德
周禮曰凡馬八尺已上爲龍豈不
以國尚威容軍駥音伏
馬名趫迅而已傳玄乘輿馬賦曰用
之軍國則文武之功
顯又曰文榮其德武耀其威庾中丞昭君辭曰聯雪隱
天山崩風盪河澳朔障裂寒笳冰原嘶代駥顏庾同時
未詳所見毛詩曰四牡有蹻毛萇
曰蹻壯貌趫與蹻同並綺嬌切實有騰光吐圖疇德
瑞聖之符焉尚書中候曰帝堯即政七十載脩壇河洛
仲月辛日禮備至于日稷榮光出河龍馬
銜甲赤文綠色臨壇吐甲圖宋均曰稷側也黃伯仁
龍馬賦曰或有奇貌絕足蓋爲聖德而生疇昔也是
以語崇其靈世榮其至我高祖之造宋也沈約宋書曰
高祖武皇帝
諱裕字德輿彭城縣
人後封宋王受晉禪五方率職四隩入貢禮記曰中國
蠻夷戎狄五

文選卷第十四

梁昭明太子撰

文林郎守太子右内率府録事參軍事崇賢館直學士臣李善注

鳥獸

赭白馬賦 劉芳毛詩義證曰形白雜毛曰駮形赤也即赭白也

○有誤 尤云維宋二十有二載五臣作十有四載

尤云軌可接五臣可作既

外傳曰昔者田子方出見老馬於道問其御者此何馬也曰公家畜也疲而不用故出之子方喟然歎曰少盡其力老棄其身仁者不爲也束帛而贖之長楊賦曰自上仁所不化乃詔陪侍奉述中旨末臣庸蔽敢同獻賦其辭曰崔瑗胡公碑曰唯我末臣頑蔽無聞惟宋二十有二載盛烈光乎重葉宋文帝十七年也沈約宋書曰文帝諱義隆武帝第二子也烈業也自武至文故曰重葉毛萇詩傳曰葉世也武義粤其肅陳文教迄已優洽羽獵賦曰武義動於南鄰尚書曰偃武脩文孔安國曰脩文教也泰階之平可升興王之軌可接泰階已見上國語曰興王賞諫臣訪國美於舊史考方載於往牒兩都賦序曰國家之遺美西京賦曰學乎舊史氏方載四方之事漢書杜下方書音義曰四方之文書說文札牒也昔帝軒陟位飛黃服皁春秋命歷序曰帝軒受圖雒授歷尚書曰汝陟帝位淮南子曰黃帝治天下於是飛黃服皁高誘曰飛黃如狐背上有角乘之壽三千歲

廄

此注有误文

方之人魏都賦曰樂率職貢尚書曰四隩既宅孔安國曰四方之宅可居四隩四方之隱處也漢書曰古者諸侯以時入貢祕寶盈於玉府文駟列乎華廏周禮曰玉府掌王之金玉玩好尚書曰王府則有周書曰犬戎文馬赤鬛白身左氏傳曰宋人以馬百駟贖華元漢舊儀有承華廏乃有乘輿赭白特稟逸異之姿妙簡帝心用錫聖皁潘安仁夏侯湛誄曰妙簡邦良論語曰簡在帝心崔駰武賦曰假皇天兮簡帝心用錫見下文司馬彪莊子注曰皁櫪也服御順志馳驟合度韓子曰造父御駟馬馳驟周旋而恣於馬者轡策制之齒歷雖衰而藝美不忒穀梁傳曰馬齒加長矣爾雅曰歷數也毛詩曰其儀不忒襲養兼年恩隱周渥賈逵國語注曰襲受也周書曰小人無兼年之食國語注曰隱私也毛萇詩傳曰渥厚也歲老氣殫斃于內棧說文曰殫盡也棧櫪也呂氏春秋曰取之內皁而著之外皁莊子伯樂曰我善治馬編之以皁棧司馬彪曰棧若欞牀施之濕地也少盡其力有惻上仁韓詩

此者絶塵弭轍臣之子皆下才也可告以良馬不可告天下之馬也李尤馬鞍銘曰驅騖馳逐騰踊覆踐簡偉塞門獻狀絳闕塞紫塞也已見蕪城賦有關故曰門塞或爲寒非也傅玄北都賦曰巘巍絳闕旦刷幽燕晝秣荊越說文曰刷刮也魏都賦曰刷馬江州毛詩曰言秣其馬杜預曰以粟飯馬曰秣幽燕荊越四地名也教敬不易之典訓人必書之舉孝經曰聖人因嚴以教敬國語號文公曰王其監農不易左氏傳曰訓人事君又曹劌諫曰君舉必書惟帝惟祖爰游爰豫孟子曰一游一豫爲諸侯度飛輶軒以戒道環轂騎而清路輶輕也吳都賦曰輶軒蓼擾轂騎煒煌杜篤迎鍾文曰必令河伯戒道道先也清路已見射雉賦勒五營使按部聲入鑾以節步漢書王尋勑諸營皆按部薛綜東京賦注曰馬步齊則鑾聲和應劭漢官儀曰大駕鹵簿五營校尉在前名曰填衛毛詩曰四牡彭彭八鸞鏘鏘具服金組兼飾丹丹臒倚狐切金組二甲也蔡雍女琰詩曰卓衆來東下金甲耀日光左氏傳

嬋本賦作僤

毛詩箋曰在旁曰騑韓子曰黃帝合鬼神於泰山駕象車張揖曰德流則山出象車山之精瑞也上林賦曰象輿婉嬋於西清鉤陳已見上文齒筭延長聲價隆振鄭玄儀禮注曰筭數也風俗通曰張伯升養聲價信聖祖之蓄錫留皇情而驟進祖高祖也皇文帝也蕃錫已見魏都賦徒觀其附筋樹骨垂梢植髮相馬經曰良馬可以筋骨相也梢尾之垂者髮額上毛也尾欲梢而長梢所交切張敞集曰蒼蠅託驥之髮也傅玄乘輿馬賦曰頭似削成尾如植髮雙瞳夾鏡兩權協月相馬經曰目成人者行千里注云成人者視童子中人頭足皆見言目中清明如鏡或云兩目中央旋毛為鏡權頰權也相馬經曰頰欲圓如懸璧因謂之雙璧其盈滿如月異相之表也黃伯仁龍馬頌曰雙璧似月異體峯生殊相逸發峯生若山而生峯也超攄絕夫塵轍驅騖迅於滅沒劉歆遂初賦曰馬龍騰以超攄列子秦穆公謂伯樂曰子之年長矣子之姓有可使求馬者乎伯樂對曰良馬可以形容筋骨相也天下之馬者若滅若沒若亡若失若

暨明命之初基罄九區而率順爾雅曰暨及也明命謂高祖也九區九服也尚書伊尹曰先王顧諟天之明命劉騊駼郡太守箴曰大漢遵周化洽九區有肆險以禀朔或踰遠而納賮肆險人慕化也長楊賦曰故平不肆險魏都賦曰思禀正朔孟子曰有遠行者必以賮蒼頡篇曰賮財貨也說文曰賮會禮也聞王會之阜昌知函含夏之充牣阜盛也周書王會曰成周之會鄭玄曰王城既成大會諸侯及四夷也漢書郊祀歌曰敷華就實既阜既昌揚雄河東賦曰函夏之大服叓曰函諸夏也漢書音義蘇林曰充牣喻多也如淳曰牣滿也揔六服以收賢掩七戎而得駿收賢取賢善之馬也周禮曰王畿外侯服甸服男服采服衛服蠻服斯爲六服爾雅曰九夷八狄七戎六蠻謂之四海郭璞曰七戎在西蓋乘風之淑類實先景之洪胄崔駰七依曰服飛兎之中乘騁華騠之騄輪蹠虛騰雲乘風度津漢書揚雄河東賦曰六先景之乘劉邵魏明帝誄曰先皇嘉其誕受洪胄故能代驂象輿歷配鉤陳鄭玄

尤云精曜協從五臣上多是用二字

也

后唐膺籙赤文候日 后唐謂堯也膺籙已見東京賦赤文候日即至于日稷也已見上注

漢道亨而天驥呈才 杜預左氏傳注曰亨通也天馬歌曰天馬來從西極漢書曰武帝元鼎四年馬生渥注水中李斐曰南陽新野有暴利長武帝時遭刑屯田燉煌界數於水旁見羣野馬中有奇異者與凡馬異來飲此水利長先作土人持勒絆於水旁後馬翫習久之代土人持勒絆收得其馬獻之欲神異此馬云從水中出作天馬歌

魏德楙而澤馬效質 說文曰楙盛也魏志曰文帝黃初中於上黨得澤馬魏都賦曰澤馬亍阜

伊逸倫之妙足自前代而間出 公孫弘贊曰異人間出

並榮光於瑞典登郊歌乎司律 瑞典吐圖也作天馬歌歌之以郊祀合于司律也

所以崇衛威神扶護警蹕 魯靈光殿賦曰又似帝室之威神漢儀曰皇帝輦動則左右侍帷幄者稱警出則傳蹕止行人清道也

精曜協從靈物咸秩 協合也論語撰考讖曰下學上達知我者其天乎通精曜也尚書曰龜筮協從又曰咸秩無文秩序也

抄与前同卷六

抄無此行

抄無此二行

注　抄世

文選卷第十二

梁昭明太子撰

文林郎守太子右内率府録事參軍事崇賢館直學士臣李善注上

江海

木玄虚海賦一首

郭景純江賦一首

海賦

木玄虚今書七志曰木華字玄虚華集曰爲楊駿府主簿傅亮文章志曰廣川木玄虚爲海賦文甚儁麗足繼前良

昔在帝嬀古爲字巨唐之代帝嬀謂舜也尚書序曰昔在帝堯尚書曰釐降二女于嬀汭孔

抄漖　抄彫

抄但存足蓋踏字之半

抄迤

「沃 注同譌字 細改 抄沃

尤云相沷五臣沷作湥 瀹

抄崿

抄泄

安國曰舜所居嬀水之汭也左氏傳季文子使太史克
對宣公曰舜臣堯舉八愷使主后土杜預曰爲堯臣也
天綱浡蒲没潏以出爲凋爲瘵側界反言水之廣大爲天綱紀浡潏沸涌貌桓子新論曰
夏禹之時鴻水浡潏說文曰潏水涌出也又說文曰凋
半傷也爾雅曰瘵病也尚書曰湯湯洪水方割孔安國
曰割害也洪濤瀾汗萬里無際瀾汗長貌西京賦曰起洪濤而揚波長波涾徒荅沲杜我
迆羊氏涎延八裔涾沲相重之貌迆涎邐迆相連也八裔猶八方也於是乎禹也乃
鏟臨崖之阜陸決陂潢而相沷孟子曰當堯之時洪水橫流氾濫天下堯獨憂
之舉舜舜使禹疏九河瀹濟漯蒼頡篇曰鏟削平也淮
南子曰禹有洪水之患陂塘之事高誘曰陂畜也塘堤
也說文曰潢積水池也沷灌也啓龍門之岝嶺墾陵巒而嶄七咸
鑿尚書璇璣鈐曰禹開龍門導積石鄭玄注曰龍門山名也岝嶺高貌岝助格切嶺五格切廣雅曰墾治也
墾與墾音義同廣雅曰鑱謂之鏨仕咸切鏨與嶄古字通羣山既略百川潛渫息列切孔

抄領　尤云騰波五臣作騰傾

抄適瀝

瀹

安國尚書傳曰治山通水故以山名尚書曰嵎夷既略孔安國曰用功少曰略周書曰禹潗七十川大利天下

尚書大傳曰百川趨於海爾雅曰潛深也說文曰潗除去也泱思朗漭莫廣瀇徒敢汻騰波

赴勢泱漭廣大也瀇汻澄深也汻音紆江河既導萬穴俱流尚書曰岷山導江又

曰導河積石淮南子曰澧有萬穴踦居蟻拔五嶽竭涸九州踦拔竭涸言水既除踦拔

而出竭涸而乾也踦引也廣雅曰拔出也五嶽泰華霍恒嵩賈逵國語注曰涸竭也尚書序曰禹別九州瀝

滴滲淫七林薈烏外蔚雲霧消流決烏黨瀼乃朗莫不來注說文

曰瀝滴水下滴瀝也滲滲淫小水津液也滲音侵薈蔚雲霧雲潤也毛詩曰薈兮蔚兮南山朝隮消流小流也決

瀼瀼淤也漢書杜欽曰屯氏河羨溢有填淤反瀼之害說文曰注灌也於廓靈海長爲委

輸聲毛萇詩傳曰於歎辭也爾雅曰廓大也孟子曰舜使禹疏九河瀹濟漯而注諸海礼記曰三王之祭川也

或源或委鄭玄曰委流所聚淮南子曰河水九折注海而流不絕者崐崘之輸也其爲廣也其

抄無　抄悠
抄无下同
抄冲　尤云沆瀁五臣沆作滉
抄吸
抄潞　別本作蒿
抄洒
抄㩻　尤云㩻轡五臣作鑣
轡
滔　濤
抄枎
抄飄

爲怪也。宜其爲大也。爾其爲狀也，則乃浟由湙亦瀲力冉灩以冉浮天無岸。浟湙流行之貌瀲灩相連之貌玄中記曰天下之多者水焉浮天載地說文曰浮氾也沖冲瀜融沆胡廣瀁余兩渺眇瀰弥湠炭漫沖瀜沆瀁深廣之貌渺㳽湠漫曠遠之貌波如連山，乍合乍散。莊子曰白波若山噓許噏急百川，洗滌淮漢。噓噏猶吐納也百川已見上文淮漢之流小而且纖故洗滌之襄陵廣舄，漻交⿰氵蒿⿰月蒿浩汗。尚書曰懷山襄陵又曰海濱廣斥史記曰斥爲舄古今字也漻⿰氵蒿廣深之貌若乃大明㩻彼苗轡於金樞之穴。言月將夕也大明月也周易曰懸象著明莫大乎日月㩻猶攬也月有御故言轡金西方也河圖帝覽嬉曰月者金之精月有窟故言穴伏韜望淸賦曰金樞理轡素月告望義出於此翔陽逸駭於扶桑之津。言日初出也翔陽日也淮南子曰日陽之主也日中有烏故言翔逸駭言出疾也廣雅曰駭起也山海經曰湯谷上有扶木者扶桑也十日所浴彯匹遥

抄嗚　氣

抄渭　抄趺　尤云渭潰淪五臣作汾渭

抄消沖鴻

沙礐（苦角）石，蕩颾（以出）島濱。（言此二時風尤疾也。易通卦驗曰：巽風不至，則大風發屋揚沙。說文曰：礐，石聲也。春秋命歷序曰：大風飄石。颾，風疾貌。說文曰：島，海中往往有山可居曰島。）於是鼓怒，溢浪揚浮，（言風既疾而波鼓怒也。上林賦曰：沸乎暴怒。）更相觸搏，飛沫起濤。（蒼頡篇曰：濤，大波也。）狀如天輪，膠戾而激轉，（呂氏春秋曰：天地如車輪，終則復始。高誘曰：輪，轉也。上林賦曰：宛潬膠盭。）又似地軸，挺拔而爭迴。（河圖括地象曰：地下有四柱，廣十萬里，有三千六百軸。廣雅曰：挺，出也。）岑嶺飛騰而反覆，五嶽鼓舞而相磓。（丁迴反。岑嶺五嶽，言波濤之形遞相觸激，故或反覆，故或相磓也。爾雅曰：山小而高曰岑。五嶽已見上文。磓猶激也。）渭（謂）潰淪而滀（丑六）漯（他荅），鬱沏（切）迭而隆頹，（渭亂貌。潰淪，相糾貌。滀漯，攢聚貌。鬱，盛貌。沏迭，疾貌。隆頹，不平貌。）盤盓（于乙）激而成窟，消（七笑）沖（土含）滐（桀）而為魁。（盤盓，旋遶也。消沖，峻波也。毛萇詩傳曰：傑，特立也。滐與傑同。賈逵國語注

抄洦

别本作洦舊注音陌

溘音涔

抄踊　抄瀌

抄消

抄蒲

抄碨　抄隴

呷呼甲切

抄派　抄瀹　抄溢

尤云渤蕩五臣蕩作湧

曰川阜曰魁潤失冉泊帛栢匹白而迆以爾颺余諒磊洛罪匒荅匌苦合而相

豗。呼迴友潤疾貌泊栢小波也迆颺邪起也磊大貌匒匌重疊也相豗相擊也驚浪雷奔。駭

水迸集。七發曰波湧而濤起横奔以雷字書曰迸數也開合解會瀼瀼傷濕

濕瀼瀼濕濕開合之貌葩華踧子六沑女六頊項濘奴冷潗側立㵫女及反葩華分

散也。踧沑就聚也頊濘沸貌潗㵫沸聲。若乃霾莫排曀一計潛銷。莫振莫竦

爾雅曰風而雨土爲霾陰而風爲曀霾音埋說文曰潛藏也廣雅曰振動也竦亦動也輕塵不飛。

纖蘿不動。爾雅曰唐蒙女蘿猶尚呀。呼加呷。餘波。獨湧。言風雖靜而餘波猶

壯呀呷波相吞吐之貌澎四宏濞。灪。於勿磤烏埋碨烏罪磊山壟。澎濞水聲。洞簫賦曰

澎濞𢡃慨鬱磤高峻貌碨磊不平貌。爾其枝岐潭審瀹。以藥渤蕩成汜。音似管子

管仲對桓公曰水別於他水入於大水及海者命曰枝

穆天子傳曰飲于枝涛之中郭璞曰水岐成涛涛小渚

抄徧　尤云徧荒五臣作遍荒
抄評云五本駿爲迅　抄檝
抄浮
尤云飛駿五臣作飛迅
同抄飇
倏

也音止潭淪動搖之貌毛詩曰江有汜毛萇曰決復入爲汜也乖蠻隔夷迴互萬里若乃偏荒速告王命急宣列子曰殊方偏國張湛曰偏邊也毛詩曰肅肅王命飛駿鼓楫汎海淩山爾雅曰駿速也郭璞曰駿猶迅速亦疾也方言曰楫謂之橈東方朔對詔曰淩山越海窮天乃止於是候勁風揭桀百尺廣雅曰揭舉也百尺帆檣也維長綃所交挂帆席綃今之帆綱也以長木爲之所以挂帆也劉熙釋名曰隨風張幔曰帆或以席爲之故曰帆席也望濤遠決冏九永然鳥逝蒼頡篇曰問光也鷸聿如驚鳧之失侶倏如六龍之所掣充制反鷸疾貌蘇武荅李陵書曰雖乘雲附景不足以比速晨鳧失羣不足以喻疾春秋命歷序曰皇伯登出扶桑日之陽駕六龍以上下說文曰掣引而縱也一越三千不終朝而濟所屆左氏傳曰子文訓兵於睽終朝而畢爾雅曰濟度也孔安國尚書傳曰屆至也若其負穢臨深虛誓愆祈負穢言身有罪若負

注 彷佛罔象 抄暫是 抄魍魎

荷然尚書曰負罪引慝杜預左氏傳注曰愆失也鄭玄周禮注曰祈禱也則有海童邀路
馬銜當蹊吳歌曰仙人齎持何等前謁海童爾雅曰邀遮也陸綏海賦圖云馬銜其狀馬首一
角而龍形杜預左氏傳注曰蹊徑也天吳乍見而髣髴蝄像暫曉而
閃式染屍山海經曰朝陽之谷神爲天吳爲水伯說文曰髣髴見不諟也楚辭曰時彷彿以遥見國語仲
尼曰丘聞之水之怪龍罔象木之怪夔魍魎韋昭曰罔象食人閃屍暫見之貌羣妖遘迕眇䁯
余沼冶夷爾雅曰遘遇也小雅曰迕犯也眇䁯視貌冶夷妖媚之貌決帆摧橦直江戕風
起惡夫聲橦百尺也杜預左氏傳注曰戕卒暴之名也起惡惡起爲暴惡也廓如靈變惚
怳幽暮廓猶開也言廓然暫開如神之變惚怳之頃而又幽暮也鄭玄禮記注曰幽闇者不明也氣
似天霄靉愛靆費雲布言海神吐氣類於天霄靉靆昏闇貌韓子曰雲布風動
𩆳叔昱絕電百色妖露𩆳昱疾貌妖露爲妖而呈露也呵歘許勿掩

抄鬱　尤云掩鬱五臣作鬱忽

尤云沸潰五臣作沸渭　五臣泋音諱　此條瀖濩舊音非　五臣瀖音

校胸評云作胷本胸　抄嶅

鬱𩃆矆居縛睒失冉無度。呵欸掩鬱不明貌說文曰矆大視也又曰睒暫視也。飛澇勞相

磢楚爽激勢相沏。楚櫛反言戕風迅疾而波浪相衝也澇大波也郭璞方言注曰漺錯也漺與磢

同沏摩也楚乙切崩雲屑雨，浤浤火宏汩汩。屑雨飛灑之貌言波浪飛灑似雲之崩如雨之屑也

李文辟雝賦曰與雲動雷飛屑風雨浤浤汩汩波浪之聲也浤音宏䟣勑甚踔丑角湛以甚濼藥

沸潰渝溢。䟣踔湛濼波前却之貌。潰亂流也渝亦溢也。瀖霍泋卉濩鑊渭蕩

雲沃日。瀖泋濩渭衆波之聲。於是舟人漁子，徂南極東。言風起而浪驚故漂

浮而無定毛萇詩傳曰極至也或屑沒於黿鼉之穴，或挂罥於岑嶅敖

之峯。言被漂溺死非一所也屑猶碎也禮記曰屑桂與薑聲類曰罥係也爾雅曰山多小石曰嶅或掣

充制掣洩余制洩於裸人之國，或汎汎悠悠於黑齒之邦。掣掣

洩洩任風之貌汎汎悠悠隨流之貌淮南子曰自西南至東南有裸人國黑齒民許慎曰其民不衣也其人黑

文十二　五

抄盪

抄無 尤云萍流而浮轉五臣作蓬轉 抄蓬 抄而

尤云北灑五臣作北洗 抄洒

天墟音區

尤云經途五臣作經綸

抄墟

抄下有其

菌也或乃萍流而浮轉或因歸風以自反謝承後漢書鄭玄戒子書曰黄巾爲害萍浮南北徒識觀怪之多駭乃不悟所歷之近遠蒼頡篇曰駭驚也說文曰悟覺也爾其爲大量也則南澰歛朱崖北灑天墟音虛廣雅曰澰漬也東都主人曰南燿朱垠垠亦崖也爾雅曰北陸虛也東演析木西薄青徐說文曰演長流也言流至析木之境爾雅曰析木謂之天津海在青徐之東故云西薄小雅曰薄迫也尚書曰海岱惟青州又曰海岱及淮惟徐州經途瀴烏冷溟莫冷萬萬有餘鄭玄周禮注曰經謂里數也瀴溟猶絶遠杳冥也吐雲霓含龍魚淮南子曰四海之雲湊隱鯤鱗潛靈居鯤鱗或爲昆山昆山方壺之屬也靈居衆仙所處也豈徒積太顛之寶貝與隨侯之明珠琴操曰紂徙文王於羑里擇日欲殺之於是太顛散宜生南宮适之屬得水中大貝以獻紂立出西伯墨子曰和氏之璧隋侯之珠將世之所收者常聞所未

名者若無言世之所收者常聞其名其或未名者若夲無也昰希世之所聞惡烏
審其名言希世乃一聞之故不能審其名魯靈光殿賦曰邈希世而特出故可仿像
其色靉於氣虛愷雲氣其形仿像靉靆不審之貌爾其水府之內極深之
庭劉劭趙都賦曰其東則有天浪水府百川是理則有崇島巨鼇峌庭結峴五結孤
亭擘洪波指太清崇島五嶽也巨鼇大鼇也列仙傳曰巨鼇龜負蓬萊山而抃滄海之中列子
曰渤海之東名曰歸墟其中有五山帝命禺强使巨鼇
十五舉首載五山峙而不動說文曰海中往往有山可
依止曰島峌峴高貌山居海中故云擘峻極際天故云
指鄭衆周禮注曰擘破裂也東方朔十洲記曰冥海洪
波百丈鶡冠子曰上及泰清下及太寧竭磐石栖百靈鄭玄禮記注曰竭猶載也聲類曰磐大石
也百靈衆仙颺凱風而南逝廣莫至而北征言巨鼇多力遡風而行也
吕氏春秋曰南方曰凱風北方曰廣莫風其垠銀則有天琛水怪鮫人之室

抄焗

○字作焰

抄魚上有其則下有有

抄杌　原文鱏作鯨

天琛自然之寳也尚書曰天球在東序水怪奇石生乎水濵也尚書曰鈆松怪石曹子建七啓曰戲鮫人劉淵林吴都賦注曰鮫人水底居瑕石詭暉鱗甲異質說文曰瑕玉之小赤色者也詭暉別色說文曰詭變也異質殊形也廣雅曰質軀也若乃雲錦散文於沙汭之際綾羅被光於螺蚌之節言沙汭之際文若雲錦螺蚌之節光若綾羅也毛萇詩傳曰汭崖也汭與汭通曹植齊瑟行曰蚌蛤被濵崖光采如錦紅繁采揚華。萬色隱鮮。說文曰隱蔽也陽氷不冶。陰火潛然。言其陽則有不冶之氷其陰則有潛然之火也晏子春秋曰陰氷凝陽氷厚五寸說文曰冶銷也熺許眉炭重燔煩吹烱古永九泉熺炭炭之有光也廣雅曰熺熾也重燔猶重然也吹猶然也漢書趙氏無吹火焉說文曰烱光也言火之光下照九泉地有九重故曰九泉朱燉熖緑煙腰一眇眇蟬蜎一緣反腰眇蟬蜎煙豔飛騰之貌。燉與爛同。魚則橫海之鯨突扤孤遊弔屈原曰橫江湖之鱣鱏郭璞山海經注曰橫

蜎下抄有珊瑚琥珀羣產相連磚礫為磁淵積如山十六字

抄廼　失　抄躑
抄擂　鰭　刺當作刺
抄羽　抄割

塞也突扤高貌戛巖嶅偃高濤戛猶槩也茹鱗甲吞龍舟廣雅曰茹食也莊子

曰呑舟之魚碭而失水高誘淮南子注曰龍舟大舟噏虛及波則洪漣踧蹜吹澇去聲則

百川倒流劉劭趙都賦曰巨鼇冠山陵魚呑舟吸潦吐波氣成雲霧踧蹜蹙聚貌踧子六切蹜所六切

或乃蹭七鄧蹬鄧窮波陸死鹽田蹭蹬失勢之貌鹽田海邊也張揖上林賦注曰

海水之崖多出鹽也巨鱗插雲鬐耆鬣刺天郭璞上林賦注曰鰭魚背上鬣也南都賦

曰森蕁蕁而刺天顱盧骨成嶽流膏爲淵廣雅曰顱謂之顯顛魏武四時食制

曰東海有魚如山長五六里謂之鯢時死岸上膏流九頃春秋元命包曰積骨成山流血成淵若乃巖

坻直夷之隈沙石之嶔音欽郭璞上林賦注曰坻岸也說文曰隈水曲也嶔沙石嶔岑也

毛翼產鷇苦候剖卵成禽爾雅曰生哺鷇郭璞曰鳥子須母食也剖猶破也鳧

雛離褷所宜鶴子淋滲所今反西京雜記曰太液池其間鳧雛鶴子布滿充積離褷淋滲毛

尤云翔霧五臣作翔鶩 抄評此行上有舞字當是霚務字之異本 抄泄

尤云擾翰爲林五臣林作霖 抄迺

抄覿 抄覿嶠 橋 抄冢 冢

尤云羣仙縹眇五臣作神仙 瞟 抄飡 抄青

注引魯靈光殿賦字當如此 抄眞 抄摻

羽始生之貌羣飛侶浴戲廣浮深翔霚連軒洩余世洩溼溼軒舉也洩洩溼溼飛翔之貌翻動成雷擾翰爲林翻動貌漢書趙王曰聚蚊成雷孔安國尚書傳曰擾亂也王弼周易注曰翰高飛貌更相叶嘯詭色殊音詭異也若乃三光旣清天地融虫朗淮南子曰夫道紘宇宙而章三光杜預左氏傳注曰融朗也不汎陽侯乘蹻喬去絕往淮南子曰武王渡于孟津陽侯之波逆流而擊曹植苦寒行曰乘蹻追術士遠在蓬萊山抱朴子曰乘蹻可以周流天下蹻道有三法一曰龍蹻二曰氣蹻三曰鹿盧蹻覿安期於蓬萊見喬橋山之帝像列仙傳曰安期先生謂始皇曰後千歲求我蓬萊山下史記曰武帝祭黃帝冢橋山上曰吾聞黃帝不死今有冢何也或對曰黃帝已仙上天羣臣葬其衣冠也羣仙縹匹妙眇餐玉清涯音宜縹眇遠視之貌魯靈光殿賦曰忽縹眇以響像列仙傳曰赤松子服水玉履阜鄉之留舄被羽翮之襂所今纚所宜反列仙傳曰安期先生琅

尤云翔天沼五臣作大沼

杪苞

此奇怪指神怪故不与下何有何無側

邪阜鄉人自言千歲秦始皇與語賜金數千萬於阜鄉亭皆置去留書以赤玉舄一量爲報言仙人以羽翮爲衣漢書曰天道將軍衣羽衣襂纚羽垂之貌翔天沼戲窮溟莊子曰窮髮之北有溟海者天池也甄古然有形於無欲永悠悠以長生言衆仙雖表有形而無情欲故能久視長生也鄭玄尚書緯注曰甄表也淮南子曰有形之類莫尊於水莊子曰同乎無欲老子曰常無欲以觀其妙又曰長生久視之道且其爲器也包乾之奧括坤之區周易曰乾爲天坤爲地孔安國尚書傳曰奧内也又曰區域也惟神是宅亦祇是廬神祇衆靈之通稱非惟天地而已禮記曰有天下者祭百神也何奇不有何怪不儲説文曰儲積也芒芒積流含形内虚班彪覽海賦曰余有事於淮浦覽滄海於茫茫孫卿子曰不積小流無以成河海含形内虚言水能含衆形内虚似乎謙也孫卿子曰水清則見物之形周易曰君子以虚受人曠哉坎德卑以自居周易曰坎爲水家語金人銘曰江海雖左長百川以其卑也周易曰

[批：充。句有誤。此論未詳首由洪水未平疏瀹法海敘起最得勢末則文義已竭揔理其辭也]

謙謙君子卑以自牧管子曰夫人皆赴高水獨赴下卑也而水以爲都居也**弘往納來以宗以都**自海而往弘之而令大自外而來納之而不逆尚書曰江漢朝宗于海山海經曰和山實惟河之九都郭璞曰九水所潛故曰九都**品物類生何有何無**言諸品物以類相生何所不有何者而無言其多也韓詩外傳曰夫水羣物以生品物以正李尤翰林論曰木氏海賦壯則壯矣然首尾負揭狀若文章亦將由未成而然也

江賦

釋名曰江者公也出物不私故曰公也風俗通曰江者貢也爲其出物可貢晉中興書曰璞以中興王宅江外乃著江賦述川瀆之美

郭景純 臧榮緒晉書曰郭璞字景純河東人璞性放散不脩威儀爲佐著作後轉王敦記室參軍敦謀逆爲敦所害又云有人見其睡形變鼉云是鼉精也

咨五才之並用寔水德之靈長[批：材。注]左氏傳宋子罕曰天生五材人並用之廢一不可杜預曰金木水火土也淮南子曰夫水者大不可極深不可測無公無私水之德也惟岷山之導江初發源乎濫觴惟發語之辭也岷山導江東別爲沱南都賦曰發源巖穴家語孔子謂子路曰夫江始於岷山其源可以濫觴及其至於江津不舫舟不避風則不可以涉王肅曰觴所以盛酒者言其微也聿經始於洛沫昧攏萬川乎巴梁薛君韓詩章句曰聿辭也漢書廣漢郡雒縣有漳山雒水所出入湔雒與洛通湔音煎說文曰沫水出蜀西塞外東南入江沫武蓋切攏猶括東也巴郡名也梁州名也衝巫峽以迅激躋江津而起漲盛弘之荊州記曰信陵縣西二十里有巫峽方言曰躋登也酈元水經注曰馬頭崖北對大岸謂之江津漲水大之貌極泓烏宏量而海運狀滔天以淼茫鄭玄禮記注曰極窮也莊子曰大鵬海運則將徙南溟司馬彪曰運轉也尚書曰浩浩滔天揔括漢泗兼包淮湘并吞沅澧禮汲引沮七余漳南都賦曰總括趨欲郭璞山海經注曰泗水出魯國卞縣至臨淮下相縣入淮孟子

抄綱即綱之误

抄秀評作委

與

曰禹決汝漢排淮泗而注之江景福殿賦曰兼苞博落郭璞山海經注曰湘水出酃陵營道縣陽朔山過秦論曰并吞八荒之心山海經曰沅水出象郡而東注江合洞庭中應劭漢書地理志曰武陵郡充縣歷山澧水所出入沅水經云入江說文曰汲引水也山海經曰景山雎水出焉南注于沔江又曰荆山漳水出焉而東南流注于雎沮與雎同源二分於崌居崍來流九派乎潯陽山海經曰岷山東北百四十里崍山江水出焉又東百五十里崌山江水出焉而東流注于大江郭璞曰崍山中江所出也崌山北江所出也水別流爲派尚書曰荆州九江孔殷應劭漢書注曰江自廬江潯陽分爲九也漢書廬江郡有潯陽縣鼓洪濤於赤岸淪餘波乎柴桑洪濤已見海賦七發曰凌赤岸或曰赤岸在廣陵興縣廣雅曰淪沒也餘波濤之餘波也言濤之餘波至柴桑而盡也尚書曰餘波入于流沙漢書豫章郡有柴桑縣綱絡羣流商搉苦角消古玄澮古外反廣雅曰商度也許慎淮南子注曰揚搉粗略也消澮小流也爾雅曰注溝曰澮也表神委於江都混流宗

抄險

而東會。委及宗並見上文漢書曰廣陵國有江都縣東會于海尚書曰東會于泗沂注五湖以漫漭灌三江而漰普萌沛普會反墨子曰禹治天下南爲江漢淮汝東流之注五湖之處以利荊楚干越之民史記太史公曰余登姑蘇望五湖張勃吴録曰五湖者太湖之别名也周行五百餘里尚書曰三江既入震澤底定孔安國曰自彭蠡江分爲三入震澤又曰震澤吴南太湖名也滈胡道汗六州之域經營炎景之外六州益梁荊江揚徐臧榮緒晉書曰華陽黑水惟梁州部巴東郡益州梁州之南地部蜀郡江州本荊州之東界揚州之南境也海岱及淮惟徐州部廣陵郡上林賦曰經營于其内南方火故曰炎景所以作限於華裔壯天地之嶮介言江波之濬既作限於華夷天地嶮介因之益壯也吴録曰魏文帝臨江嘆曰天所以隔南北也周易曰天嶮不可升地嶮山川丘陵郭璞爾雅注曰介閡也呼吸萬里。吐納靈潮。自然往復。或夕或朝。呼吸萬里言其疾也抱朴子曰麋氏云朝者據朝來也言夕者據夕至也激逸勢以前

與四句直貫協靈通氣

蜀

抄悉

昨宗切

驅乃鼓怒而作濤峨嵋爲泉陽之揭玉壘作東别之標峨嵋玉壘二山名也泉陽即陽泉也顔野王輿地志云益州陽泉縣蜀分縣竹立揭標皆表也水經曰江水又東别爲沲開明之所鑿尚書曰岷山導江東别爲沲戰國策曰舉標甚高衡霍磊落以連鎮

巫廬嵬魚鬼崫危勿而比嶠周禮曰荆州之鎮山曰衡山鄭玄曰在湘水南鎮山名安地德者也爾雅曰霍山爲南岳郭璞曰今在廬江西漢書曰南郡巫縣巫山在西南釋慧遠廬山記曰山在江州潯陽之南爾雅曰山銳而高曰嶠其廟切協韻音橋協靈通氣濆忿薄相陶

流風蒸雷騰虹揚霄莊子曰川谷通氣故飄風老子曰陰陽陶冶萬物韋昭國語注曰蒸升也

出信陽而長邁淙悰大壑與沃焦信陽即信陵之陽也藏榮緒晉書曰建平郡有信陵縣吴都賦曰寂寥長邁説文曰淙水聲也列子曰渤海之東不知幾萬億里有大壑無底之谷其下無底名歸墟玄中記曰天下之大者東海之沃焦焉水灌之而不已沃焦山名也在東海南方

抄京　抄盤礴
尤云荊門闕五臣闕作闕

闇

原文颼作颮

三萬里若乃巴東之峽夏后疏鑿盛弘之荊州記古歌曰巴東三峽巫峽長猨鳴
三聲淚沾裳禹疏三江已見上文絶岸萬丈壁立赮駮赮駮如赮之駮也赮古霞字
虎牙嵥桀豎樹以屹魚乙崒慈聿荊門闕竦而磐礴盛弘之荊
州記曰郡西泝江六十里南岸有山名曰荊門北岸有山名曰虎牙二山相對楚之西塞也虎牙石壁紅色間
有白文如牙齒狀荊門上合下開開達山南有門形故因以爲名嵥特立貌屹崪高峻貌闕竦如闕之竦也西
京賦曰圜闕竦以造天磐礴廣大貌圓淵九回以懸騰湓普寸流雷呴呼后而
電激淮南子曰藏志九旋之淵許慎曰九旋之淵至深說文曰騰水涌也蒼頡篇曰湓水聲也聲類曰呴
嘷也荅賓戲曰遊說之徒風颮電激駭浪暴灑驚波飛薄灑散也飛薄飛騰蕩薄也
迅澓扶福增澆涌湍疊躍澓澓流也音伏王逸楚辭注曰洄波爲澆古堯切
砯普冰巖鼓作漰普萌湱呼陌㶁胡角灂仕角反砯水激巖之聲也漰湱㶁灂皆大

抄灅

尤云碧沙遺瀢五臣作潰沲

抄沲

抄險

抄鍔

尤云礐硞礐礭五臣硞作硌

礭作確

波相激之聲也爾雅曰夏有水冬無水曰𣷭音學淜蒲冰濞蒲拜渹火宏湱呼拜潰濩穫

淢呼活漷呼郭反皆水勢相激洶湧之貌潏胡決湟皇淴烏骨泱烏朗潐叔潤

失舟灟舒感瀹始灼反皆水流漂疾之貌漩旋澴許玄滎於營瀯營渨紆鬼灅誄

濆忿瀑步角反皆波浪回旋濆涌而起之貌也溭助側淢域濜助謹溳于窘龍鱗

結絡溭淢濜溳參差相次也龍鱗結絡如龍之鱗連結交絡也潘岳金谷詩曰濫泉龍鱗瀾碧沙

遺杜罪瀢徒可而往來巨石硉洛骨矹五骨以前却遺瀢硉矹沙石隨水之貌

潛演胥之所汨淈胡骨奔溜之所磢楚爽錯說文曰潛藏也又曰演水脉行

地中弋刃切蒼頡篇曰淈水通也貌磢已見海賦廣雅曰錯摩也厓隒魚檢爲之泐勒嵃魚免

碕嶺爲之喦崿說文曰隒厓也周禮曰石有時以泐鄭司農曰泐謂石解散也嵃猶嶮也

楚辭曰觸石碕而橫逝許愼淮南子注曰碕長邊也幽礀積岨礐力硞客礐盧角礭

舊音　舊音　杪涍　沌下同

苦角反爾雅曰山夾水曰澗澗與澗同礐硞嶨㩁皆水激石嶮峻不平之貌若乃曾潭之府
靈湖之淵鄭玄毛詩箋曰曾重也王逸楚辭注曰楚人名淵曰潭府澄澹汪洸烏宏瀇
烏廣滉胡廣㴔泫音玄皆水深廣之貌說文曰汪廣也烏黃切泓汯宏泂烏猛㵾胡猛
涒紆鈞鄰𤀣鸞潾力銀反皆水勢回旋之貌混澣音翰灦呼見渙流映揚焆
音涓水勢清深而澄澈光映也蒼頡篇曰焆明也溟莫令漭渺湎莫翦汗汗沺田沺
皆廣大無際之貌察之無象尋之無邊氣滃烏孔渤蒲沒以霧
杳時鬱律其如煙滃渤霧出貌鬱律煙上貌成公綏天河賦曰氣蓬勃以霧蒸說文曰
杳冥也類胚普抔渾之未凝象太極之構天言雲氣杳冥似胚胎渾混尚未
凝結又象太極之氣欲構天也淮南子曰孕婦三月而胚胎春秋命歷序曰冥莖無形濛鴻萌兆渾渾混混宋均
曰渾渾混混雖卵未分也周易曰是故易有太極是生兩儀韓康伯曰太極者無稱之稱不可得名也長

別本作近舊音同

按浡　抄涌

物志

鱣　鱣

波淡子叶渫牒峻崣崔嵬埤蒼曰淡渫水滂溏也小雅曰峻高也盤渦烏和谷

轉凌濤山頹渦水旋流也廣雅曰淩馳也王粲遊海賦曰洪濤奮蕩大浪踊躍山隆谷窊宛亶相

搏陽侯砐五合硪我以岸起洪瀾涴宛演而雲迴陽侯已見海賦

砐硪搖動貌涴演迴曲貌沂銀淪烏華溛烏懷瀤乍浥烏甲乍堆沂淪回旋之貌溛瀤不平之貌

豃呼檻如地裂豁若天開豃豁開貌易緯曰天下愁地裂山崩漢書曰孝惠二年天開東

比廣十餘丈觸曲崖以縈繞叶駭崩浪而相礧相礧相擊也音雷鼓

厒苦合窟以漰普萌渤蒲没乃湓普寸涌而駕隈厒亦窟之類也漰渤水聲也

也小雅曰駕凌也魚則江豚徒昆海豨喜叔鮪于軌王鱣音亶南越志曰江豚

似豬臨海水土記曰海豨豕頭身長九尺郭璞山海經注曰今海中有海豨體如魚頭似豬爾雅曰鮥鮛鮪郭璞曰

鮪屬大者王鮪小者叔鮪王鱣之大者猶曰王鮪鮥音洛䱻骨鰊練鰧特登鮋直流鯪陵

鰩遥鯩連音連山海經曰鮨魚其狀如魚而鳥翼出入
鰱有光其音如鴛鴦郭璞曰音滑舊說曰鰱似
鱦山海經曰鱗其狀如鱖居逵切蒼文赤尾郭璞曰舊
說曰鮋似鱓楚辭曰鯪魚何所出王逸曰鯪魚鯪鯉也
山海經曰鰩魚狀如鯉又曰鯩魚黒文狀如
鮒食之不腫郭璞曰音倫廣雅曰鰱鱮也或鹿觡格
象鼻或虎狀龍顔臨海異物志曰鹿魚長二尺餘有
角腹下有脚如人足郭璞山海經
注曰麋鹿角曰觡又曰今海中有虎鹿
魚體皆如魚而頭似虎鹿龍顔似龍也鱗甲鏙罪七錯煥
爛錦斑王鏙錯間雜之貌揚鰭掉尾噴普悶浪飛唌似延反上林
賦曰揵鬐掉
尾說文曰噴吒
也唌沫也排流呼哈呼合隨波遊延或爆蒲角采以晃
淵或嚇呼厄鰓乎巖間說文曰爆灼也今以爲曝曬也曝
步木切廣雅曰晃暉也嚇猶開也
介鯨乘濤以出入鯼祖洪鯊莽順時而往還尔雅曰介大
也字林曰鯼
魚出南海頭中有石一名石首郭璞山海經注曰鯊狹
薄而長頭大者長尺餘一名刀魚常以三月八月出故

○舊音抄蟦

曰順時爾其水物怪錯則有潛鵠魚牛虎蛟鉤蛇怪錯奇怪雜錯也舊說曰潛鵠似鵠而大山海經曰魚牛其狀如牛陵居蛇尾有翼又口虎蛟其狀魚身而蛇尾有翼其音如鴛鴦郭璞山海經注曰今永昌郡有鉤蛇長數丈尾跂在水中鉤取斷岸人及牛馬噉之蜦倫蟳團鱟候蝞媚鱝扶粉鼈鳥郎鼂迷鼊音麻說文曰蜦蛇屬也黑色潜於神泉之中能興雲致雨山海經曰鱄魚其狀如鮒而彘尾郭璞曰音團如扇之團廣志曰鱟魚似便面雌常負雄而行失雄則不能獨活出交阯南海中臨海水土物志曰蝞似蝦中食益人顏色有愛媚又曰鱝魚如圓盤口在腹下尾端有毒又曰初寧縣多鼊龜形薄頭喙似鵞指爪又鼂鼊与龜辟相似形人如蘧生乳海邊曰沙中肉極好中噉王珧姚海月土肉石華郭璞山海經注曰珧亦蚌屬也臨海水土物志曰海月大如鏡白色正圓常死海邊其柱如搔頭大中食又曰土肉正黑如小兒臂大長五寸中有腹無口目有三十足炙食又曰石華附石生肉中噉三蝬子工蚽不浮江鸚螺力戈蜁旋蝸

○別本作吉　抄蚌　抄蜐　抄礪　抄二字到

古花反臨海水土物志曰三蝬似蛤舊說曰蚸江似蟹
而小十二脚南州異物志曰鸚鵡螺狀如覆杯頭如鳥
頭向其腹視似鸚鵡故以爲名也舊說曰蜁蝸小螺也璅蛣詰腹蟹水母目蝦遐
南越志曰璅蛣長寸餘大者長二三寸腹中有蟹子如榆莢合體共生俱爲蛣取食又曰海岸間頗有水母東
海謂之蛇正白濛濛如沫生物有智識無耳目故不知避人常有蝦依隨之蝦見人則驚此物亦隨之而没蛇
音蜡二字並除嫁切紫蚢胡岡如渠洪蚶呼甘專車爾雅曰大貝曰蚢漢書曰尉佗獻紫
貝五百尚書大傳曰文王囚於羑里散宜生之江淮之浦而得大貝如車渠以獻紂鄭玄曰渠罔也臨海水土
物志曰蚶則徑四尺背似瓦壟有文國語孔子曰防風氏其骨節專車賈逵曰專蕭也瓊蚌睎矅
以瑩珠石蛣居葉應節而揚葩異物志曰蚌似車螯絜白如玉睎矅向日也楊雄蜀
都賦曰蚌含珠而擘裂南越志曰石蛣形如龜脚得春雨則生花花似草華廣雅曰葩花也蛣音劫蜛居
蜡諸森衰以垂翹玄蠣力滯磈苦罪磥力罪而碨烏懷[石亞]烏遐反南越志

抄瀲 別本作瀲 舊音豔

抄胏

抄偹

抄沉

曰蝠蛣一頭尾有數條長二三尺左右有脚狀如蚕可
食森衰垂貌翹尾也臨海水土物志曰蠣長七尺南越
志曰蠣形如馬蹄 磈 或泛瀲許豔於潮波或混淪乎泥沙
磦碨硊不平之貌
字書曰瀲泛也水波上及也混淪輪轉之 若乃龍鯉一
貌廣雅曰混轉也混平本切淪力本切
角奇鶬倉九頭 山海經曰龍鯉陵居其狀如鯉或曰龍
魚一角也劉騊駼玄根賦曰一鯉足之夔
九頭 有鼈三足有龜六眸 莫侯反山海經曰三足鼈岐
之鶬 尾爾雅曰鼈三足曰能郭璞
白今吳興郡陽羨縣山上有池 赬蟞胏扶廢躍而吐璣文
池中出三足鼈又有六眼龜
魮毗磬鳴以孕璆 山海經曰珠蟞之魚其狀如胏而有
目六足有珠郭璞曰蟞音鼈南越志
曰珠鼈吐珠山海經曰文魮之魚其狀如覆銚鳥 偹條
首而翼魚尾音如磬之聲是生珠玉郭璞曰音毗
蟰肅拂翼而掣充制耀神蜧麗蝹於粉蜦力殞以沉遊 山海經曰偹蟰
狀如黃蛇魚翼出入有光郭璞曰音條容說文曰蜧蛇
屬也許慎淮南子注曰黑蜧神蛇也潛於神泉蝹蜦行

抄蹀　抄乎　抄薁　光云紫菜五臣作紫薁　硯　抄蘢　抄萍

貌駻薄没馬騰波以噓蹀牒水兕雷咆薄交乎陽侯山海經曰駻馬
牛尾白身一角其音如虎郭璞曰音勃黄伯仁龍馬賦
曰噓天慷慨南越志曰西華縣東暨于海其中多水兕
形似牛說文曰咆嘷也淵客築室於巖底鮫人構館于懸流吳都賦曰
淵客慷慨而泣珠鮫人已見海賦黿布餘糧星離沙鏡黿布星離言衆多也
本草經曰禹餘糧生東海池澤傅玄擬楚篇曰光滅星離舊說曰沙鏡似雲母也青綸競糾縟
組爭映爾雅曰綸似綸組似組東海有之糾繚也縟繁采也紫菜熒曄以叢被
綠苔鬖所咸髿沙乎研上紫菜色紫狀似鹿角菜而細生海中熒曄光明貌南越志曰海藻
一名海苔生研石上風土記曰石髮水苔也青綠色皆生於石通俗文曰髮亂曰鬖髿說文曰硎滑石也研與硯
同五見切菜或爲薁石帆平蒙籠以蓋嶼序蓱實時出而漂
泳音詠劉逵吳都賦注曰石帆生海嶼石上草類也又曰嶼海中洲上有山石家語曰楚昭王渡江中流有

抄下有有

抄靈　抄燭

抄珉

抄乎

抄采　抄𩑶

鄰𥫗據生引說文當作此

物大如斗負而赤直觸王舟舟人取之王大怪使聘魯
問孔子孔子曰此所謂萍實也可剖而食之吉祥也唯
霸者爲能得焉王肅曰萍水草也其下則金礦丹礫歷
說文曰漂浮也爾雅曰泳游也
雲精燭銀說文曰礦銅鐵樸也古猛切丹礫丹砂也
異物志曰雲母一曰雲精入地萬歲不朽
穆天子傳曰乃披圖視典曰天子之寶玏麗珋留璿瑰
璿珠燭銀郭璞曰銀有精光如燭也
古水碧潛琘美巾反說文曰玏蠡屬力計切又曰珋石
回之育光者山海經曰大荒之中有西王母
之山爰有璿瑰郭璞曰璿瑰玉名也旋回兩音山海
經曰耿山多水碧郭璞曰亦水玉類也潛琘亦水玉也
鳴石列於陽渚浮磬肆乎陰濱山海經曰共水多鳴
石郭璞曰晉永康元
年襄陽郡上鳴石似玉色青撞之聲聞七八里或頫古
尚書曰泗濱浮磬孔安國尚書傳曰肆陳也迴
彩輕連或焴淯曜崖鄰焴已見上文說文曰鄰水林
崖間鄰鄰然也力因切
無不溽岸無不津孫卿子曰玉在山而木潤淵生珠而崖
不枯廣雅曰溽濕也鄭玄周禮注曰津

抄無
抄文說文藝傳引作鮫
據音正

翾當作䎘
翾䎘与矯械同

潤也其羽族也則有晨鵠天雞鴢於絞鶩敖鷗䲸䲸山海經曰大鶚音如晨鵠郭璞曰晨鵠鶚也爾雅曰鵯天雞孫炎曰黑身一名莎雞山海經曰鴢其狀如鳧青身而朱目赤尾郭璞曰音窈窕之窈山海經曰鶩鶩青黃其所集者其國亡郭璞曰音敖山海經曰䲸其狀如鳧郭璞曰音鉗鈦之鈦陽鳥爰翔于以玄月尚書曰彭蠡既瀦陽鳥攸居爾雅曰九月爲玄徒計切郭璞曰國語云千類萬聲自相喧聒說文曰聒讙語也濯翮至于玄月也䟐風鼓翅翻許聿𦑊許月反䟐理也禮記曰鳳以爲畜故鳥不獝麟以爲畜故獸不狘鄭玄曰獝狘飛走之貌獝與獝同揮弄灑珠拊拂瀑沫洞簫賦曰揚素波而揮連珠說文曰瀑賈也蒲到切集若霞布散如雲豁產毻他積羽往來勃碣其列反字書曰毻落毛也毻與毻同音唾竹書曰穆王北征行流沙千里積羽千里漢書曰燕地勃碣之間一都會也伏琛齊地記曰勃海郡東有碣石謂之勃碣也櫕力杞積之忍薄於潯涘協攩

據別本 抄紅

抄厓側

抄蹡踻蹡誤

上文

連森嶺而羅峯橉杞二木名也字林曰稹稠穊也薄叢生也淮南子曰南遊江潯許慎注曰潯水涯也音尋栛槤亦二木名也栛音隸桃枝篔筠簹當實繁有叢劉淵林蜀都賦注曰桃枝竹屬也可爲杖又吳都賦注曰篔簹竹生水邊長數丈葭蒲雲蔓纓以蘭紅雲蔓言多而無際也纓采色相映也蘭澤蘭也爾雅曰紅龍舌揚皜杲毦二擢紫茸而容反皜白也毦與茸皆草花也蔭潭隩於六被長江爾雅曰隩隈也郭璞曰今江東呼爲浦隩於到切繁蔚尉芳蘺隱藹水松蘺江蘺香草也似水薺水松藥草名也涯灌芊千見萰力見潛薈烏外葱蘢郎公反涯灌則叢生也潛薈水中茂盛也芊萰葱蘢皆青盛貌也鯪陵鯥六跻卧眉跼具側於垠銀隒魚儉獱頻獺聧失冉瞲呼尤乎厥去聲空鯪魚已見同篇山海經曰有魚狀如牛陵居蛇尾其名曰鯥埤蒼曰跻歷跳也求悲切聲類曰偏舉一足曰跼蹄也渠俱切郭璞三蒼解詁曰獱似青狐居水中食

獺 獳 獺　抄鵷鶵　物　養生論泄之以尾閭

獱山海經曰[illegible]山瀟瀟之水出焉有獸名曰獺其狀如獳其毛如彘鬣郭璞曰音蓍頡之頡與獺同獳如珠切睒暫視也聲類曰瞲驚視上也呼穴切厱岸側空處也去嚴切迅蜼聿季臨虛以騁巧孤玃居縛登危而雍容蜼狖也玃似獼猴也夔牯呼口翹踛六於夕陽鴛雛弄翮乎山東山海經曰岷山多夔牛郭璞曰今蜀山中有大牛重數千斤名爲夔牛又爾雅注曰今青州呼犢爲牯牯夔牛之子也牯與物同火口切莊子曰齕草飲水翹尾而踛此馬之真性也司馬彪曰踛跳也廣雅曰翹舉也山海經曰南禺之山有鵷鶵郭璞曰鵷鶵鳳屬也爾雅曰山西曰夕陽山東曰朝陽囦岐成渚觸澗開渠岐已見上文潄所遘壑生浦區別作湖周禮曰善爲溝者水潄之鄭玄曰潄齧也論語曰區以別矣磴土登之以瀿煩瀷翼渫息列之以尾閭磴猶益也土登切淮南子曰莫鑒於流瀿而鑒於澄水許慎曰楚人謂水暴溢爲瀿扶園切淮南子曰潦水旬月不雨則涸而枯澤受瀷而無源者也許慎曰瀷湊漏之流也瀷昌即切莊子海若曰天

抄氾

抄赧

下之水莫大於海萬川歸之而不盈尾閭泄之而不虛司馬彪曰尾閭水之從海出也標之以翠

蘙泛之以遊菰標猶表識也蘙草之蘙薈也菰蔣也浮於水上故曰遊也播匪藝

之芒種挺自然之嘉蔬孔安國尚書傳曰播布也鄭玄毛詩箋曰藝猶樹也鄭司農周

禮注曰芒種稻麥也禮記曰凡祭廟之禮稻曰嘉蔬鄭玄曰嘉善也稻菰蔬之屬鱗被菱荷

攢布水蓏力果反鱗被如鱗之被言多也蒼頡篇曰攢聚也應劭漢書注曰木實曰果草實曰蓏

翹莖瀵芳問蘂濯穎散裹說文曰瀵水浸也匹問切廣雅曰蘂華也穎穗也裹謂草

實也高唐賦曰綠葉紫裹隨風猗萎於危與波潭淹猗萎隨風之貌潭淹隨波之貌

潭音覃淹徒我切流光潛映景炎羊染霞火言草之華蘂流耀潛映波瀾景色外

發炎於赧火赧與霞同其旁則有雲夢雷池彭蠡青草雲夢澤名

也吴録曰雷池在皖尚書曰彭蠡既豬孔安國曰澤名也吴録曰巴陵縣有青草湖具區洮姚滆

抄皛

尤云潛逵五臣作潛達
孫云水經沔水注引作達

潛

抄樛

朱滻丹漅具區亦澤名也風土記曰陽羨縣西有洮湖水經注曰中江東南左合滆湖音核又曰朱湖在溧陽又曰沔水又東得滻湖水周三四百里丹湖在丹陽漅湖在居巢漅祖了切極望數百沆胡朗瀁余兩皛胡杳溔余少反七發曰極望成林鄭玄禮記注曰極盡也沆瀁廣大之貌皛溔深白之貌爰有包山洞庭巴陵地道潛逵傍通幽岫窈窕郭璞山海經注曰洞庭地穴在長沙巴陵吳縣南太湖中有苞山山下有洞庭穴道潛行水底云無所不通號爲地脉逵水中穴道交通者金精玉英瑱他見其裏瑤珠怪石琗其表穆天子傳河伯曰示汝黃金之膏郭璞曰金膏其精汋也汋音綽孝經援神契曰玉英玉有英華之色也孫卿子曰璇玉瑤珠不知佩山海經曰苟林之山多怪石郭璞曰怪石似玉也瑱琗謂文采相雜小雅曰雜采曰綷琗與綷同瑱徒見切琗字憒切驪虯渠幽摎居由其址止梢雲冠其𡾰必眇反驪虯驪龍也在於九重之泉故云摎其址也莊子曰千金之珠在九重之淵而驪龍頷下宋衷太玄經注曰

文十二

摎猶糾也孫氏瑞應圖曰梢雲瑞雲人君德至則出若樹木梢梢然也嶸山巔也方眇切海童之所
邀遊琴高之所靈矯海童已見上文列仙傳曰琴高浮遊冀州二百餘年後入碭水中乘赤鯉魚來出泊一月復入水去方言曰矯飛也言飛而去來其中
冰夷倚浪以傲睨五計
江妃含嚬而矊彌延眇山海經曰從極之川唯冰夷恒都焉冰夷人面而乘龍郭璞曰冰夷馮夷也莊子曰獨與天地精神往來而不傲睨於萬物傲睨自寬縱不正之貌列仙傳曰江斐二女出遊江濱鄭交甫所挑者孟子注嚬蹙而言嚬感蹙憂貌矊眇遠視貌法言曰眇緜作炳矊矊音緜
撫凌波而鳧躍吸翠霞而天矯鄭玄禮記注曰撫以手按之也廣雅曰凌馳也上林賦曰馳波跳沫廣雅曰吸飲也陵陽子明經曰春食朝霞朝霞者日始出之赤氣天矯自得之貌
若乃宇宙澄寂八風不翔文子曰四方上下謂之宇說文曰宙舟車所極覆淮南子曰天有八風條風明庶風清明風景風涼風閶闔風不周風廣莫風洞簫賦曰翔風蕭蕭而逕其末
舟子於是搦女角

檥　抄䉶

補浪切　抄餘

尢云赴交益五臣赴作越

抄督　注

棹涉人於是檥魚綺榜補郎反毛詩曰招招舟子人涉卬否搰捉也應劭漢書注曰檥止也王逸楚辭注曰榜船櫂也補孟切一曰榜併船也漂飛雲運䑺艎劉淵林吳都賦注曰飛雲吳樓船之有名者左氏傳曰楚敗吳師獲其乘舟餘艎杜預曰餘艎舟名也舳艫相屬萬里連檣說文曰舳舟尾也艫船頭也埤蒼曰檣帆柱也才羊切泝洄沿流或漁或商毛詩曰泝洄從之毛萇曰逆流而上曰遡洄孔安國尚書傳曰順流而下曰沿列子曰中國之人或農或商或佃或漁赴交益投幽浪平聲交益二州名也周禮曰東北曰幽州漢書有樂浪郡也竭南極窮東荒淮南子曰章亥自北極步至南極山海經有東荒經爾乃䨟雰紛祲子蔭於清旭許玉覘勑詹五兩之動靜方言曰覘視也音隸杜預左氏傳曰氛氣氣也說文曰雰亦氛字也鄭玄禮記注曰祲陰陽氣相浸漸以成災也毛萇詩傳曰旭日始出也鄭玄禮記注曰覘闚視也勑廉切兵書曰凡候風法以雞羽重八兩建五丈旗取羽繫其巔立軍營中許慎淮南子注曰綄候風也楚

杪若 杪巖

人謂之五兩也綄音桓長風颹于鬼以增扇廣莫颲麗而氣整高唐

賦曰長風至而波起颹大風貌音葦廣莫風已見上文郭璞山海經注曰颲颲急風貌音戾徐而不

䬐烏回疾而不猛埤蒼曰䬐風遲也音隈鼓帆平迅越趠陌漲張截

泂音迴帆已見上文趠猶越也截直度也張泂皆深廣之貌淩波縱柂電往杳溟

覓冷反楊雄方言曰船後曰舳郭璞曰今江東柂呼爲舳也王逸荔枝賦曰飛匡上下電往景還匡勤往切

䨴如晨霞孤征眇若雲翼絕嶺䨴征貌徒對切晨霞朝霞也莊子曰大鵬

翼若垂天之雲故曰雲翼言廣大也倏忽數百千里俄頃楚辭曰往來儵忽何休公羊傳

注曰俄者須臾之間司馬彪莊子注曰頃久也王肅家語注曰俄有頃也飛廉無以睎其蹤

渠黃不能企其景史記曰飛廉善走廣雅曰睎視也穆天子傳曰天子之八駿曰渠黃毛詩

曰跂予望之鄭玄曰舉足則望見之企與跂同於是蘆人漁子擯落江山謂採蘆捕

魚之子也擯落謂被斥擯而漂落也司馬彪莊子注曰擯弃也衣則羽褐食惟蔬鱻思延切鄭玄毛詩箋曰褐毛布也聲類曰鱻小魚也栫寂見澱廷見爲涔夾潨在公羅筌說文曰栫以柴木壅水也劉淵林吳都賦注曰淀如淵而淺澱與淀古字通爾雅曰槮謂之涔郭璞曰今作槮叢木於水中魚得寒入其裏以薄捕取之也槮蘇感切涔字廉切說文曰潨小水入大水也筌捕魚之器以竹爲之蓋魚筍屬筩灑連鋒罾子僧罶雷比船舊說曰筩灑皆釣名也罾罶皆網名也灑所蟹切或揮輪於懸碕奇或中瀨而橫旋輪釣輪也埤蒼曰碕曲岸頭也忽忘夕而宵歸詠採菱以叩舷淮南子曰夫歌採菱發陽阿楚辭曰漁父鼓枻而去王逸曰叩船舷也傲自足於一嘔尋風波以窮年字書曰傲倨也嘔與謳同楚辭曰順風波以南北兮霧宵晦以紛紛西京賦曰窮年忘歸猶不能徧也爾乃域之以盤巖豁之以洞壑疏之以沲度河汜似鼓之以朝夕尚書

曰沲潛既導孔安國曰沲江別名也氾已見上文漢川書枚乘上書曰游曲臺臨上路不如朝夕之池也流之所歸湊雲霧之所蒸液王逸楚辭注曰湊聚也琴賦曰蒸靈液以播雲淮南子曰山雲蒸而柱礎潤珍怪之所化產傀奇之所窟宅高唐賦曰珍怪奇偉子虛賦曰珍怪鳥獸說文曰傀偉也又曰奇異也納隱淪之列真挺異人乎精魄桓子新論曰天下神人五一曰神仙二曰隱淪三曰使鬼物四曰先知五曰鑄凝馮衍爵銘曰富如江海壽配列真說文曰真仙人變形也班固公孫弘贊曰異人並出孝經援神契曰五岳之精雄四瀆之精仁左氏傳樂祁曰心之精爽是謂魂魄播靈潤於千里越岱宗之觸石公羊傳曰曷爲祭大山河海山川有能潤乎百里者天子秩而祭之觸石而出膚寸而合不崇朝而徧雨天下者唯太山雲爾河海潤于千里何休曰雲氣觸石而出爲雨及其譎變無膚寸之地而不徧也河海興雲雨及千里儵怳符祥非一動應無方感事而出孔安國尚書傳曰神妙無方鄭

玄論語注曰方常也經紀天地錯綜人術言以綜爲喻也符祥上則經紀天地下則錯綜
人術漢書五行志曰厥風絕經紀如淳曰壞絕匹帛之屬周易曰錯綜羣數王肅曰錯交也綜理事也仲長子
昌言曰錯綜人情妙不可盡之於言事不可窮之於筆若乃岷
精垂曜於東井陽侯遯形乎大波河圖括地象曰岷山之地上爲井絡史記
曰五星聚于東井陽后陽侯也高誘淮南子注曰楊國侯溺死於水其神能爲大波莊子曰其死登遐三年而
形遯奇相去得道而宅神乃協靈爽於湘娥廣雅曰江神謂之奇相西
京賦曰懷湘娥王逸楚辭注曰堯二女墜湘水之中因爲湘夫人也駭黃龍之負舟識伯
禹之仰嗟呂氏春秋曰禹南省方濟乎江黃龍負舟舟中之人五色無主禹仰視天而歎曰吾受命
於天竭力以養民生性也死命也余何憂於龍焉龍俛耳曳尾而逃壯荆飛之擒蛟終成氣
乎太阿呂氏春秋曰荆有佽飛者得寶劒於于遂反涉江至于中流有兩蛟夾繞其舩佽飛拔寶劒曰

此江中腐肉朽骨也赴江刺蛟殺之荆王聞之仕以執珪高誘曰于遂吳邑越絶書曰歐冶子作鐵劒二曰太阿**悍要離之圖慶在中流而推戈**廣雅曰悍勇也呂氏春秋曰要離走往見王子慶忌於衛慶忌喜要離曰請與王子往奪之國王子慶忌与要離俱涉於江拔劒以刺王子慶忌捽而投之於江浮出又取而投之於江如此者三其卒曰汝天下之國士也幸汝以成名要離不死歸吳矣**悲靈均之任石嘆漁父之櫂歌**楚辭曰名余曰正則字余曰靈均又曰望大河之洲渚悲申徒之抗直驟諫君而不聽重任石之何益又曰懷沙礫而自沉兮不忍見君之蔽壅史記曰屈原作懷沙賦懷石自投汨羅懷沙即任石也義與王逸不同楚辭曰漁父鼓枻而歌曰滄浪之水清可以濯吾纓**想周穆之濟師驅八駿於黿鼉**紀年曰周穆王三十七年征伐大起九師東至于九江叱黿鼉以爲梁列子曰周穆王遠遊命駕八駿之乘驊騮綠耳赤驥白儀渠黃踰輪盜驪山子張湛曰儀古義字**慼交甫之喪珮愍神使之嬰羅**廣雅曰慼傷也韓詩內傳曰鄭交甫遵彼漢皐

抄下有存

江河連類而言不爲瀕類

抄六

臺下遇二女與言曰願請子之珮二女與交甫交甫受而懷之超然而去十步循探之即亡矣迴顧二女亦即亡矣莊子曰宋元君夜半夢人被髮而窺阿門曰予自罕露之泉爲清江使河伯之所漁者豫且得予元君覺召占夢者占之曰此神龜也元君乃刳龜以卜七十鑽而無遺策司馬彪曰鑽命卜以所卜事而灼之

煥大塊之流形混萬盡於一科莊子曰夫大塊載我以形勞我以生司馬彪曰大塊自然也周易曰品物流形混萬盡於一科言混萬物盡歸於一科也孟子曰水源泉混混不舍晝夜盈利而後進放乎四海趙岐曰科坎也保不虧而永固稟元氣於靈和春秋元命包曰水者五行始焉元氣之湊液也考川瀆而妙觀實莫著於江河班固漢書贊曰中國川原以百數莫著於四瀆而河爲宗也

文選卷第十二

壬戌六月廿六日　黃儒温

魏風伐檀河水清且漣猗傳風行水成文曰漣釋文猗別本作漪

文選卷第十三

梁昭明太子撰

文林郎守太子右內率府録事參軍事崇賢館直學士臣李善注上

物色

宋玉風賦　潘安仁秋興賦

謝惠連雪賦　謝希逸月賦

鳥獸上

賈誼鵩鳥賦　禰正平鸚鵡賦

張茂先鷦鷯賦

物色四時所觀之物色而爲之賦又云有物有文曰色風雖無正色然亦有聲詩注云風行水上曰

漪易曰風行水上渙渙然即有文章也

風賦

劉熙釋名云風者汎也爲能汎博萬物又云風者放也動氣放散曾子書曰陰陽偏則風物理志曰陰陽擊發氣也

宋玉 史記曰楚有宋玉景差之徒皆好辭而以賦見稱王逸楚辭序曰宋玉屈原弟子

楚襄王游於蘭臺之宮史記曰楚懷王薨太子橫立爲頃襄王又曰楚有謂頃襄王曰王績繳蘭臺徐廣曰績縈也七見切宋玉景差侍有風颯然而至景差亦楚大夫說文曰颯風聲楚辭曰風颯颯兮木蕭蕭王迺披襟而當之曰快哉此風寡人所與庶人共者邪宋玉對曰此獨大王之風耳庶人安得而共之王曰夫風者天地之氣溥暢而至不擇貴賤高下而加焉河圖帝通紀曰風者天地之使也五經通義曰陰陽散爲風風氣無根也管子

尤云風氣殊焉五臣作氣與風

尤云緣泰山五臣作緣於

曰風漂物者也風之所漂不避貴賤美惡今子獨以爲寡人之風豈有說乎

宋玉對曰臣聞於師枳句來巢空穴來風枳木名也枳句言枳樹多句也說文曰句曲也古侯切似橋屈曲也考工記曰橘踰淮爲枳莊子曰騰猿得枳棘枳句之間振動悼慄又曰空閱來風桐乳致巢此以其能苦其性者司馬彪曰門戶孔空風善從之桐子似乳著其葉而生其葉似箕鳥喜巢其中也其所託者然則風氣殊焉者下或有因字非也王曰夫風始安生哉宋玉對曰夫風生於地起於青蘋之末莊子曰大塊噫氣其名爲風爾雅曰萍其大者曰蘋郭璞曰水萍也侵淫谿谷盛怒於土囊之口春秋元命包曰陰陽怒而爲風侵淫漸進也土囊大穴也盛弘之荊州記曰宜都佷山縣有山山有穴口大數尺爲風井土囊當此之類也緣泰山之阿舞於松栢之下阿曲也飄忽淜滂激颺熛怒淜滂風擊物聲淜疋冰切熛怒如漂之聲說文曰熛火飛也俾堯切滂普

至其將衰也 五字當有，離與下移爲韵，無此則被麗不韵。三

尤云華葉五臣作華萼

申 死

楚詞睦留夷与揭車兮

郎切眩眩雷聲迴穴錯迕。眩侯萌切埤蒼曰眩眩風聲廣雅曰眩聲也十洲記曰玄洲在北海上有風聲響如雷上對天之西北門也凡事不能定者迴穴此即風不定貌錯迕雜錯交迕也蹷石伐木梢殺林莽。蹶動也伐擊也漢書音義應劭曰蹷頓也韋昭曰梢擊也至其將衰也被麗披離衝孔動楗。被麗披離四散之貌也字林曰楗拒門也眴煥粲爛離散轉移。眴呼縣切眴煥粲爛鮮明貌故其清涼雄風則飄舉升降乘凌高城入于深宮邸華葉而振氣。說文曰邸觸也邸與抵古字通徘徊於桂椒之間翱翔於激水之上將擊芙蓉之精。廣雅曰菁華也精與菁古字通獵蕙草離秦衡。獵歷也秦香草也衡杜衡也又云秦木名也范子計然曰秦衡出於隴西天水芳香也槩新夷被荑楊。楚詞曰露甲新夷飛林薄顏師古曰新夷一名留夷即上林賦雜以留夷也易曰枯楊生稊王弼曰稊者楊之秀也稊與荑同徒奚切迴穴衝陵蕭條

尤云動沙堁五臣作沙堨

衆芳。然後倘常佯羊中庭。北上玉堂。倘佯猶徘徊也躋于羅帷。經于洞房。迺得爲大王之風也。說苑雍門周說孟嘗君曰下羅帷來清風楚辭曰姱容修態亘洞房故其風中人狀直憯悽惏慄清涼增欷素問曰若汗出逢虛風其中人也楚詞曰憯悽增欷鄭玄曰憯憂也說文曰憯痛也錯感切惏寒貌毛萇詩傳曰慄洌寒氣也慄理吉切欷欣既切清清泠泠愈病析酲清清泠泠清涼之貌也愈猶差也漢書曰泰尊柘漿析朝酲應劭曰酲酒病析解也發明耳目寧體便人此所謂大王之雄風也王曰善哉論事夫庶人之風豈可聞乎宋玉對曰夫庶人之風塕然起於窮巷之閒堀窟堁課揚塵塕然風起之貌也一孔切堀堁風動塵也廣雅曰堀突也淮南子曰揚堁而彌塵許慎曰堁塵塵也塺莫迴切勃鬱煩冤衝孔襲門勃鬱煩冤風迴旋之貌司馬彪莊子注曰襲入也動沙堁

烏卧切

二蔑改矒 繫傳引作蔑 人衍

吹死灰堁或爲堀非也駭溷濁揚腐餘廣雅曰駭起也言風之來既起溷濁之處又舉揚腐臭之餘家語孔子曰惜其腐餘而務施仁人之偶也溷胡困切腐扶甫切邪薄入甕牖至於室廬禮記孔子曰儒有蓬戶甕牖故其風中人狀直憞溷鬱邑毆溫致濕憞徒對切孔安國尚書傳曰憞惡也言此風入於人身體令惡也憞溷煩濁之貌字林曰溷亂也王逸楚詞注曰鬱邑而憂也毆古軀字素問曰冬傷於寒春必病溫又曰中央生濕濕生土也言此風毆溫濕氣來令致濕病也中心慘怛生病造熱慘怛憂勞也慘錯感切方言曰怛痛也素問黃帝問歧伯曰人傷於寒而轉爲熱何也曰夫寒盛則生於熱也中脣爲胗軫得目爲蔑說文曰胗脣瘍也呂氏春秋曰氣鬱處目則爲蔑爲盲高誘曰蔑眵也蔑與矒古字通亡結切眵充支切啗齰嗽獲死生不卒啗齰嗽獲中風人口動之貌風疾既甚言死而未即死言生而又有疾也故云不卒說文曰啗食也齰齧也士白切嗽吮也山角切聲類曰嚄大喚也宏麥切獲與嚄古字通卒七忽切

何焯云只此四語而不堪當世之想已見乎詞矣

此所謂庶人之雌風也

秋興賦并序

潘安仁 劉熙釋名曰秋就也言萬物就成也興者感秋而興此賦故因名之

晉十有四年余春秋三十有二始見二毛 十四年晉武帝太始十四年也左氏傳宋襄公曰不禽二毛杜預曰二毛頭白有二色也 以太尉掾兼虎賁中郎將寓直于散騎之省 臧榮緒晉書云賈充爲太尉又曰岳爲賈充掾漢書曰期門僕射秩比千石平帝更名虎賁郎置中郎將寓寄也世說曰桓玄既篡將改置直館問左右虎賁中郎將省合在何處有人荅云無省當時殊迕旨問何以知無荅曰潘岳秋興賦叙云兼虎賁中郎將寓直於散騎之省玄咨嗟稱善劉謙之晉紀云玄欲復虎賁中郎將疑訪之僚屬咸莫能定叅軍劉苟之對昔潘岳秋興賦叙云兼虎賁中郎將寓直於散騎之省以言之是也玄從之 高閣連雲陽景罕曜 言閣之高而且深故

曰罕曜其中珥蟬冕而襲紈綺之士此焉游處珥猶插也蔡邕獨斷曰侍中中常侍加貂附蟬鄭玄禮記注曰襲重衣也漢書曰班伯與王許子弟爲羣在於綺襦紈袴之間鸚鵡賦曰感平生之遊處僕野人也偃息不過茅屋茂林之下禮記曰唯饗野人皆酒呂氏春秋田替曰若夫偃息之義則未聞也范睢後漢書曰王霸隱居止茅屋蓬戶論衡曰山種棗栗名曰茂林談話不過農夫田父之客說文曰話會合善言也胡快切毛詩曰帥時農夫播厥百穀禮記曰上農夫食九人尹文子曰魏田父有耕於野者攝官承乏猥厠朝列左氏傳韓厥謂齊侯曰敢告不敏攝官承乏蒼頡篇曰厠次也雜也禮記曰爵祿有列於朝夙興晏寢匪遑底寧毛詩曰夙興夜寐又曰不遑寧處譬猶池魚籠鳥有江湖山藪之思於是染翰操紙慨然而賦翰筆毫也說文曰慨太息也字林曰慨壯士不得志也許既切于時秋也故以秋興命篇鄭玄周禮注曰興者記事於物其

尤云宋士五臣士作事

原文士作事

華

疾暴

辭曰四時忽其代序兮萬物紛以迴薄莊子黃帝曰陰陽四時運行各得其序楚辭曰日月忽其不淹兮春與秋兮代序鵩鳥賦曰萬物迴薄覽花蒔之時育兮察盛衰之所託字林曰蒔更別種上吏切周易曰時育萬物感冬索而春敷兮嗟夏茂而秋落孔安國尚書傳曰索盡也又曰敷布也又曰已布而生也呂氏春秋曰春氣至則草木產秋氣至則草木落雖末士之榮悴兮伊人情之美惡舞賦曰慢末士之骫曲文子曰有榮悴者必末愁悴善乎宋玉之言曰悲哉秋之為氣也王逸注曰寒氣聊戾歲將暮也蕭瑟兮陰氣促急風暴疾也草木搖落花葉隕落肥潤去也而變衰形體易色枝枯槁也憭慄兮息念卷戾心自傷若在遠行遠出之他方登山臨水升高遠望視江河也送將歸族親別還故鄉已上宋玉九辯之文夫送歸懷慕徒之戀兮言懷思慕戀徒侶也遠行有羈旅之憤左氏

常

尤云疚心五臣疚作疾

尤云諒無愁五臣諒作良

清

傳陳敬仲曰羈旅之臣杜預曰羈寄旅客臨川感流以歎逝兮登山懷遠而悼近論語曰子在川上曰逝者如斯夫不舍晝夜包曰逝往也言凡往者如川之流也晏子春秋曰景公遊於牛山臨齊國乃流涕而歎曰奈何去此堂堂之國而死乎使古而無死不亦樂乎左右皆泣晏子獨笑曰夫盛之有衰生之有死天之數也物有必至事有當然曷有悲老而哀死古無死古之樂也君何有焉懷遠悼近齊景之謂也彼四感之疢心兮遭一塗而難忍毛詩曰既來既往使我心疢鄭玄曰疢病也嗟秋日之可哀兮諒無愁而不盡野有歸燕隰有翔隼楚辭曰燕翩翩其辭歸鷙鳥擊之鳥通呼曰隼一曰鶉春化爲布穀文子曰鷹隼未擊羅網不得張游氛朝興槁葉夕殞杜預左氏傳注曰氛氣也鄭玄毛詩箋曰木葉槁得風乃落於是迺屏輕箑所甲釋纖絺吕氏春秋曰冬不用箑非愛箑也清有餘也高誘曰箑扇也孔安國尚書傳曰纖細也絺細葛也藉莞蒻若御袷衣鄭玄毛詩箋曰莞小蒲席

華

也胡官切說文曰蒻蒲子以爲華蔕也又曰袷衣無絮也古洽切庭樹槭以灑落兮勁
風戾而吹帷。槭枝空之貌所隔切戾勁疾之貌蟬嘒嘒而寒吟兮鴈飄
飄而南飛毛詩曰菀彼柳斯鳴蜩嘒嘒毛萇詩曰嘒嘒小聲也飄飄飛貌楚辭曰鴈雝雝而南游天晃
朗以彌高兮。曰悠陽而浸微。言秋日天氣高朗晃朗明貌悠陽日入貌杜篤弔王子比干曰
霞霏尾而四除言晃朗而高明楚辭曰天高而氣清禮記曰仲秋殺氣浸盛陽氣日衰何微陽之短晷
覺涼夜之方永。尚書曰日短星昴以正仲冬毛詩曰夏之日冬之夜毛萇曰言長也月朣朧以
含光兮。露淒清以凝冷。埤蒼曰朣朧欲明也朣徒東切朧力東切熠燿粲於階闥
兮。蟋蟀鳴乎軒屏。毛詩曰熠燿宵行毛萇曰熠燿燐也燐螢火也毛詩曰蟋蟀在堂毛萇曰
蟋蟀蛬也崔豹古今注曰熠燿一曰燿夜腐草爲之食蚊蚋又曰蟋蟀名蛬初秋生得寒則鳴噪濟南謂
之嬾婦也聽離鴻之晨吟兮望流火之餘景。毛詩曰七月流火毛萇曰大火

尤云鬢髟五臣髟作彪

也流下也宵耿介而不寐兮獨展轉於華省王逸楚辭注曰耿介執節守度

毛詩曰耿耿不寐如有隱憂又曰悠哉悠哉展轉反側悟時歲之遒盡兮慨俛首

而自省楚辭曰歲忽忽而遒盡毛萇詩傳曰遒終也廣雅曰遒急也列子曰師曠俛首而聽之曾子曰

君子旦就業夕而自省也斑鬢髟以承弁兮素髮颯以垂領服虔通俗文曰

髮垂而髟方料切說文曰白黑髮雜而髟字林亦同周禮曰士弁服白虎通曰皮弁冠名仰羣儁之

逸軌兮攀雲漢以游騁登春臺之熙熙兮珥金貂之烱

烱高閣連雲升之以攀雲漢也言羣儁自致高遠老子曰衆人熙熙如享太牢如登春臺漢書谷永對詔曰

戴金貂之飾執常伯之職也董巴輿服志曰侍中冠金璫附蟬爲文貂尾爲飾廣雅曰烱烱光也苟趣

舍之殊塗兮庸詎識其躁靜六韜太公曰夫人皆有性趣舍不同司馬遷書曰趣

舍異路莊子王倪曰吾庸詎知吾所謂知非不知邪司馬彪曰庸猶何用也老子曰重爲輕根静爲躁君閒

今本作趨

指

至人之休風兮。齊天地於一指。莊子曰不離於真謂之至人又曰以指喻指之非指不若以非指喻指之非指也以馬喻馬之非馬不若以非馬喻馬之非馬也天地一指也萬物一馬也郭象曰夫自是而非彼我之常情也故以我指喻彼指則彼指於我指獨爲非指矣此以非指喻指之非指也若覆以彼指還喻我指則我指於彼指復爲非指矣此以非指喻指之非指也將明無是無非莫若反覆相喻反覆相喻則彼之與我既同於自是又均於相非均於相非則天下無是同於自是則天下無非何以明其然邪是若果是則天下不得復有非之者也非若果非亦不得復有是之者也今是非無主紛然殽亂明此區區各信其偏見而同於一致耳仰觀俯察莫不皆然是以至人知天地一指也萬物一馬也故浩然大寧而天下萬物各當其分同於自得而無是無非也彼知安而忘危兮。故出生而入死。周易曰安不忘危存不忘亡老子曰出生入死韓子曰人始於生而卒於死始之謂出卒之謂入故曰出生入死也行投趾於容跡兮。殆不踐而獲底。闕側足以及泉兮。雖猴猨而不履。言人之行投趾在乎容跡之地近不踐而獲安若以足外爲無用欲闕之及泉雖則捷若猴猨亦不能履也莊子惠子謂莊子曰子言無用莊子曰知無用而可與言用矣夫地非不廣且大也人之所用容足耳然則側足而墊之致黃泉人尚有用乎惠子曰無用莊子曰然則無用之爲用也亦明矣郭璞爾雅注曰底止也龜祀骨於宗祧兮思反身於綠水。莊子曰莊子釣於濮水楚王使二大夫往聘莊子曰願以境內累子莊子持竿不顧曰吾聞楚有神龜死已三千歲矣王巾笥而藏之廟堂之上此龜者寧其死爲留骨而貴乎寧其生而曳尾塗中乎二大夫曰寧生而曳尾塗中莊子曰往矣吾將曳尾於塗中矣且斂衽以歸來兮忽投紱以高厲。衽襟也字林曰紱綬也楚辭曰颯弭節而高厲耕東皋之沃壤兮輸黍稷之餘稅。水田曰皋東者取其春意漢書鄭明曰將歸延陵之皋修農圃之疇張晏曰隱耕皋澤之中阮籍奏記曰將耕東皋之陽輸黍稷之稅說文曰稅租也泉涌湍於石間兮菊揚芳於崖澨。禮記曰仲秋菊

高閣連雲陽景罕曜視此何如

有黃華澡秋水之涓涓兮。玩游儵之潎潎。莊子曰秋水時至百川灌河金人銘曰涓涓不壅將成江河莊子曰莊子與惠子遊於濠梁上莊子曰儵魚出遊從容是魚樂也惠子曰子非魚安知魚樂莊子曰子非我安知我不知魚之樂也潎潎遊貌也匹曳切逍遙乎山川之阿。放曠乎人間之世。莊子有逍遥遊篇司馬彪曰言逍遥無爲者能游大道也又有人間世篇司馬彪曰言處人間之宜居亂世之理與人羣者不得離人然人間之事故世世異宜唯無心而不自用者爲能唯變所適而何足累優哉游哉。聊以卒歲。家語孔子歌曰優哉游哉聊以卒歲王肅曰言優游以終歲也

雪賦

說文曰雪凝雨也釋名曰雪娞也水下遇寒而凝娞娞然下也曾子曰陰氣凝而爲雪五經通訓曰春洩氣爲雨寒凝爲雪

謝惠連沈約宋書曰謝惠連陳郡陽夏人也幼而聰敏年十歲能屬文族兄靈運深加

何焯云作者借前人之標以相爲而已又以鄒陽爲後勁

言江南歸德爲漢梁國孝王都於此

邙 雰

知賞本州辟主簿不就後爲司徒彭城王
法曹爲雪賦以高麗見奇年二十七卒

歲將暮時既昏毛詩曰歲亦暮止劉向七言曰時將昏暮白日午昏冥也寒風積愁雲繁莊子曰風積不厚則其負大翼也無力傅玄詩曰浮雲含愁色悲風坐自嘆班婕妤擣素賦曰佇風軒而結睇對愁雲之浮沈然疑此賦非婕妤之文行來已久故兼引之梁王不悅游於兔園此假主客以爲辭也漢書曰梁孝王文帝子也西京雜記曰梁孝王好宮室苑囿之樂築兔園也迺置旨酒命賓友召鄒生延枚叟漢書梁孝王待立鄒陽從孝王游又曰枚乘爲弘農都尉去官游梁相如末至居客之右漢書曰相如客游梁又曰田叔等十人漢廷臣無能出其右者俄而微霰零密雪下莊子曰我而死王肅家語注曰俄有頃也王迺歌北風於衛詩詠南山於周雅毛詩衛風曰北風其涼雨雪其滂又小雅信南山曰上天同雲雨雪雰雰授簡於司馬大夫言大夫尊之也國語越王勾踐曰苟聞子大夫

之言爾雅曰簡謂之畢也郭璞曰今簡札也曰抽子秘思騁子妍辭侔色揣
稱爲寡人賦之鄭玄周禮注曰侔等也莫侯切說文曰揣量也初委切爾雅曰稱好也老子曰
王公自謂孤寡不穀相如於是避席而起逡巡而揖孝經曰曾子避席公羊曰
逡巡北面再拜也廣雅曰逡巡却退也曰臣聞雪宮建於東國雪山峙於
西域孟子曰齊宣王見孟子於雪宮劉熙曰雪宮離宮之名也漢書西域傳曰天山冬夏有雪岐昌
發詠於來思姬滿申歌於黃竹岐周所居昌文王名也毛詩曰昔我
往矣楊柳依依今我來思雨雪霏霏姬周姓也滿穆王名昭王子也孔安國尚書傳曰申重也穆天子傳曰天
子遊黃臺之丘大寒北風雨雪天子作詩三章以哀人夫我徂黃竹負閟寒乃宿於黃竹曹風以麻
衣比色楚謠以幽蘭儷曲毛詩曹風曰蜉蝣掘閱麻衣如雪宋玉諷賦曰臣嘗行至
主人獨有一女置臣蘭房之中臣援琴而鼓之爲幽蘭白雪之曲賈逵曰儷偶也盈尺則呈瑞

尤云湯谷凝五臣作暘谷
溪

焦溪温泉沸潭一也

於豐年衰文則表沴於陰德左氏傳曰凡平地尺爲大雪毛萇詩傳曰豐年之冬必有積雪金匱曰武王伐紂都洛邑未成雨雪十餘日深丈餘漢書曰氣相傷謂之沴沴臨莅不和意也春秋潛潭巴曰大雪甚厚後必有女主天雪連月陰作威宋均曰雪爲陰臣道也雪之時義遠矣哉請言其始若迺玄律窮嚴氣升禮記曰季冬之月日窮於次月窮於紀又曰孟冬之月天地始肅鄭玄曰肅嚴急之氣也孟冬之月天氣上騰夏侯孝若寒雪賦曰嚴氣枯殺玄澤閉凝焦溪涸湯谷凝酈元水經注曰焦泉發于天門之左南流成溪謂之焦泉盛弘之荆州記曰南陽郡城北有紫山東有一水冬夏常温因名湯谷也火井滅温泉冰轉物志曰臨卭火井諸葛亮往視後火轉盛以盆貯水煑之得鹽後人以火投井火即滅至今不燃又曰西河郡鴻門縣亦有火井祠火從地出張衡温泉賦曰遂適驪山觀温泉沸潭無湧炎風不興酈元水經注曰以生物投之須臾即熟又曰曲阿季子廟前井及潭常沸故名井曰沸井潭曰沸潭炎風在南海外常有火風丁爻日

何焯云北戶即日南

注

則蒸殺其過鳥也呂氏春秋曰何謂八風東北曰炎風高誘曰一曰融風北戶墐扉裸胡卦壤垂繒毛詩曰穹窒熏鼠塞向墐戶毛萇曰向北出牖也墐塗也東夷傳曰倭國東四千餘里裸人國也字林曰繒帛揔名也於是河海生雲朔漠飛沙淮南子曰西海之雲湊又曰八澤之雲以雨九州公羊傳曰河海潤千里何休曰河海興雲雨汲千里說文曰北方流沙漢書李陵歌曰徑萬里兮度沙漠范曄後漢書袁安議曰今朔漠既定楊泉物理論曰風怒則飛沙揚礫連氛累靄揜日韜霞文字集略曰靄雲狀又曰霭亦靄也一大切毛萇詩傳曰揜覆也於儼切杜預左氏傳曰韜藏也吐刀切霰淅瀝而先集雪紛糅女又而遂多韓詩曰先集惟霰薛君曰霰霙也音英夏侯孝若寒雪賦曰集洪霰之淅瀝煥㩲磊以纚索楚辭曰雪紛糅其增加鄭玄禮記注曰糅雜也其為狀也散漫交錯氛氳蕭索王逸楚辭注曰氛氳盛貌藹藹浮浮瀌瀌毛詩曰雨雪浮浮又曰雨雪瀌瀌方遥切廣雅曰藹藹弈弈盛貌弈弈聯翩飛灑徘徊

嫮 姱字有誤

嫮以姱 嫮 嫮姱

尤云積素未虧五臣作積雪

委積始緣甍而冒棟。終開簾而入隙。杜預曰甍屋棟也毛詩曰下土是冒傳曰冒覆也字林云隙壁際孔從阜傍二小夾曰也初便娟於墀廡。末縈盈於帷席。便娟縈盈雪迴委之貌楚辭曰嬋娟修竹王逸曰嬋娟好貌說文曰廡堂下周屋也釋名曰大屋曰廡既因方而爲珪。亦遇圓而成璧。眄隰則萬頃同縞。瞻山則千巖俱白。於是臺如重璧。逵似連璐。廣雅曰縞練也穆天子傳曰爲盛姬築臺是曰重壁之臺劉公幹清廬賦曰蹈琳珉之塗然即逵也許慎淮南子注曰璐美玉也音路庭列。瑤階林挺瓊樹。瑤階玉階也已見西京賦說文曰挺拔也達鼎切莊子曰南方積石千里樹名瓊枝皓鶴奪鮮。白鷳失素。相鶴經云鶴千六百年形定而色白復二千年大毛落茸毛生色雪白白鷳鳥名也西都賦曰招白鷳紈袖慚冶。玉顏掩姱。說文曰紈素也冶妖也范子紈素出齊古詩曰燕趙多佳人美者顏如玉楚辭曰美人皓齒嫮與姱同好貌若迺積素未虧。白日朝鮮爛兮若燭龍銜燿照崑山山海經曰赤水之北有章尾山有神人面蛇身其瞋乃晦其視乃明是燭九陰是謂燭龍楚辭曰日安不飛燭龍何照王逸曰言天西北有幽冥無日之國有龍銜燭而照之山海經曰鍾山之神名曰燭陰郭璞曰即燭龍也詩含神務曰天不足西北無有陰陽故有龍銜火精以照天門中也崑山已見上文

爾其流滴垂冰緣霤承隅王逸楚辭注曰霤屋宇也粲兮若馮夷剖蚌列明珠莊子曰夫道馮夷得之以游大川抱朴子釋鬼篇曰馮夷華陰人以八月上庚日度河溺死天帝署爲河伯說文曰蚌蜃也司馬彪以爲明月珠蚌蛤也蜀志秦宓奏記曰剖蚌求珠

至夫繽紛繁騖之貌皓旰曒絜之儀迴散縈積之勢飛聚凝曜之奇固展轉而無窮嗟難得而備知

若迺申娛翫之無已夜幽靜而多懷風觸楹而轉響月承幌而通暉包氏論語注曰梲者梁上楹也說文曰楹柱也承上也文字集略曰幌以帛明牕也

折園中之萱草摘階上之芳薇

鄒陽以下少變不欲其直也

酌湘吳之醇酎御狐狢之兼衣吳録曰湘川鄢陵縣水以作酒有名吳興烏程縣若下酒有名醇酎巳見魏都賦論語曰狐狢之厚以居晏子春秋曰景公時雨雪三日公被狐白之裘晏子入公曰怪哉雨雪三日不寒晏子曰古之賢者飽而知飢溫而知寒公曰善出裘發粟以與飢人夏侯孝若寒雪賦曰既增覆而累鎮又加裘而兼衣對庭鵾之雙舞瞻雲鴈之孤飛西京雜記曰公孫乘月賦曰鵾雞舞於蘭渚蟋蟀鳴於西堂踐霜雪之交積憐枝葉之相違馳遙思於千里願接手而同歸杜篤衆瑞頌曰千里遙思展轉反側毛詩曰攜手同歸鄒陽聞之懣然心服莊子曰子貢懣然慙又曰使人以心服而不敢忤說文曰懣煩也蒼頡曰悶也莫本切有懷妍唱敬接末曲於是迺作而賦積雪之歌歌曰攜佳人兮披重幄援綺衾兮坐芳縟燎薰鑪兮炳明燭酌桂酒兮揚清曲漢武帝秋風辭曰攜佳人兮不能忘

劉向有薰鑪銘楚辭曰奠桂酒兮椒漿薰火煙上出也字從黑又續而爲白雪之歌歌曰曲既揚兮酒既陳朱顏酡兮思自親楚辭曰美人既醉朱顏酡王逸曰酡著也面著赤色也徒何切願低帷以昵枕念解珮而褫紳昵近也褫奪衣也孔安國論語注曰紳大帶也怨年歲之易暮傷後會之無因君寧見階上之白雪豈鮮耀於陽春楚辭曰無衣裘以御冬恐死不得見乎陽春歌卒王迺尋繹吟翫撫覽扼腕毛萇詩傳曰繹悅也方言曰繹理也說文曰扼把也鄭玄儀禮注曰腕掌後節也史記曰天下之士莫不扼腕以言顧謂枚叔起而爲亂亂者理也摠理一賦之終也亂曰白羽雖白質以輕兮白玉雖白空守貞兮孟子曰白羽之白也猶白雪之白也歟白雪之白也猶白玉之白也歟劉熙曰孟子以爲白羽之白性輕白雪之性消白玉之性堅雖俱白其性不同問告子告子以爲三白之性同未若茲雪因時興滅言隨時行

濫

歌卒以下又變

次與已通

尤云解珮而褫紳五臣作褫珮而解紳

梁

藏也玄陰凝不昧其潔太陽曜不固其節蔡雍述行賦曰玄靈黤以凝結零雨集之溱溱正歷曰日太陽也節豈我名潔豈我貞憑雲陞降從風飄零值物賦象任地班形任猶因也素因遇立汙隨染成汙猶相染汙也縱心皓然何慮何營歸田賦曰苟縱心於域外孟子曰我善養吾浩然之氣敢問何謂浩然之氣曰難言也其爲氣也至大至剛以直養而無害則塞於天地之間鴻安丘嚴平頌曰無營無欲澹爾淵清

月賦

周易曰坎爲月陰精也鄭玄曰臣象也廣雅云夜光謂之月月御謂之望舒說文曰月者太陰之精釋名曰月闕也言有時盈有時闕也

謝希逸沈約宋書曰謝莊字希逸陳郡陽夏人也太常弘微子也年七歲能屬文仕至光祿大夫泰初二年卒時年三十六謚曰憲子所著文章四百餘首行於代

借陳王立格与雪賦同意局端憂多暇生出一篇大意

顧亭林曰古人爲賦多假設之辭序述往事以爲點綴不必一一符同也子虚亡是公烏有先生之文已肇始於相如矣後之作者實祖此意謝莊月賦陳王初表應劉端憂多暇五曰抽毫進牘以命仲宣按王粲以建安二十一年從征吴二十二年春道病卒徐陳應劉一时俱逝亦是歲也至明帝太和六年植封陳王豈可據史傳以議此賦之不合哉

心有不快觸景傷神

陳王初喪應劉端憂多暇假設陳王應劉以起賦端也陳王曹植也應劉應瑒劉楨也魏文帝書曰徐陳應劉一時俱逝孫卿子曰其爲人也多暇日者其出入不遠綠苔生閣芳塵凝榭言無復娛遊故綠苔生而芳塵凝也高誘注淮南子曰蒼苔水衣庾闡揚都賦曰結芳塵於綺疎郭璞爾雅注曰榭臺上起屋也悄焉疚懷不怡中夜毛詩曰憂心悄悄悄悄憂貌七小切爾雅曰疚病也怡樂也家語孔子云日出聽政至于中夜迺清蘭路肅桂苑蘭路有蘭之路桂苑有桂之苑楚辭曰皇蘭被徑王逸曰徑路也劉淵林吴都賦注曰吴有桂抹苑騰吹寒山弭蓋秋阪王逸楚辭注曰騰馳也禮記曰季秋入學習吹王逸楚辭注曰弭按也臨濬壑而怨遥登崇岫而傷遠于時斜漢左界北陸南躔大戴禮曰七月漢案戸漢天漢也案戸直戸也李陵詩曰天漢東南馳左傳申豐曰日在北陸而藏冰杜預曰陸道也漢書曰冬則南夏則北漢書音義韋昭曰躔處也亦次也方言曰日運爲躔躔歷行也白露曖空素

尤云不怡五臣不作弗

傷

尤云擅扶光五臣作扶桑

月。流。天。長歌行曰昭昭素明月輝光燭我牀沈吟齊章殷勤陳篇楚辭曰意欲兮沈吟毛詩齊風曰東方之月兮彼姝者子在我闥兮又陳風曰月出皎兮佼人僚兮抽毫進牘以命仲宣此假王仲宣也毫筆毫也文賦曰或含毫而藐然說文曰牘書版也仲宣跪而稱曰聲類曰跪跽也跪渠委切跽奇几切臣東鄙幽介長自丘樊仲宣山陽人故云東鄙戰國策范睢謂秦王曰臣東鄙賤人爾雅曰樊藩也郭璞曰藩籬也昧道懵學孤奉明恩說文曰懵目不明也莫䑃切臣聞沈潛既義高明既經尚書曰沈潛剛克高明柔克孔安國曰沈潛謂地高明謂天左氏傳子太叔曰子產云禮天之經地之義曰以陽德月以陰靈春秋說題辭曰陽精爲日易辯終備曰日之既陽德消鄭玄曰日既蝕明盡也春秋感精符云月者陰之精擅扶光於東沼嗣若英於西冥扶光扶桑之光也東沼湯谷也若英若木之英也西冥昧谷也月盛於東故曰擅始生於西故曰嗣山海經曰湯谷有扶木九日居下枝一日居上枝又曰灰野之山有赤樹青葉名曰若木日之所入處郭璞曰扶木扶桑也尚書曰宅西曰昧谷孔安國曰昧冥也淮南子曰日出於湯谷拂於扶桑又曰若木末有十日其華照下地高誘曰若木端有十日狀如蓮華

引玄兔於帝臺集素娥於后庭張衡靈憲曰月者陰精之宗積成爲獸象兔形春秋元命苞曰月之爲言闕也兩說蟾蠩與兔者陰陽雙居明陽之制陰陰之倚陽張泉觀象賦曰漸臺可升自注曰漸臺天臺之名四星在織女東淮南子曰羿請不死之藥於西王母常娥竊而奔月注曰常娥羿妻也歸藏曰昔常娥以不死之藥犇月論語曰皇皇后帝張泉觀象賦曰寥寥帝庭自注云帝庭謂太微宮也春秋元命苞曰太微爲天庭

朒朓警闕朏斐魄示冲說文曰朒朔而月見東方縮朒然朓晦而月見西方也朏月未成光魄月始生魄然也尚書五行傳曰晦而月見西方謂之朓朓則王侯奢也朔而月見東方謂之側匿側匿則王侯肅鄭玄曰朓條達行疾貌也警闕謂朒朓失度則警人君有所闕德示冲言朏魄得所則表示人君有謙沖不自盈大也禮記注曰月三日而成魄魄是以禮有三讓也朒女六切朓大鳥切朏芳

隸事及吳究爲疵纍
本自焯説

東

尾
切

順辰通燭從星澤風辰十二辰言月順之以照天下也淮南子曰正月建寅月從左行十二辰許慎曰歷十二辰而行尚書曰月之從星則以風以雨孔安國尚書傳曰月經于箕則多風離于畢則多雨然則澤則雨也

增華台室揚采軒宮台室三公位軒宮軒轅之官史記曰中官文昌魁下六星兩兩相比名曰三能能古台字也齊色則君臣和也淮南子曰軒轅者帝妃之舍高誘曰軒轅星名

委照而吳業昌淪精而漢道融吳錄曰長沙桓王名策武烈長子母吳氏有身夢月入懷漢書元后母李親夢月入懷而生后遂爲天下母昌盛也融明也

若夫氣霽地表雲斂天末説文曰霽雨止也西京賦曰眇天末以遠期霽才計切

洞庭始波木葉微脫楚辭曰洞庭波兮木葉下

菊散芳於山椒鴈流哀於江瀨禮記曰仲秋菊有黃華王逸楚辭注曰土高四墮曰椒漢書武帝傷李夫人賦曰釋子馬於山椒山椒山頂也説文曰瀨水流沙上也

升清質之悠悠降澄輝之藹藹楚辭曰白日出兮悠悠長門賦曰望中庭之藹藹若季秋之降霜

尤云絃桐五臣作絲桐

列宿掩縟，長河韜映。楚辭曰若列宿之錯置說文曰縟繁采飾也毛詩曰倬彼雲漢毛萇曰雲漢天河也柔祇雪凝，圓靈水鏡。柔祇地也圓靈天也連觀霜縞，周除冰淨。觀宮觀也徐幹七喻曰連觀飛榭說文曰除殿陛也君王乃厭晨懽，樂宵宴，收妙舞，弛清縣。邊讓章華臺賦曰妙舞麗於陽阿長笛賦曰磬襄弛縣周禮曰大憂弛縣鄭玄曰弛釋也字林曰弛解也韋昭漢書注曰弛廢也去燭房，即月殿，芳酒登，鳴琴薦。若迺涼夜自淒，風篁成韻，篁竹叢生也風篁風吹篁也親懿莫從，羇孤遞進。親懿懿親也左氏傳富辰曰兄弟雖有小忿不廢懿親杜預曰懿美也羇羇孤羇客孤子也言親懿不從遊而羇旅之孤更進也聆皐禽之夕聞，聽朔管之秋引。詩曰鶴鳴九皐皐禽鶴也抱朴子曰峻槩獨立而皐禽之響振也朔管羌笛也說文曰管十二月位在北方故云朔秋引商聲也於是絃桐練響，音容選和。絃桐琴也埤蒼曰練擇也練與揀音義同桓譚新論曰神

瑾　房

農始削桐爲琴練絲爲絃傒琬箏賦曰察其風采揀其聲音鄭玄禮記注曰選可選擇也徘徊房露惆悵陽阿防露蓋古曲也文賦曰寤防露與桑間又雖悲而不雅房與防古字通淮南子曰夫歌采菱發陽阿鄙人聽之不若延露以和也聲林虛籟淪池滅波此言風將息也聲林而籟管虛淪池而大波滅韋秀相風賦曰幽林絕響巨海息波莊子曰子綦謂子游曰夫大塊噫氣其名曰風是以無作作則萬竅怒號冷風則小和飄風則大和厲風濟則衆竅爲虛子游曰地籟則衆竅是已郭象曰烈風作則衆竅實及其止則衆竅虛薛君韓詩章句曰從流而風曰淪淪文貌說文曰波水涌也情紆軫其何託愬皓月而長歌楚辭曰鬱結紆軫兮離慜而長鞠王逸曰紆曲軫痛也毛詩曰如彼愬風毛萇曰愬鄉之也歌曰美人邁兮音塵闕隔千里兮共明月楚辭曰望美人兮未來陸機思歸賦曰絕音塵於江介託影響乎洛湄淮南子曰道德之論譬如日月馳騖千里不能改其處也臨風歎兮將焉歇川路長兮不可越楚辭曰臨風怳兮浩歌歌響未終

尤云羞辟五臣羞作薦　厚

○鵩鳥賦非賦鳥也此則昭明歸類之誤

尤云服鳥賦五臣竝作鵩字

餘景就畢滿堂變容迴遑如失說文曰滿堂飲酒莊子子貢曰夫子見之變容失色范曄後漢書曰戴良見黃憲反歸罔然若有失也又稱歌曰月既沒兮露欲晞歲方晏兮無與歸楚辭曰歲既晏兮孰與歸佳期可以還微霜霑人衣楚辭曰與佳人期兮夕張又曰微霜兮夜降魏文帝善哉行曰谿谷多悲風霜露霑人衣陳王曰善迺命執事獻壽羞璧左氏傳原成叔曰敢私於執事史記曰平原君以千金為魯連壽韓詩外傳曰楚襄王遣使持白璧百雙聘莊子敬佩玉音復之無斁毛詩曰無金玉爾音尚書曰我有周無斁爾雅曰斁猒也

鳥獸爾雅曰兩足而羽謂之禽四足而毛謂之獸禽即鳥也

○鵩鳥賦并序

賈誼漢書曰賈誼洛陽人也年十八屬文稱於郡中河南太守吴公聞其秀才召置

謫
尤云長沙卑溼王臣無長沙二字

文十三　　十六

門下甚幸愛後文帝召爲博士爲絳灌馮敬之屬害之於是天子踈之以爲長沙王傅然賈生英特弱齡秀發縱横海之巨鱗矯冲天之逸翰而不參謀棘署賛道槐庭虚離謗鈌爰傳卑土發憤嗟命不亦宜乎而班固謂之未爲不達斯言過矣

誼爲長沙王傅漢書云誼爲長沙王太傅三年鵩入誼舍又云後歲餘文帝思誼徵拜爲梁王傅然文帝之世王長沙者唯有吴芮之子孫耳經史不載其謚號故難得而詳也又景帝十三王傳曰長沙定王發母唐姬無寵故王卑濕國三年有鵩鳥飛入誼舍止於坐隅鵩似鴞不祥鳥也晉灼曰巴蜀異物志曰有鳥小如雞體有文色上俗因形名之曰鵩不能遠飛行不出域鴞于妖切誼既以適居長沙韋昭曰謫譴也長沙卑濕誼自傷悼以爲壽不得長迺爲賦以自廣自廣自寛也其辭曰單閼之歲兮四月孟夏爾雅曰太歲在卯曰單閼徐廣曰文帝六年歲在丁卯庚子日斜

疑有誤

問

尤云請對以臆五臣作臆曰

監

兮鵩集予舍李奇曰日西斜時也止于坐隅兮貌甚閒暇閒暇不驚恐也

異物來萃兮私怪其故萃集也發書占之兮讖言其度說文

曰讖驗也有徵驗之書河洛所出書曰讖曰野鳥入室兮主人將去請問于

鵩兮予去何之善曰讖于鵩鳥也吉乎告我凶言其災淹速之

度兮語予其期淹遲也速疾也謂死生之遲疾也鵩迺歎息舉首奮翼

口不能言請對以臆請以臆中之事以對也萬物變化兮固無休

息莊子曰已化而生又化而死鶡冠子曰固無休息斡流而遷兮或推而還如淳

曰斡轉也善曰鶡冠子曰斡流遷徙固無休息形氣轉續兮變化而嬗韋昭曰而如也

蘇林曰轉續相傳與也嬗音蟬如蜩蟬之蛻化也或曰嬗相連也沕穆無窮兮胡可勝

言沕穆不可分別也顏師古曰沕穆微深也鶡冠子曰變化無窮何可勝言沕亡筆切禍兮福所

聚 疑有挖文

倚福兮禍所伏鶡冠子曰禍乎福之所倚福乎禍之所伏老子注曰倚因也聖人遭禍而能悔過責己脩善則禍去福來也中人得福而爲驕恣則福去而禍來也憂喜聚門兮吉凶同域鶡冠子曰憂喜聚門吉凶同域或作最亦聚也董仲舒云弔者在門慶者在廬今言皆在門者好惡故言同域也彼吴强大兮夫差以敗越棲會稽兮句踐霸世鶡冠子曰失反爲得成反爲敗吴大兵强夫差以困越棲會稽句踐霸世史記曰越王句踐其先允常與吴王闔閭戰而相怨伐允常卒子句踐立是爲越王闔閭聞允常死乃興師伐越越王句踐使士挑戰射傷吴王闔閭且死告其子夫差曰必無忘越三年句踐聞吴王夫差日夜勒兵且以報越欲先吴未發往伐之范蠡諫曰不可王曰已決之矣遂興師吴王聞之悉精兵以伐越敗之夫椒越王乃以甲兵五千人棲於會稽吴師追而圍之越王謂范蠡曰以不聽子故至於此爲之柰何蠡對曰持滿者與天定傾者與人節事者以地卑辭厚禮以遺之不許而身與之市句踐曰諾乃令大夫種行成於吴膝行頓首曰君王亡臣句踐使陪臣種敢告下執事句踐請爲臣妻爲妾吴王將許子胥言於吴王曰天以越賜吴勿許也吴王不聽卒

此旱讀爲悍虔之悍說文厲旱石也亦謂堅悍耳

补云淮南兵略說苑談叢旱並作悍

許越平句踐自會稽歸拊循其士民伐吴大破吴因留圍之三年越遂棲吴王於姑蘇山吴王謝曰吾老矣不能事君王遂自殺乃蔽面曰吾無以見子胥也高誘淮南子注云山處曰棲越滅吴稱霸

斯游遂成兮卒被五刑

應劭曰李斯西游於秦身登相位二世時爲趙高所讒身被五刑

傅說胥靡兮迺相武丁

尚書曰高宗夢得說使百工營求諸野得諸傅巖爰立作相孔安國曰傅氏之巖通道所經有澗水壞道使胥靡刑人築護此道說賢而隱代胥靡築之莊子曰夫道傅說得之以相武丁

夫禍之與福兮何異糾纆

字林曰糾兩合繩纆三合繩應劭曰禍福相與爲表裏如糾纆索相附會也臣瓚曰糾絞也纆索也鶡冠子曰禍與福如糾纆也

命不可說兮孰知其極

鶡冠子曰終則有始孰知其極老子道德經曰孰知其極河上公注曰禍福更相生死孰知其窮極時也顔監曰極止也

水激則旱兮矢激則遠萬物迴薄兮振盪相轉

言矢飛水流各有常度爲物所激或旱或遠斯則萬物變化烏有常則乎鶡冠子曰水激則悍矢激則遠精神迴薄振蕩相轉悍與旱同

並戶但切呂氏春秋曰激矢遠激水旱雲蒸雨降兮糾錯相紛黃帝素問曰地氣上爲雲天氣下爲雨韋昭國語注曰蒸升也大鈞播物兮坱圠無垠如淳曰陶者作器於鈞上此以造化爲大鈞應劭曰陰陽造化如鈞之造器也其氣坱圠非有限齊也善曰坱烏黨切圠烏黠切天不可預慮兮道不可預謀鶡冠子曰天不可預謀道不可預慮遲速有命兮焉識其時鶡冠子曰遟速止息必中參伍焉識其時見下文也且夫天地爲鑪兮造化爲工莊子子黎曰今一以天地爲大鑪以造化爲大治惡乎往而不可哉陰陽爲炭兮萬物爲銅合散消息兮安有常則莊子曰人之生也氣之聚也聚爲生散爲死鶡冠子曰同合消散孰識其時千變萬化兮未始有極列子曰千變萬化不可窮極莊子曰若人之形者萬化而未始有極司馬彪曰當復化而爲無忽然爲人兮何足控摶控摶愛生之意也孟康曰控引也摶持也言人生忽然何足引持自貴惜也如淳曰摶音

高依說文改

象

每讀爲冕漫輕儳

三見貪墨亦此字也

團或作揣晉灼曰許慎云揣量也度商曰揣言何足度量已之年命長短而惜之乎按史記英布傳云果如薛公揣之陳平云生揣我何念皆訓爲量與晉灼說同音初毀切又丁果切但字者滋也不可膠柱在此賦訓摶爲量義似未是至於合韻全復參差且史記揣作摶字如淳孟康義爲是也善曰鶡冠子曰彼時之至安可復還安可控摶也

化爲異物兮又何足患

師古曰患音還言人皆死變化我何足患之莊子曰假於異物託於同體郭璞曰假因也今死生聚散變化無方皆異物也

小智自私兮賤彼貴我

列子曰小智自私怨之府莊子北海若曰以道觀之無貴無賤以物觀之自貴而相賤鶡冠子曰小智立趣好惡自懼

達人大觀兮物無不可

鶡冠子曰達人大觀乃見其符莊子曰物故有所然物故有所可無物不然無物不可

貪夫殉財兮烈士殉名

列子云胥士之殉名貪夫之殉財天下皆然不獨一人司馬彪曰殉營也瓚曰以身從物曰殉

夸者死權兮品庶每生

善曰鶡冠子曰夸者死權自貴矜容殉名司馬彪莊子注曰夸虛名也孟康曰每貪也莊子曰貪生

別本及史漢

文子曰

僒 注同

別本作恍

坎

失理怵迫之徒兮或趨東西孟康曰怵爲利所誘怵也迫迫貧賤也東西趨利也趨音娶怵音戍大人不曲兮意變齊同大人者與天地合其德愚士繫俗兮窘若囚拘莊子曰不肖繫俗窘囚拘之貌求殞切至人遺物兮獨與道俱莊子曰不離於眞謂之至人又孔子謂老聃曰形體若槁木似遺物而立於獨也鶡冠子曰聖人捐物又曰至人不遺動與道俱衆人惑惑兮好惡積億李奇曰惑惑東西也所好所惡積之萬億也鶡冠子曰衆人惑惑迫於嗜欲眞人恬漠兮獨與道息文子曰得天地之道故謂之眞人也莊子曰虛靜恬淡寂漠無爲者道德之至也釋智遺形兮超然自喪莊子云仲尼問於顏回曰何謂坐忘同曰墮支體黜聰明離形去智同於大道此謂坐忘司馬彪曰坐而自忘其身老子曰燕處超然莊子曰南伯子綦曰噫乎我悲人之自喪寥廓忽荒（恍）兮與道翱翔寥廓忽荒元氣未分之貌廣雅曰寥深也廓空也鶡冠子曰與道翱翔乘流則逝兮得坻

十九

則止。孟康曰易坎為險遇險難而止也張晏曰坻水中小洲也坻或爲坎又曰易明謂夷則仕險難則隱鶡冠子曰乘流以逝縱軀委命兮不私與己。鶡冠子曰縱軀委命與時往來其生兮若浮其死兮若休莊子曰其生若浮其死若休澹乎若深泉之靜泛乎若不繫之舟莊子老聃曰其居也淵而靜其唯人心乎鶡冠子曰泛泛乎若不繫之舟不以生故自寶兮養空而浮鄭展曰自寶自貴也鄭氏曰道家養空虛若浮舟也莊子曰汎若不繫之舟虛而遨遊德人無累知命不憂莊子苑風曰願聞德人淳芒曰德人者居無思行無慮也又曰聖人循天之理故無天災故無物累周易曰樂天知命故不憂細故蔕芥何足以疑鶡冠子曰細故袃薊奚足以疑袃薊與蔕芥古字通張揖子虛賦注曰蔕芥刺鯁也

鸚鵡賦

并序山海經曰黃山有鳥其狀如鴞青羽赤喙人舌能言名鸚鵡也注曰舌似小兒舌脚指前後各兩鵡一作鴟莫口切

禰正平范曄後漢書曰禰衡字正平平原人也少有才辯而尚氣傲曹操欲見之不肯往操懷忿而以才名不欲殺之送劉表後復侮慢於表表不能容以江夏太守黃祖性急故送衡與之祖長子射爲章陵太守尤善於衡射大會賓客人有獻鸚鵡者射舉卮於衡前曰願先生賦之衡攬筆而作辭彩甚麗後黃祖殺之時年二十六

時黃祖太子射亦賓客大會有獻鸚鵡者舉酒於衡前曰禰處士應劭風俗通曰處士者隱居放言也今日無用娛賓竊以此鳥自遠而至明慧聰善羽族之可貴典引曰來儀集羽族於觀魏願先生爲之賦使四坐咸共榮觀不亦可乎老子曰雖有榮觀燕處超然衡因爲賦筆不停綴文不加點其辭曰惟西域之靈鳥兮挺自然之奇姿體金精之妙質兮合火德之明煇西域謂隴坻出此鳥也老子曰以輔萬物

機

之自然河上公曰輔萬物自然之性也西方爲金毛有白者故曰金精南方爲火觜有赤者故曰火德歸藏殷筮曰金水之子其名曰羽蒙是生百鳥蔡邕月令章句曰天官五獸前有朱雀鶉火之體也

性辯慧而能言兮才聰明以識機禮記曰鸚鵡能言不離飛鳥王弼周易注曰幾者事之微也故其嬉游高峻棲跱幽深說文曰嬉樂也跱立也飛不妄集翔必擇林紺趾丹觜綠衣翠衿說文曰紺深青而揚赤也采采麗容咬咬好音韓詩曰采采衣服薛君曰采采盛貌也韻略曰咬咬鳥鳴也音交毛詩曰睍睆黄鳥載好其音雖同族於羽毛固殊智而異心配鸞皇而等美焉比德於衆禽於是羨芳聲之遠暢偉靈表之可嘉命虞人於隴坻詔伯益於流沙漢書音義應劭曰天子有大阪曰隴坻尚書帝曰益汝作朕虞孔安國曰伯益也掌山澤官也尚書曰導弱水餘波入于流沙跨崑崙而播弋冠雲霓而張

尤云逼之不懼五臣逼作迫　足
尤云寧再順從五臣寧作能
湔氏

羅雖綱維之備設終一目之所加文子曰有鳥將來張羅而待之得鳥者羅
之一目也今爲一目之羅即無以得鳥也且其容止閑暇守植安停鵩鳥賦曰貌甚
閑暇王逸楚辭注曰植志也逼之不懼撫之不驚鶡冠子曰迫之不懼定以知勇寧
順從以遠害不違迕以喪生毛詩序曰君子全身遠害故獻全者受
賞而傷肌者被刑爾迺歸窮委命離羣喪侶委命已見上文禮記
曰離羣索居閑以雕籠翦其翅羽淮南子曰天下以爲之籠又何失鳥之有乎然籠所
以盛鳥說文曰翅翼也流飄萬里崎嶇重阻埤蒼曰崎嶇不平也崎去奇切嶇音驅
踰岷越障載罹寒暑岷障二山名續漢書曰岷山在蜀郡五道西障縣屬隴西蓋因山立
名也毛詩曰二月初吉載離寒暑一曰障亭障也女辭家而適人臣出身而事
主有以託意也時爲曹操所迫故寄意以申情家語曰女十五許嫁有適人之道漢書鄧都曰已背親而出

身固當奉職也彼賢哲之逢患猶棲遲以羈旅毛詩曰衡門之下可以棲遲女
適人臣事君逢禍患尚棲遲羈旅也羈旅已見上文矧禽鳥之微物能馴擾以安
處薛君韓詩章句曰鳥微物也說文曰馴順也漢書音義應劭曰擾馴也眷西路而長懷
望故鄉而延佇楚辭曰情慨慨而長懷又曰結幽蘭而延佇忖陋體之腥臊
亦何勞於鼎俎毛詩曰予忖度之七本切國語舅犯對晉侯曰偃之肉腥臊將焉用之孔安國
尚書傳曰腥臭也嗟祿命之衰薄奚遭時之險巇禮斗威儀曰天其祿命不
得極其數楚辭曰何周道之平易然蕪穢而險巇王逸曰險巇顛危也豈言語以階亂將
不密以致危周易孔子曰亂之所生則言語以為階也君不密則失臣臣不密則失身痛
母子之永隔哀伉儷之生離左氏傳曰施氏之婦怨施氏曰已不能庇其伉儷杜
預曰儷偶也伉敵也楚辭曰悲莫悲兮生別離匪餘年之足惜愍眾雛之無知

或謂西都即指西域言故下言代越

原文代作胡

原文而作為

爾雅曰生哺雛謂鳥子初生能自啄食總名曰雛也背蠻夷之下國侍君子之光儀毛詩曰命于下國非天子之國故曰下也懼名實之不副恥才能之無奇莊子許由曰名者實之賓羨西都之沃壤識苦樂之異宜西都長安也鸚鵡言長安樂自古有之未詳所見懷代越之悠思故每言而稱斯斯此也此長安也言類彼鳥馬而懷代越之思故亦每言而稱此古詩曰代馬依北風越鳥巢南枝若迺少昊司辰蓐收整轡禮記曰孟秋之月其帝少昊其神蓐收嚴霜初降涼風蕭瑟楚詞曰冬又申之以嚴霜長吟遠慕哀鳴感類毛詩曰哀鳴嗷嗷音聲悽以激揚容貌慘以顦顇漢書谷永上疏曰賛命之臣靡不激揚荅賓戲曰夕而顦顇也聞之者悲傷見之者隕淚毛詩曰涕既隕之毛萇曰隕墜也放臣為之屢歎棄妻為之歔欷放臣棄妻屈原哀姜之徒王逸楚詞注曰歔欷啼聲感平生之

兩 贈子篤詩注引忽此文之作以悠遠爲襟 體詩潘岳注引作兩雨絕疑本校特 上書諫吳王自絕於天語

尤云高嶽五臣嶽作峻

尤云惋毒五臣惋作冤

游處若壎篪之相須論語曰君子久要不忘平生之言毛詩曰伯氏吹壎仲氏吹篪毛萇曰土曰壎竹曰篪何今日之兩絕若胡越之異區淮南子曰自異者視之肝膽胡越也高誘曰胡越喻遠順籠檻以俯仰闚戶牖以踟躕說文曰櫳房室之疏也楯欄檻也王逸楚詞注曰從曰檻橫曰楯說文曰牖穿壁以爲牕也韓詩曰搔首踟躕薛君曰踟躕躑躅也踟腸知切躕腸誅切想崑山之高嶽思鄧林之扶疏班固漢書贊禹本紀云崑崙山高二千五百餘里山海經曰夸父與日競走渴死棄其杖化爲鄧林上林賦曰垂條扶疏顧六翮之殘毀雖奮迅其焉如韓詩外傳蓋乘曰夫鴻鵠一舉千里所恃者六翮耳心懷歸而弗果徒怨毒於一隅毛詩曰豈不懷歸廣雅曰毒痛也苟竭心於所事敢背惠而忘初左氏傳子犯曰背惠食言楚詞曰不敢忘初之厚德託輕鄙之微命委陋賤之薄軀楚詞曰蜂蛾微命力何固期守死以報德

櫳注

遷報任安書曰效其款款之愚与此異

甘盡辭以效愚。論語子曰守死善道毛詩曰欲報之德司馬遷書曰效其癡愚恃隆恩。於既往庶彌久而不渝。渝變也感恩久不變也

鷦鷯賦并序毛詩曰肇允彼桃蟲詩義疏曰桃蟲今鷦鷯微小黄雀也鷦音焦鷯音遼又方言曰桑飛郭璞注曰即鷦鷯也自關而東謂之工雀又云女工一云巧婦又云女匠

張茂先臧榮緒晉書曰張華字茂先范陽人也少好文義博覽墳典爲太常博士轉兼中書郎雖棲處雲閣慨然有感作鷦鷯賦後詔加右光禄大夫封壯武郡公遷司空爲趙王倫所害

鷦鷯小鳥也生於蒿萊之間長於藩籬之下翔集尋常之内而生生之理足矣漢書音義應劭曰八尺曰尋倍尋曰常老子曰人之輕死以其生生之厚易繫辭曰生生之謂易韓康伯曰陰陽轉易以化成生也色淺體陋不爲人用

形微處卑物莫之害呂氏春秋曰高節厲行物莫之害繁滋族類乘居匹游列女傳姜后曰雎鳩之鳥猶未常見其乘居而匹遊翩翩然有以自樂也翩翩自得之貌毛詩曰翩翩者鵻彼鷲鶚鵾鴻孔雀翡翠說文曰鷲鳥黃頭赤目五色皆備鶚鵰也山海經曰景山多鷲鳥黑色多力鵾狀如鶴而文漢書音義應劭曰雄曰翡雌曰翠異物志曰翡赤色大於翠顏監曰鳥各別異非雄雌異名也或淩赤霄之際或託絕垠之外絕垠天邊之地也楚辭曰載赤霄而淩太清又曰踔絕垠于寒門翰舉足以沖天觜距足以自衛王弼周易注曰翰高飛也史記楚莊王曰有鳥三年不蜚蜚乃沖天蜚與飛同字書曰沖中也呂氏春秋曰凡人之性爪牙不足以自守衛西京賦曰觜距爲刀鈹然皆負矰嬰繳羽毛入貢何者有用於人也繳繫箭線也尚書曰厥貢齒革羽毛夫言有淺而可以託深類有微而可以喻大故賦之云爾

何造化之多端兮播羣形於萬類易曰天地造生萬物咸成又曰造化道也淮南子曰大丈夫無爲與造化逍遥楚辭曰多端膠加老子曰道生萬物河圖曰地有九州以包萬類惟鷦鷯之微禽兮亦攝生而受氣老子曰善攝生者不然莊子北海若曰吾受氣於陰陽育翩翾之陋體無玄黃以自貴字林曰翩疾飛也說文曰翾小飛也呼緣切毛弗施於器用肉弗登於俎味左氏傳臧僖伯曰皮革齒牙骨角毛羽不登於器鳥獸之肉不登於俎則公不射古之制也鷹鸇過猶俄翼尚何懼於罿衝尉尉左氏傳然明曰見不仁者誅之如鷹鸇之逐鳥雀也爾雅曰晨風鸇也廣雅曰俄邪也毛詩曰側弁之俄箋云俄傾貌罿尉皆網也鸇之然切翳薈蒙籠是焉游集孫子兵法曰林木翳薈草樹蒙籠飛不飄颺翔不翕習翕習盛貌其居易容其求易給巢林不過一枝每食不過數粒莊子曰鷦鷯巢林不過一枝孔安國尚書

尤云静守約五臣約作性

傳曰米食曰粒棲無所滯游無所盤爾雅曰盤盤樂也匪陋荆棘匪榮茝蘭動翼而逸投足而安委命順理與物無患委命已見上文淮南子曰守道順理伊茲禽之無知何處身之似智莊子曰鳥高飛以避矰弋之害鼷鼠深穴乎神丘之下以避熏鑿之患而曽二蟲之無知也不懷寶以賈害不飾表以招累左氏傳曰虞叔有玉虞公求之弗獻既悔之曰周任有言匹夫無罪懷璧其罪吾焉用此以賈其害杜預曰賈買也靜守約而不矜動因循以簡易文子曰約其所守即察尚書曰汝惟不矜孔安國曰自賢曰矜淮南子曰因循而任下周易曰簡易而天下之理得矣任自然以為資無誘慕於世僞自然已見上文文子曰去其誘慕除其嗜欲張湛曰遺其衒尚為害眞性傅毅七激曰排挫禮學譏謔世僞鵰鶚介其觜距鵠鷺軼於雲際穆天子傳曰青鵰執犬羊食豕鹿郭璞曰今鵰亦能食麏鹿山海經曰煇諸之山多鶡郭璞曰似雉而大青色

代

有角鬭死乃止出上黨言因觜角距而爲人用也鶡鷄竄於幽險孔翠生乎遐裔彼晨鳧與歸鴈又矯翼而增逝說苑曰魏文侯嗜晨鳧史記曰楚人有好以弱弓微繳加歸鴈之上解嘲曰矯翼厲翮淮南子曰鳳皇曾逝萬仞之上咸美羽而豐肌故無罪而皆斃文子曰羽翼美者傷其骨骸司馬相如美人賦曰弱骨豐肌徒銜蘆以避繳終爲戮於此世淮南子曰鴈銜蘆而翔以備矰繳抱朴子曰智禽銜蘆以避網水牛結陣以却虎史記太史公曰英布不克於身爲世大戮蒼鷹鷙而受緤鸚鵡惠而入籠李陵詩曰有鳥西南飛熠燿似蒼鷹王逸楚詞注曰緤繫也鸚鵡賦曰性辯惠而能言又曰閉以雕籠屈猛志以服養塊幽縶於九重淮南子曰塊然獨處苦對切楚辭曰君之門兮九重變音聲以順旨思摧翮而爲庸戀鍾岱之林野慕隴坻之高松鍾岱二山鷹之所產漢書曰趙地鍾岱迫近胡寇如淳曰鍾所在未聞漢有代郡故

代國也東方朔十洲記曰北海外有鍾山鸚鵡賦曰命虞人於隴坻雖蒙幸於今日未若疇昔之從容左氏傳曰羊斟云疇昔之羊子爲政杜預曰疇昔猶前日也尚書曰從容以和海鳥鶢袁鶋居避風而至國語曰海鳥曰爰居止於魯東門外展禽曰今玆海其有災乎夫廣川之鳥獸常知而避其災是歲海多大風條枝巨雀踰嶺自致漢書曰條枝國臨西海有大鳥提挈萬里飄颻逼畏漢書曰左提右挈夫唯體大妨物而形瓌足瑋也陰陽陶蒸萬品一區文子老子曰陰陽陶冶萬物蒸氣出貌巨細舛錯種繁類殊鷦螟巢於蚊睫接大鵬彌乎天隅晏子春秋景公曰天下有極細者乎對曰有東海有蟲巢於蚊睫再飛而蚊不爲驚臣不知其名而東海有通者命曰鷦螟莊子曰北溟有魚其名曰鵾化而爲鵬怒而飛翼若垂天之雲將以上方不足而下比有餘莊子曰長者不爲有餘短者不爲不足普天壤以遐觀吾又

安知大小之所如莊子北海若曰以差觀之因其所大而大之則萬物莫不大因其所小而小之則萬物莫不小則差數覩矣歸田賦曰安知榮辱之所如

文選卷第十三

六月廿五日禺中　侃誦

五字當為六字之誤　焯　或係抽閱

原賦濩上無迺字迺字在上句緌蕤作蕤緌

曰組甲三千馬融曰組甲以組爲甲也丹臒二色也郭璞山海經曰臒臒黝屬寶鉸星纒鏤章霞布鉸裝飾也章采文也袁宏酎宴賦曰朱帷赫以霞布進迫遮迾却屬輂輅服虔通俗文曰天子出虎賁伺非常謂之遮迾漢書音義晉灼曰迾古列字欻聳擢以鴻驚時濩略而龍翥薛綜西京賦注曰欻忽也說文曰欻有所吹起也傅玄乘輿馬賦曰形便飛燕勢越驚鴻甘泉賦曰迺濩略綏蕤張景陽七命曰蚪踊螭騰麟超龍翥弭雄姿以奉引婉柔心而待御東京賦曰奉引既畢先輅乃發至於露滋月肅霜戾秋登禮記曰孟秋之月天地始肅爾雅曰戾至也又曰登成也王于興言闡肄威稜毛詩曰王于興師漢書武帝報李廣曰威稜憺乎鄰國又曰興言出宿聲類曰闡大開也賈逵國語注曰肄習也臨廣望坐百層地理書洛陽故宮曰廣望觀臨金市劉梁七舉曰鴻臺百層干雲參差料武藝品驍騰字林曰料量也夏侯湛馳射賦曰叅武藝以遊遨說文曰驍良馬也廣雅曰騰奔也流藻周

原賦回唐作迴塘

原賦洩作渫

施和鈴重設流藻周流藻畫也應瑒馳射賦曰藻飾齊明和鈴已見上睨影高鳴將超中折相馬經曰馬有騁影而視者分馳迴場角壯永埒南都賦曰群士放逐馳乎沙場曹眦馬射賦曰脩埒坦其平舒別輩越群絢火縣練夐絕絢練疾貌也夐絕迴絕也捷趫夫之敏手促華鼓之繁節廣雅曰蹻健也孔安國尚書傳曰敏疾也言射有常儀鼓有常節令以馬馳之疾故加捷促也應瑒馳射賦曰擔動鼓震讚聲雷潰魏略司馬景王與許允書曰震華鼓建朱節經玄蹄而雹散歷素支而冰裂玄蹄馬蹄也素支月支也皆射帖名也言馬既良射者亦中故玄蹄雹散素支冰裂也邯鄲湻藝經曰馬射左邊爲月支二枚馬蹄三枚也膺門沫赭汗溝走血相馬經曰膺門欲開汗溝欲深漢書天馬歌曰霑赤汗沫流赭應劭曰大宛馬汗血霑濡也流沫如赭也如湻曰沫或作頮音悔踠跡回唐畜怒未洩方言曰洩歇也南都賦曰收驩命駕分背回唐東都主人曰馬踠餘足士怒未洩乾心降而

尤云凌遽之氣方屬五臣屬作厲

尤云秀騏五臣騏作驥

徽怡都人仰而朋悅。乾喻文帝也周易曰乾爲天都人已見西都賦妍變之態
旣畢凌遽之氣方屬。凌遽已見西京賦鄭玄喪服注曰屬連也跼鑣轡之牽
制隘通都之圈束。字林曰跼踡行不申也得通都馳騁猶爲圈束司馬遷書曰通邑大都說
文曰圈養畜閑也眷西極而驤首。望朔雲而蹀足。漢書天馬歌曰天馬來從
西極又曰武帝得烏孫馬名天馬後更名西極馬鄒陽上書曰交龍驤首曹顏遠感舊賦曰胡馬仰朔雲越鳥
巢南樹又圍綦賦曰良馬蹀足輕車結輪將使紫燕駢衡。綠虵衛轂。尸子曰我得而
民治則馬有紫燕蘭池劉邵趙都賦曰良馬則飛兔奚斯常驪紫燕衡車衡也尚書中候曰龍馬赤文綠色鄭玄曰赤文
而綠地也纖驪接趾。秀騏齊亍。李斯上書曰乘纖離之馬尸子曰馬有秀騏逢騩毛萇詩傳曰騏綦
文也音其騩京媚切覲王母於崑墟。要帝臺於宣嶽。史記曰造父取驥之乘匹與桃
林盜驪驊騮騄駬獻之繆王繆王使造父爲御西巡狩見王母樂之忘歸列仙傳西王母在崑崙山山海經曰鼓鍾之

盤 注

尤云鑒武穆五臣作覽 武穆武

山帝臺之所以觴百神也郭璞曰帝臺神人名山海經有宣山跨中州之轍迹窮神行之軌躅司馬相如大人賦曰世有大人在乎中州列子曰黄帝夢游華胥氏之國其國乗空如履實山谷而不躓其步神行而已轍迹穆王也見下文軌躅已見魏都賦然而盤于遊畋作鑒前王尚書曰文王不敢盤于遊畋孟子曰詩云殷鑒不遠在夏后之世趙岐曰以前代善惡爲明鏡肆於人上取悔義方肆敢也左氏曰師曠諫晉悼公曰天之愛人甚矣豈使一人肆於人上杜預曰肆恣也庚元規表曰爲國取悔左氏傳石碏曰臣聞愛子教之義方天子乃輟駕迴慮息徒解裝孔叢子曰孔子歌曰喟然回慮題彼泰山嵇康贈秀才詩曰息徒蘭圃王逸荔枝賦曰裝不及解許慎淮南子注曰裝束也鑒武穆憲文光左氏傳右尹子革曰周穆王欲肆其心周行天下將皆有車轍馬迹焉漢書武帝好大宛馬使者相望於道又賈捐之曰孝文皇帝時有獻千里馬者詔曰鸞旗在前屬車在後吉行日三十凶行日五十朕乘千里之馬獨先安之於是乃還其馬東觀漢記光武紀曰是時名都王國有

九云敬備五臣敬作儆言

如淳曰方腫切

獻名馬振民隱脩國章小雅曰振救也國語祭公謀父駕鼓車曰勤恤民隱而除其害韋昭曰隱痛也戒出豕之敗御惕飛鳥之跱衡韓子曰王子期爲趙簡子御取道爭千里之表其始發也彘伏溝中王子期齊轡策而進之彘突出於溝中馬驚敗駕古文周書曰穆王田有黑鳥若鳩翩飛而跱於衡御者斃之以策馬佚不克止之蹶於乘傷帝左股案漢明帝起居注云帝向太山至榮陽有鳥鳴軛中郎將王吉引弓射殺之將以示帝曰鳥鳴軛彎弓射洞胷腋陛下壽萬歲臣受二千石乃賜帛二百匹東觀漢記朱勃上書理馬援曰飛鳥跱衡馬驚觸虎物類相生亦無不有故祗慎乎所常忽敬備乎所未防周書芮良夫曰惟禍發於人之倏忽王弼周易注曰敬慎防備可以不敗輿有重輪之安馬無泛駕之佚重輪已見東京賦漢書曰夫泛駕之馬亦在御之而已應劭曰泛覆也處以濯龍之奥委以紅粟之秩盧植集曰詔給濯龍廐馬三百匹鄭玄尚書注曰奥內也廣雅曰委累也言累加之也鄭玄周禮注曰秩禄稟也紅粟已見吴都賦

文十四　七

緯矣 鄭 書

服養知仁從老得卒鶡鷄賦曰屈猛志以服養嵇康養生論曰從白得老從老得終加弊帷收仆質禮記孔子曰弊帷不弃爲埋馬也天情周皇恩畢魏都賦曰皇恩畢

亂曰惟德動天神物儀兮尚書益贊于禹曰惟德動天春秋合誠圖曰黃帝先致白狐白虎諸神物乃下於時駔驂充階街佳兮說文曰駔壯也言駔驂之馬充於階街也魏都賦曰冀馬填廄而駔駿王逸楚詞注曰駔駿馬名也稟靈月駟祖雲螭兮春秋考異郵云地生眀精爲馬漢書曰漢中星爲天駟黃伯仁龍馬賦曰資玄螭之表像似靈虯之矩則郭璞遊仙詩曰雲螭非我駕雄志倜儻精權奇兮漢書天馬歌曰志俶儻精權奇廣雅曰倜儻卓異也既剛且淑服鞿羈兮周禮曰師曠見太子太子曰詩云馬之剛矣轡之柔矣楚詞曰余雖好脩姱以鞿羈兮王逸曰韁在口曰鞿絡在頭曰羈效足中黃殉驅馳兮曹植與陳

文館詞林六九五引作自誠令

目

琳書曰驥騄不常步應良御而効足漢書舊儀曰中黄門駙馬又大宛馬汗血馬乾河馬天馬曹植令曰今皇帝損乘車之副竭中黄之府**頋終惠養舊本枝兮**漢書蹠廣曰此金者聖主所以惠養老臣毛詩曰本枝百世**竟先朝露長委離兮**朝露至危而又先之言甚速也漢書李陵謂蘇武曰人生如朝露曹子建自試表曰常恐先朝露楚詞曰遂萎絶而離異禮記曰哲人其萎乎家語爲委萎與委古字通

舞鶴賦

鮑明遠

散幽經以驗物偉胎化之仙禽相鶴經者出自浮丘公公以自授王子晉崔文子者學仙於子晉得其文藏於嵩高山石室及淮南八公採藥得之遂傳於世鶴經曰鶴陽鳥也因金氣依火精火數七金數九故十六年小變六十年大變千六百年形定而色白又云二年落子毛易黒點三年頭赤七年飛薄雲漢又七年學舞復七年應節晝夜十二鳴六十年大毛落茸毛生色雪白泥水不能汚百六十年雄

海

吭胡浪切

雌相見目精不轉孕千六百年飲而不食食於水故喙長軒於前故後短栖於陸故足高而尾凋翔於雲故毛豐而肉踈行必依洲嶼止必集林木蓋羽族之宗長仙人之騏驥也隆鼻短口則少眠露眼赤精則視遠頭銳身短則喜鳴四翎亞膺則體輕鳳翼雀毛則善飛龜背鼈腹則能產軒前垂後則善舞洪髀纖趾則能行

鍾浮曠之藻質抱清迥之明心曹植九詠章句曰鍾當也指蓬壺而翻翰望崑閬而揚音蓬壺崑閬見上帀日域以迴騖窮天步而高尋相鶴經曰一舉千里不崇朝而徧四方者也長楊賦曰東震日域毛詩曰天步艱難陸機擬古詩曰粲粲光天步然文雖出彼而意並殊不以文害意也踐神區其既遠積靈祀而方多一舉千里故云既遠壽踰千歲故云方多精含丹而星曜頂凝紫而烟華相鶴經曰露目赤精則視遠引員吭之纖婉頓修趾之洪姱吭已見吳都賦相鶴經曰高脚踈節則多力王氏楚詞注曰姱好也疊霜毛而弄影振玉羽而臨

尤云愁遵暮五臣愁作惟惆悵五臣悵作惕

霞閔鴻羽扇賦曰同皦素於凝霜江逌扇賦曰瓊澤冰鱗瓊亦玉也朝戲於芝田夕飲乎瑤池十洲記曰鍾山在北海之中地仙家數千萬耕田種芝草課計頃畝也穆天子傳曰天子觴王母于瑤池之上厭江海而游澤掩雲羅而見羈新序曰晉文公出田漁者曰鴻鵠保河海之中厭而徙之小澤必有矰弋之憂鸚鵡賦曰冠雲霓而張羅去帝鄉之岑寂歸人寰之喧卑莊子曰乘彼白雲至于帝鄉岑寂猶高靜也人寰已見魏都賦歲崢嶸而愁暮心惆悵而哀離廣雅曰崢嶸高貌歲之將盡猶物之高楚詞曰惆悵而私自憐於是窮陰殺節急景凋年禮記曰季冬之月日窮于次神農本草經曰秋冬爲陰禮記曰仲秋之月殺氣浸盛涼沙振野箕風動天易卦通驗曰巽氣至則大風揚沙春秋緯曰月失其行離於箕箕者風易緯曰箕風飄石折樹嚴嚴苦霧皎皎悲泉冰塞長河雪滿羣山海賦曰羣山既略既而氛昏夜歇景物澄廓廣雅曰廓空也星

尤云臨鶩風五臣作清風

原詩紀作絶

尤云矯翅雪飛五臣雪作雲

神女

翻漢迴曉月將落魏文帝雜詩曰天漢迴西流感寒雞之早晨憐霜鴈之違漠漠已見雪賦臨鶩風之蕭條對流光之照灼傅休奕雜詩曰一紀如流光唳清響於丹墀舞飛容於金閣唳鶴聲也八王故事陸機歎曰欲聞華亭鶴唳不可復得力計切丹墀已見魏都賦相鶴經云七年飛薄雲漢復七年學舞又七年舞應節始連軒以鳳蹌終宛轉而龍躍海賦曰翔霧連軒相鶴經曰鳳翼則善飛尚書曰鳥獸蹌蹌龍躍已見吳都賦躑躅徘徊振迅騰摧或飛騰或摧折驚身蓬集矯翅雪飛如蓬之集如雪之飛相鶴經曰大毛落茸毛生色雪白離綱別赴合緒相依綱緒謂舞之行列也言或離而別赴或合而相依將興中止若往而歸颯沓矜顧遷延遲暮颯沓群飛貌矜顧矜莊相顧也遷延徐退也高唐賦曰遷延引身楚詞曰恐美人之遲暮王逸曰暮晚也逸翩後塵翱翥先路言飛之疾塵起居鶴之後鶴飛

來

旁

猶

尤云雲罷五臣罷作羅

原賦而作以

尤云更惆悵五臣悵作惕

在路之先楚詞曰吾導夫先路指會規翔臨岐矩步會四會之道岐岐路也四會巳見蕪城賦爾雅曰二達謂之岐郭璞曰岐道傍出態有遺妍貌無停趣奔機逗徒闘節角睞力代分形機節舞之機節奔獨赴也說文曰逗止也角猶競也廣雅曰睞視也長揚緩騖並翼連聲輕迹凌亂浮影交橫相凌而交橫衆變繁姿參差洊在見密傅玄乘輿馬賦曰繁姿屢發字書曰洊仍也煙交霧凝若無毛質毛羽與煙霧同色故云若無風去雨還不可談悉風雨既除而色愈淨故難悉也既散魂而盪目迷不知其所之韓詩曰聊樂我魂薛君注曰魂神也忽星離而雲罷整神容而自持星離分散也雲罷俱止也韓子曰雲罷霧濟而龍與螾蟻同矣自持自整持也神女賦曰頩薄怒而自持仰天居之崇絕更惆悵以驚思蔡邕述行賦曰皇家赫赫而天居崇絕高而懸絕當是時也燕姬色沮巴童心恥

左氏傳曰齊侯伐北燕燕人歸燕姬巴巴渝之童也毛萇詩傳曰沮猶壞也童

巾拂兩停丸劍雙止沈約宋書曰晉初有公莫舞今之巾舞也相傳云項莊劍舞項伯以袖隔之今之用巾蓋像項伯衣袖之遺式又江左初有拂舞舊云拂舞吴舞西京賦曰跳丸劍之揮霍

雖邯鄲其敢倫漢書有邯鄲鼓員古樂府曰黄金爲君門白璧爲君堂上有雙樽酒使作邯鄲倡陽阿已見上

豈陽阿之能擬

入衛國而乘軒出吴都而傾市左氏傳曰衛懿公好鶴鶴有乘軒者注云軒大夫車也吴越春秋曰吴王闔閭有小女王與夫人女會食蒸魚王嘗半女怨曰王食魚辱我不忍久生乃自殺闔閭痛之葬於邦西閶門外鑿池積土爲山石爲槨金鼎玉盃銀樽珠襦之寶以送女乃舞白鶴於吴市中萬人隨觀遂使男女與鶴俱入墓門因塞之以送死

守馴養於千齡結長悲於萬里養生要曰鶴壽有千百之數阮籍詠懷詩曰鴻鵠相隨飛隨飛適荒裔雙翮淩長風須臾萬里逝

志上

乳虎何從漢書注乙
凡乁以下雖舊注皆
當加善曰不備出

曹植白馬篇注引
颺作揚

成帝下云云顔注
以為張晏說

幽通賦

漢書曰班固作幽通賦以致命遂志賦云覿幽人之髣髴然幽通謂與神遇也

班孟堅

系高頊之玄胄兮曹大家曰系連也胄緒也高高陽氏也頊帝顓頊也言己與楚同祖俱帝顓頊之子孫也水北方黑行故稱玄也家語孔子曰顓頊者黃帝之孫昌意之子也曰高陽配水也氏中葉之炳靈應劭曰中葉謂令尹子文也乳虎故曰炳靈漢書班氏之先與楚同姓令尹子文之後子文初生弃於夢澤中虎乳之楚人謂虎班其子以爲號秦滅楚遷晉代之間因氏焉毛詩曰昔在中葉颽風

颽風而蟬蛻兮雄朔野以颺聲曹大家曰颽颽颽也南風曰颽風朔北方也言己先人皇楚徙北至朔方也如蟬蛻之剖後爲雄桀揚其聲淮南子曰蟬飮而不食三十日而蛻漢書曰始皇之末班懿避地於樓煩當孝惠高后時以財雄北邊皇十紀而鴻漸兮有羽儀於上京晉灼曰皇漢皇也應劭曰紀世也鴻鳥也漸進也言先人至漢十世始進仕有羽翼於京師也成帝

颽漢書作𩗗

善曰尚書曰

御云邅漢書作儃師古曰儃字与邅同是也

之初班況女爲婕妤父子並在長安周易曰鴻漸于陸其羽可用爲儀巨滔天而泯夏兮考遘愍以行謡應劭曰王莽字巨君曹大家曰滔漫也泯滅也夏諸夏也考父也言父遭亂猶行歌謡意欲救亂也詩云我歌且謡圖象恭滔天行謡言憂思也終保己而貽則兮里上仁之所廬終猶竟也言考能自保己又遺我法則也莊子曰聖人其於人也樂物之通而保己焉曹大家曰貽遺也里廬皆居處名也言我父早終遺我善法則也何謂善法則乎言爲我擇居處也孔子曰里仁爲美懿前烈之純淑兮窮與達其必濟叶躋曹大家曰懿美也前烈先祖也言己先祖窮遭王莽達則必富貴濟渡民人惠利之風有令名於後世也孟子曰窮則獨善其身達則兼善天下呂氏春秋曰古之得道者窮亦樂達亦樂非窮達異也道得於此窮達一也洛孤蒙之眇眇兮將圮皮義絶而罔階曹大家曰蒙童蒙也眇微也圮毁也言己孤生童微陋鄙薄將毁絶先祖之迹無階路以自成也豈余身之足殉兮違世業之可懷項岱曰殉營也

○黨人猶言凡庶也

善曰曰音越

曹大家曰違恨也懷以也違或作偉偉亦恨也孔叢子曰仲尼大聖自茲以降世業不替也靖潛處以永思兮經日月而彌遠曹大家曰言己安靜長思不欲毀絕先人之功跡日月不居忽復太遠匪黨人之敢拾兮庶斯言之不玷應劭曰拾更也自謂不敢與鄉人更進也曹大家曰庶此異行不玷先人之道也毛詩曰斯言之玷不可為也拾巨業切魂煢煢與神交兮精誠發於宵寐曹大家曰言人之晝所思想夜為之發夢乃與神靈接也夢登山而迥眺兮覿幽人之髣髴項岱曰覿見也張晏曰幽人神人也曹大家曰登山遠望見深谷之中有人髣髴欲來也攬葛藟而授余兮眷峻谷曰越勿墜曹大家曰言夢臨深谷欲墜見神持葛來授我也昒韋昭曰音昧又音忽昕寤而仰思兮心矇矇猶未察曹大家曰昒昕晨旦明也言已旦御思此夢心中矇矇未知其吉凶黃神邈而靡質兮儀遺讖以臆對應劭曰黃黃帝也作占夢書邈遠也言黃神邈遠無

五臣作選

以

應劭曰

應劭及曹大家注顔注以為服虔說

鮮少之也

晦漢書作晦是也晦即無之轉語猶憮与憮矣

所質問依其遺識文以胷臆爲對也淮南子曰黄神嘯吟遺識謂夢書也曰乘高而遻神兮逆道遐通而不迷曹大家曰遻遇也言己緣高而遇神道術將通不迷惑之象也葛緜緜於樛木兮詠南風道爲綏曹大家曰詩周南國風曰南有樛木葛藟纍之樂只君子福履綏之此是安樂之象也蓋惴惴之臨深兮乃二雅之所祇曹大家曰祇敬也大雅曰人亦有言進退維谷小雅曰惴惴小心如臨于谷此皆敬慎之戒也既訊爾以吉象兮又申之以烱戒爾雅曰訊告也曹大家曰烱明也登高爲吉象深谷爲明戒也盍孟晉以迨羣兮辰倏忽其不再盍何不也曹大家曰子盍勉也晉進也迨及也倏過也言何不勉進而及羣時早得進用日月倏忽將復過去楚辭曰時不可兮再得承靈訓其虛徐兮竚盤桓而且俟曹大家曰靈神靈也虛徐狐疑也竚立也盤桓不進也俟待也詩曰其虛其徐周易曰初九盤桓利居貞惟天地之無窮兮鮮生民之晦在尃大

顔注以爲孟康漢書音義艱字下有難字

寤　豈　注

家曰鮮少也晦亡幾也言天地無窮極民在其間上壽一百二十年少者亡幾耳莊子曰天與地無窮人死有時晦紛屯邅與蹇連兮何艱多而智寡漢書音義曰世艱多智少故遇禍也曹大家曰屯蹇皆難也周易曰屯如邅如又曰往蹇來連上聖迕而後拔兮雖群黎之所禦曹大家曰迕觸也禦止也言上聖之人舜有焚廩塡井湯囚夏臺文王拘羑里孔子畏匡在陳絕粮皆觸艱難然後自拔張晏曰豈衆人之所能預自防止耶曹大家以寤爲迕也毛詩有曰羣黎百姓昔衛叔之御音訝迎也昆兮昆爲寇而喪予公羊傳曰叔武讓國奈何文公逐衛侯而立叔武叔武立治反衛侯衛侯得反曰叔武篡我終殺叔武何休曰叔武訟治於晉文公令白王者反衛侯使還國也管彎弧欲斃讎兮讎作后而成己讎謂桓公也左氏傳曰呂郄將殺晉侯寺人披請見公使讓之對曰齊桓公置射鉤而使管仲相之變化故而相詭兮孰云預其終始曹大家曰詭反也事變如此誰能預知其始終吉凶也雍造怨而

尤云丁繇惠 五臣繇作因

尤云王膺慶 五臣膺作應

先賞兮丁繇惠而被戮漢書曰六年春正月上巳日封參功臣二十餘人上居南宮從複道上見諸將往往偶語以問張良良曰陛下與此屬共取天下今已爲天子所封皆故人所愛所誅皆平生仇怨今軍吏計功以天下爲不足徧封而恐以過失誅故相聚謀反上曰爲之柰何良曰取上素所不快羣臣共知最甚者一人先封以示羣臣上曰雍齒與我有故數窘我張良曰今急先封雍齒羣臣見雍齒先封則人人自堅矣於是封雍齒爲什方侯什音十又丁公爲項羽將逐窘漢王漢王謂丁公曰兩賢豈相阸哉丁公引兵而還及項王滅丁公謁見漢王漢王曰丁公爲臣不忠遂斬之栗取弔于逌所也音由吉兮王膺慶於所感應劭曰孝景栗姬也孝景立栗姬男爲太子栗姬妬而廢太子爲臨江王栗姬愈恚以憂死又曰孝宣王皇后初爲婕妤許后薨上憐太子蚤失母乃選後宮素謹愼而無子者立王婕妤爲皇后令母養太子叛迴穴其若茲兮北叟頗識其倚伏曹大家曰叛亂也迴邪也穴僻也禍福相反韓詩曰謀猶迴穴淮南子曰塞上之人有善馬者其馬無故亡而入胡人皆弔之

其父曰此何遽不爲福居數月其馬將胡駿馬而歸人皆賀之其父曰何遽不爲禍乎家富馬其子好騎墮而折髀人皆弔之其父曰此何遽不爲福乎居一年胡人大出丁壯者控弦而戰塞上之人死者十九此獨以跛足故父子相保故福之爲禍禍之爲福變化不可測鶡冠子曰禍乎福所倚福乎禍所伏

單治裏而外凋兮張脩襮博**而内逼**曹大家曰治裏謂導氣也襮表也莊子曰田開謂周威公曰魯有單豹者巖居而水飲行年七十而猶嬰兒之色不幸遇餓虎殺而食之有張毅者高門懸薄無不趣義也行年四十而有内熱之病以死豹養其内而虎食其外毅養其外病攻其内

聿中龢爲庶幾兮顔與冉又不得曹大家曰聿惟也顔顔淵也冉冉伯牛也二子居中履和庶幾聖賢然淵早夭伯牛被疾俱不得其死也論語孔子曰有顔回者好學不幸短命死矣今也則亡又曰伯牛有疾

溺招路以從己兮謂孔氏猶未可曹大家曰溺桀溺也謂孔子爲避人之士未可與安身自謂避世者招子路從己隱也論語曰長沮桀溺耦而耕孔子過之使子路問津焉桀溺曰孔丘之徒

曹大家注顏注作鄧展

此四句為下發端

从注文多者

罔兩
此言罔兩亦隨景而動未可以責之也罔兩之於景正猶枝葉之於根柢也

歟對曰然曰滔滔者天下皆是也而誰以易之且與其從避人之士豈若從避世之士哉安慆慆而不肥肥兮卒隕身乎世禍曹大家曰慆慆亂貌肥避也言子路不避慆慆之亂終隕身於世之禍也遊聖門而靡救兮雖覆醢其何補曹大家曰子路遊學聖師之門無救禍防患之助既身死於衛覆醢不食何補益乎禮記曰孔子哭子路於中庭引使者而問其故使者曰醢之矣遂命覆醢固行行胡朗其必凶兮免盜亂為賴道應劭曰子路得免盜與亂聞道於仲尼也論語曰子路行行如也子曰若由也不得其死然又曰君子有勇而無義為亂小人有勇而無義為盜形氣發於根柢帝兮柯葉彙胃而零茂韋昭曰柢本也應劭曰彙類也曹大家曰零落也張晏曰言人稟氣於父母吉凶夭壽非獨在人譬諸草木華葉盛與零落由本根也恐魍魎之責景兮羌未得其云已應劭曰諸子以顏冉季路逢災路害或疑其身或非其師是由魍魎問景乃未得有已也言罔兩責景之無操不知景之行止而有待或

文十四

非三子之行殊不知吉凶之由命也故云恐罔兩之責
景羌未得其實言也莊子曰罔兩問景曰曩子行今子
止曩子坐今子起何其無特操與景曰吾有待而然
者也郭象爲罔兩司馬彪爲罔浪罔浪景外重陰也**黎**
湻耀于高辛兮芉彊大於南汜重黎有大明之德於高辛之世而德流子
孫故楚彊大於南汜也國語曰史伯對鄭桓公曰夫黎
爲高辛氏火正以湻耀敦大光照四海夫成天地之大
功者其子孫未嘗不章韋昭曰湻大也耀明也章顯也
史記曰楚之先祖出自重黎毛詩曰江有汜曹大家曰
芉楚姓汜沍也**嬴取威於伯儀兮姜本支乎三趾**應劭曰嬴秦姓伯益之後
伯益在唐虞爲有儀鳥獸百物之功秦所由取威於六
國也姜齊姓也趾禮也齊伯夷之後伯夷爲虞舜典天
地人鬼之禮也**既仁得其信然兮仰天路而同軌**劉德曰人道既然仰視天
道又同法也仁謂求仁而得仁也馮衍顯志賦曰惟天路之同軌**東鄰虐而殲仁兮王**
合位乎三五曹大家曰東鄰謂紂也殲盡也仁謂三仁也周易曰東鄰殺牛國語曰泠周鳩對景

王曰告武王伐殷歲在鶉火月在天駟日在析木之津辰在斗柄星在天黿星與日辰之位在北維顓頊之所建也帝嚳受之我姬氏出自天黿及析木者有建星及牽牛焉則我皇妣大姜之姪伯陵之後逢公所馮神也歲之所在則我有周之分野月之所在辰馬農祥也五位歲日月星辰也三年逢公所馮周分野所在后稷所經緯老也

戎女烈而喪孝兮伯祖歸於龍虎曹大家曰戎女驪姬也烈酷也孝子申生也左氏傳曰晉獻公娶驪姬爲夫人生奚齊姬謂太子曰君夢齊姜速祭之太子祭歸胙于公姬寘毒公祭之地地墳與犬犬斃姬泣曰賊由太子太子縊于新城姬譖諸公子曰皆知之重耳奔蒲應劭曰伯文公也孟康曰歲在卯出歷十九年過一周歲在酉入卯東方爲龍酉西方爲虎也國語晉侯問簡子曰吾其濟乎對曰公以辰出而以參入皆晉祥也必伯諸侯也

發還師以成命兮重醉行而自耦曹大家曰發武王名也項岱曰重晉文公重耳也應劭曰與天時耦會也成命以成天命也周書武王觀兵于孟津諸侯皆曰帝紂可伐矣武王曰汝未知天命未可也乃還師左氏傳曰晉公子及齊桓公妻之

宣帝

公子安之姜與子犯醉而遣之震鱗漦仕緇于夏庭兮匝三正而滅姬應劭曰震爲龍鱗蟲之長漦沫也曹大家曰三正謂夏殷周也史記曰夏后氏之衰也有二龍止於夏庭而言曰余褒之二君也於是幣而冊告之龍亡而漦在櫝而藏之比三代莫敢發之至厲王發而觀之漦流于庭化爲玄龜童妾而遭之既笄而孕生子懼而棄之有收之奔褒褒人有罪入棄子以贖罪謂之褒姒幽王廢申后立褒姒爲后廢后父申侯怒攻幽王遂殺幽王驪山下巽羽化于宣宮兮彌五辟而成災曹大家曰易巽卦爲雞雞羽蟲之屬故言羽也應劭曰宣帝時未央宮路軨中雌雞化爲雄元后時始爲太子妃至平帝歷五葉而莽篡也五辟謂王后元帝也成帝也哀帝也平帝也辟君也故云終五辟而成災也道脩長而世短兮夐冥默而不周曹大家曰夐遠貌也周至也言天道長遠人世促短當時冥默不能見微應之所至也劉德曰冥默玄深不可通至胥仍物而鬼諏子侯兮乃窮宙而達幽應劭曰胥須也仍因也諏謀也易曰人謀鬼謀百姓與能往古來今

顔注作李奇 漢書音義

曰宙聖人須因卜筮然後諒兕神極古今通幽微也媯巢姜於孺筮兮旦筭祀于契龜應劭曰媯陳姓也巢居也姜齊姓也旦周公名也孺小也音義曰筭數也祀年也左氏傳曰陳公子完奔齊又曰敬仲其少也周史有以周易見陳侯筮之遇觀之否曰是謂觀國之光利用賓于王此其代陳有國乎不在此其在異國非此其身在其子孫若異國必姜姓也又曰懿氏卜妻敬仲其妻占之曰有媯之後將育于姜杜預曰敬仲陳公子完也左氏傳王孫滿曰周卜世三十卜年七百天所命也毛詩曰爰契我龜宣曹興敗於下夢兮魯衛名謚於銘謠曹大家曰宣周宣王也毛詩曰牧人乃夢衆維魚矣大人占之衆維魚矣實維豐年宣王竟中興左氏傳曰初曹人或夢衆君子立於社宮而謀亡曹曹叔振鐸請待公孫強許之及曹伯陽即位公孫強為政背晉而奸宋宋人伐之執曹伯陽以歸殺之又曰師己曰吾聞文成之世童謠有之禂父喪勞宋父以驕杜預曰禂父昭公宋父定公也應劭曰昭公死于野井定公即位而驕也莊子曰衛靈公卜葬沙丘而吉掘之數仞得石槨焉有銘曰不馮其子靈公奪而埋之靈之為靈

久矣夫**姒聆呱而劾**何戈**石兮許相理而鞫條**應劭曰姒叔向母石叔向子字林曰呱子啼聲也左氏傳曰叔向娶申公巫臣氏生伯石姑視之及堂聞其聲而還曰是豺狼之聲非是莫喪羊舌氏杜預曰姑叔向之母也應劭曰刻其必滅羊舌氏本或爲劾項岱曰舉罪曰劾漢書曰周亞夫爲河內守許負相之曰縱理入口此餓死法也後亞夫封條侯爲丞相人上變告子事連亞夫亞夫詰廷尉不食五日歐血而死毛萇詩傳曰鞫告也**道混成而自然兮術同原而分流**曹大家曰大道神明混沌而成言人生而心志在內聲音在外骨體有形事變有會更相爲表裏合成一體此自然之道至於術學論其成敗考其貧賤觀其富貴各取一槩故或聽聲音或見骨體或占色理或視威儀或察心志或省言行或考卜筮或本先祖如水同原而分流也老子曰有物混成先天地生又曰道法自然也**神先心以定命兮命隨行以消息**曹大家曰言人之行各隨其命命者神先定之故爲徵兆於前也雖然亦在人消息而行之**斡流遷其不濟兮故遭罹而嬴**

應劭注顏注作孟康

縮。項岱曰斡轉也還徙也𣃁過也縮不及也遭遇也罹禍相憂也言人受先祖善惡之迹轉徙流行故有遭遇福及也三纍。同。於一。體兮。雖移。易而不忒。應劭曰晉大夫子盈書賢而覆纍纍惡而害盈曹大家曰天命祐善災惡非有差也然其道廣大雖父子百葉猶若一體也左氏傳秦伯問士鞅曰晉大夫誰先亡對曰其欒氏乎纍怵虐已甚猶可以免其身禍在盈也纍死盈之善未能及人武子之施沒矣而纍之惡實彰將於是乎在後晉果滅欒氏洞參。差其。紛錯兮。斯

衆。兆。之。所惑。曹大家曰衆庶也兆人也報應參差不齊紛亂錯繆故迷惑不信天道也楚辭曰衆兆之所咍周賈。盪而貢。憤兮。齊死生。與禍福。曹大家曰周莊周賈賈誼也貢潰也憤亂也盪盪不知所守也莊周賈誼有好智之才而不以聖人爲法潰亂於善惡遂爲放盪之辭莊周曰生爲徭役死爲休息賈誼曰忽然爲人何足控揣化爲異物又何足患抗爽。言以。矯情兮。

信畏。犧而。忌鵬。項岱曰抗極過差之言以矯枉其情耳莊子曰或聘莊子莊子應其使曰子見

犧牛乎衣以文繡食以蒭菽及其牽入于太廟雖欲爲孤犢其可得乎鵩鳥已見上文

所貴聖人之至論兮順天性而斷誼曹大家曰至論謂五經六藝所以貴之者順天之性也亦當以義斷之不可貪苟生而失名

物有欲而不居兮亦有惡而不避論語子曰富與貴是人之所欲不以其道得之不處也貧與賤是人之所惡不以其道得之不去也

守孔約而不貳兮乃輶德而無累曹大家曰孔甚也輶輕也言聖人所守甚約而無二端則平心立而思慮輕矣輶德德輕而易行也毛詩曰德輶如毛民鮮克舉之曹大家曰以乃爲內晉灼曰與萬物無害累也

三仁殊於一致兮夷惠舛而齊聲項岱曰三人所行各異俱至於仁也曹大家曰柳下惠以不去辱身爲善伯夷以高逝爲賢言去留適等也論語曰微子去之箕子爲之奴比干諫而死孔子曰殷有三仁焉又子曰不降其志不辱其身伯夷叔齊與謂柳下惠降志辱身也

木偃息以蕃魏兮申重繭以存荊木段干木也蕃魏已見魏都賦呂氏春秋曰田贊說荊王

尤云紀焚躬五臣躬作身

曹大家注顏注作應劭說

曰若夫偃息之義則未之識也高誘曰段干木偃息以安魏也淮南子曰申包胥重繭七日七夜至于秦庭以見秦王曰使下臣告急秦王乃發軍擊吳果大破之以存楚國高誘戰國策注曰重繭累胝也繭古典切胝竹遲切**紀焚躬以衛上兮皓頤志而弗傾**漢書曰項羽圍漢事急矣臣請誑楚可以閒出信乃乘王車曰食盡漢王降楚皆之城東觀紀信王得與數十騎出遁羽見信問漢王安在曰巳去矣羽燒殺信項岱曰皓四皓也頤養也漢書曰袁公綺里季夏黃公角里先生當秦之世避而入商雒深山**侯草木之區別兮苟能實其必榮**曹大家曰侯候也項岱曰荀誠也張晏曰荀能有仁義之道必有榮名也論語子夏曰君子之道譬諸草木區以別矣**要沒世而不朽兮乃先民之所程**論語子曰君子疾沒世而名不稱焉左氏傳穆叔曰魯有先大夫臧文仲既殁其言立此之謂不朽毛詩曰匪先人是程毛萇曰程法也**觀天網之紘覆兮實棐諶而相訓**曹大家曰棐輔也忱誠也相助也訓教也項岱曰天網大覆人上非不信

有視明禮脩

也誠欲有誠實於世間亦當相輔助教也尚書曰天威棐忱諶與忱古字通也訓或爲順謨先聖
之大猷兮亦鄰德而助信曹大家曰謨謀也猷道也言人常當謨先聖人之道亦當
爲鄰人所助也孔子易繫辭曰天所助順也人所助信也孔子曰德不孤必有鄰毛詩曰匪大猷是經或作繇字誤也
虞韶美而儀鳳兮孔忘味於千載尚書曰簫韶九成鳳皇來儀論語曰子在
齊聞韶三月不知肉味素文信而底麟兮漢賓祚于異代應劭曰底致也
孔子作春秋素王之文以明示禮虔之信而致麟漢封其後爲紹嘉公係殷爲二代之客也春秋緯曰麟出周亡
故亡春秋制素王授當興也精通靈而感物兮神動氣而入微曹大家曰
言人參於天地有生之最神靈也誠能致其精誠則通於神靈感物動氣而入微者矣養流睇而
猨號兮李虎發而石開曹大家曰睇眄也淮南子曰楚有白猨王自射之則搏矢而顧
使養由基射之始調弓矯矢未發而猨抱樹號矣流或爲由非也漢書曰李廣居右北平獵見草中石以爲虎

若如也身沒名存通情來哲卽與長生何異也此注及小顏注皆不諦

命賢爲韻

而射之中石没矢視之石非精誠其焉通兮苟無實其也他日射之終不能入孰信曹大家曰非精誠所感誰能若斯操末技猶必然兮矧耽躬於道真項岱曰矧況耽樂也言由基李廣奮精誠於末技感歎而開石豈況乃能推至精耽身於大道之中乎莊子曰道之真以持身也登孔昊而上下兮緯羣龍之所經應劭曰昊太昊也孔孔子也羣龍喻羣聖也自伏羲下訖孔子經緯天道備矣孟康曰聖人作經賢者緯之朝貞觀而夕化兮猶諠己而遺形應劭曰貞正也諠忘也易曰天地之道貞觀者也張晏曰言朝聞大道而夕死可也論語曰朝聞道夕死可矣鵩鳥賦曰釋智遺形若倄彭而偕老兮訴來哲而通情言人若欲倄彭祖之年偕老聃之壽當訊之來哲與之通情非己所慕也列仙傳曰彭祖殷賢大夫歷夏至商末號年七百老已見遊天台山賦亂曰天造草昧立性命兮曹大家曰亂理也天道始造萬物草創於冥昧之中皆立其性命也周易曰天造草昧復心弘

○劉本及漢書孟子顏注作應劭引以易占

道惟聖賢兮曹大家曰明道在人身誠能復心而弘之達於天地之性也周易曰復其見天地之心乎孔子曰人能弘道非道弘人渾元運物流不處兮曹大家曰渾大也元氣運轉也物萬物也言元氣周行終始無已如水之流不得獨處也保身遺名民之表兮曹大家曰言人生能保其身死有遺名民之表也莊子曰可以保身可以全生家語孔子曰凡上者民之表舍生取誼以道用兮孟子曰生我所欲也義亦我所欲也二者不可得兼舍生而取義也應劭曰舍置也憂傷夭物忝莫痛兮曹大家曰忝辱也橫夭於物憂辱傷生恥辱不過於是皓爾太素曷渝色兮曹大家曰皓白也素質也渝變也言人能篤信好學守死善道不漸染於流俗是爲白爾天質何有渝變之色也尚越其幾淪神域兮曹大家曰大素不染神色不變則庶幾於神道之幾微而入於神明之域矣子曰易繫辭知幾其神乎

文選卷第十四

壬戌六月廿五日中 侃誦

廿五日當為廿六日之誤 焯

廿五日抽閱 焯武條

治一等字後同

文選卷第十五

梁昭明太子撰

文林郎守太子右内率府録事參軍事崇賢館直學士臣李善注上

志中

張平子思玄賦一首　歸田賦一首

思玄賦 平子名衡南陽西鄂人也漢和帝時爲侍中順和二帝之時國政稍微專恣内豎平子欲言政事又爲奄豎所讒蔽意不得志欲游六合之外勢既不能義又不可但思其玄遠之道而賦之以申其志耳系曰回志朅來從玄諆獲我所求夫何思玄而已 舊注 善曰未詳注者姓名老子曰玄之又玄衆妙之門 摯虞流别題云衡注詳其義訓甚多疎略而注又稱愚以爲疑非衡明矣但行來既久故不去

仰先哲之玄訓兮雖彌高而弗違 訓教也彌終也違避也善曰論語顏回曰仰之

何必歷遠之意已顯

亭

彌高匪仁里其焉宅兮匪義迹其焉追里宅皆居也焉猶安也善曰論語曰里仁爲美

潛服膺以永靚兮緜日月而不衰緜連也善曰禮記曰服膺拳拳方言曰靖思也靖與靚同

字林曰靖審也伊中情之信脩兮慕古人之貞節脩善也貞誠也善曰楚詞曰苟中情其好脩又

曰原生受命于貞節竦余身而順止兮遵繩墨而不跌竦立也止禮也善曰楚詞曰遵繩墨而不

頗廣雅曰跌差也志摶摶以應懸兮誠心固其如結摶摶垂貌善曰戰國策楚王曰寡人心揺

揺然如懸旌毛詩曰勞心慱慱憂勞也又曰心之憂矣如或結之旌性行以製珮兮佩夜光與瓊

枝旌明也製裁也善曰白虎通曰所以必有珮者表德見所能也楚辭曰折瓊枝以繼珮纗幽蘭之秋華兮又

綴之以江離纗系也幽深也善曰楚辭曰結深蘭之亭亭又曰扈江離與薜芷兮紉秋蘭以爲珮說文曰繫幃曰纗幃一名縭爾雅

曰婦人之幃謂之縭今之香囊在男曰幃在女曰縭然則纗者即繫香囊之繩也說文曰纗網中繩纗音攜美襞積以酷烈

兮允塵邈而難虧襞積衣縫也允信也塵久也邈遠也虧歇也善曰子虛賦曰襞積褰縐上林賦曰酷烈淑郁楚

辭曰芳菲菲兮難虧　既姱麗而鮮雙兮非是時之攸珍　姱大也麗好也鮮寡也攸所也　奮余榮而莫見兮播余香而莫聞　奮動也播散也　幽獨守此仄陋兮敢怠遑而舍勤　怠懈也遑暇也勤勞也善曰楚辭曰幽獨處乎山中尚書帝曰明明揚仄陋毛詩曰不敢怠遑左氏傳曰人生在勤　幸二八之遻虞兮嘉傅說之生殷　二八八愷八元也遻遇也傅姓說名也武丁相也善曰左氏傳季孫行父曰昔高辛氏有才子八人伯奮仲堪叔獻季仲伯虎仲熊叔豹季貍言此八人忠肅恭懿宣慈惠和天下之民謂之八元元善也長也八愷者高陽氏有才子八人倉舒隤敳檮戭大臨尨降庭堅仲容叔達言此八人齊聖廣淵明允篤誠天下之民謂之八愷尚書曰高宗夢得說使百工營求諸野得諸傅巖　尚前良之遺風兮恫後辰而無及　尚庶幾也良善也恫痛也言我後時將無及也恫他公切善曰楚辭曰竊慕詩人之遺風　何孤行之煢煢兮孑不羣而介立　煢煢獨也介特也善曰毛詩曰獨行煢煢楚辭曰旣惸獨而不羣　感鸞鷖之特棲兮悲淑人之希合　鸞鷖皆鳥名淑善也善曰鸞鷖喻君子也毛詩曰淑人君子其儀不忒山海經曰蛇

山有鳥五色飛蔽日名鷖鳶廣雅曰鷖鳳屬也彼無合而何傷兮患衆僞之冒眞無合
猶不遇也冒覆也旦獲讟于羣弟兮啓金縢而後信善曰尚書曰武王既喪管叔乃流言
於國曰公將弗利於孺子秋大熟未穫天大雷電以風王啓金縢之書乃得周公代武王之說王執書以泣曰其勿穆卜乃信周公覽
蒸民之多僻兮畏立辟以危身覽觀也蒸衆也僻邪也辟法也毛詩曰民之多僻無自立
辟善曰毛萇傳曰辟法也民之行多爲邪辟此言無遺爲法也尚書曰蒸民乃粒楚辭曰寧正言不諱以危身增煩毒以
迷惑兮羌孰可爲言己善曰楚辭曰獨便悁而煩毒焉發憤而舒情又曰中瞀亂兮迷惑
私湛憂而深懷兮思繽紛而不理湛深也懷思也繽紛亂貌善曰宋玉笛賦曰武
毅發沈憂結願竭力以守誼兮雖貧窮而不改竭盡也執彫虎而
試象兮阽焦原而跟止彫虎象獸名也尸子中黃伯曰余左執太行之獶而右搏彫虎唯象之未與吾
心試焉有力者則又願爲牛欲與象鬬以自試令二三子以爲義矣將惡乎試之夫貧窮太行之獶也疏賤義之彫虎也而吾日遇之亦

別本及後漢書要

寶　書

足以試矣阽臨也焦石名也跟踵也尸子又曰莒國有石焦原者廣五十步臨百仞之谿莒國莫敢近也有以勇見莒子者獨卻行齊踵焉所以稱於世夫義之爲焦原也亦高矣賢者之於義必且齊踵此所以服一時也善曰彫虎以喻貧試象以喻竭力焦原以喻義言己以執彫虎之貧窮願竭試象之力而守焦原之義上句爲此張本漢書曰賈誼曰安天下阽危若是而上不驚者臣瓚曰安臨危曰阽

庶斯奉以周旋兮，要既死而後已。善曰左氏傳太史克曰奉以周旋不敢失墜論語子曰死而後已不亦遠乎

俗遷渝而事化兮，泯規矩之員方。遷移也渝變也泯滅也規圓也矩方也善曰楚辭曰因時俗之工巧兮滅規矩而改錯

寶蕭艾於重笥兮，謂蕙茝之不香。蕭艾草名也蕙茝香草也禮記曰簞笥問人者注盛食器員曰簞方曰笥案盛衣亦曰笥後漢作珍蓋瑤字相似誤耳

斥西施而弗御兮，縶騕褭以服箱。斥却也西施越之美女也御幸也縶羈也服服轅也箱大車也善曰楚辭曰西施斥於北宮兮漢書音義應劭曰騕褭古之駿馬也赤喙玄身日行五千里毛詩曰睆彼牽牛不可以服箱馬中立切今賦作縶字

行頗僻而獲志兮，循法度而離殃。頗傾也離遭也殃咎也蕭該音本作陂布義切禮記曰商亂曰陂鄭玄曰

蕭該音見此

後漢書及別本范書作雕琢

陂傾也周易曰无平不陂廣雅曰陂邪也惟天地之無窮兮何遭遇之無常鄭玄曰惟思也善曰楚辭曰惟天地之無窮哀人生之長勤不抑操而苟容兮譬臨河而無航航舡也善曰賈逵曰抑止也孫卿子曰偷合苟容以持祿周書陰符曰四輔不存若濟河無舟矣楚辭曰昔余夢登天兮魂中道而無航欲巧笑以干媚兮非余心之所嘗于求也嘗行也善曰楚辭曰處濁世而顯榮非余心之所樂襲温恭之黻衣兮被禮義之繡裳襲衣也黻黼也五色備曰繡善曰毛詩曰君子至止黻衣繡裳辮貞亮以為鞶兮雜伎藝以為珩辮交織也鞶所以帶珮也手伎曰伎體才曰藝珩珮也善曰說文曰辮交也又曰鞶覆衣大巾也從巾般聲或以為首飾字林曰鞶革帶也禮記曰男鞶革鄭玄曰鞶巾囊盛帨巾者說文曰珩所行也從玉行聲字林曰珩珮玉所以節行大戴禮曰下車以珮玉為度上有雙衡下有雙璜珩與衡音義同昭綵藻與琱琭兮璜聲遠而彌長綵文綵也藻華藻也字林曰半璧曰璜善曰董巴輿服志曰古者君佩玉尊卑有序及秦以采組連結於璲謂之綬漢承秦制用而弗改淹棲遲以恣欲兮耀靈

○別本　臚注同

琉删

○別本及後漢書　姤注同

忽其西藏耀靈日也善曰毛詩曰衡門之下可以棲遲楚辭曰耀靈曄而西征廣雅曰朱明曜靈東君日也恃己知

而華予兮鶗鴂鳴而不芳鶗鴂鳥名也以秋分鳴善曰楚辭曰歲既晏兮孰華予又曰恐鶗鴂之先鳴使

夫百草爲之不芳臨海異物志曰鶗鴂一名杜鵑至三月鳴晝夜不止夏末乃止服虔曰鶗鴂一名鵙伯勞順陰陽氣而生賊害之鳥也王逸以爲

春鳥繆也冀一年之三秀兮遒白露之爲霜說文曰遒迫也善曰楚辭曰采三秀於山間王

逸曰三秀謂芝草也毛詩曰蒹葭蒼蒼白露爲霜爾雅曰茵芝郭璞曰芝一歲三華瑞草時亹亹而代序兮疇

可與乎比伉咨姤嫮之難並兮想依韓以流亡亹亹進貌疇誰也伉儷也

咨嗟也嫮好也韓衆獲道輕舉故思依之以流亡也善曰楚辭曰時亹亹而過中又曰恐天時之代序又曰羨韓衆之得一又曰寧溘死以

流亡姤惡也恐漸冉而無成兮留則蔽而不彰漸進也善曰楚辭曰漸冉而不自知詩不

曰蹇淹留而無成心猶豫而狐疑兮即岐阯而攄情即就也岐山名也攄陳也善曰楚辭

曰欲從靈氛之吉占兮心猶豫而狐疑孟子曰昔文王之治岐也仕者世祿攄力於切文君爲我端蓍兮利

別本作肥

二肥改飛

一筮一卜全賦意皆籠括其中

原賦揚作颺

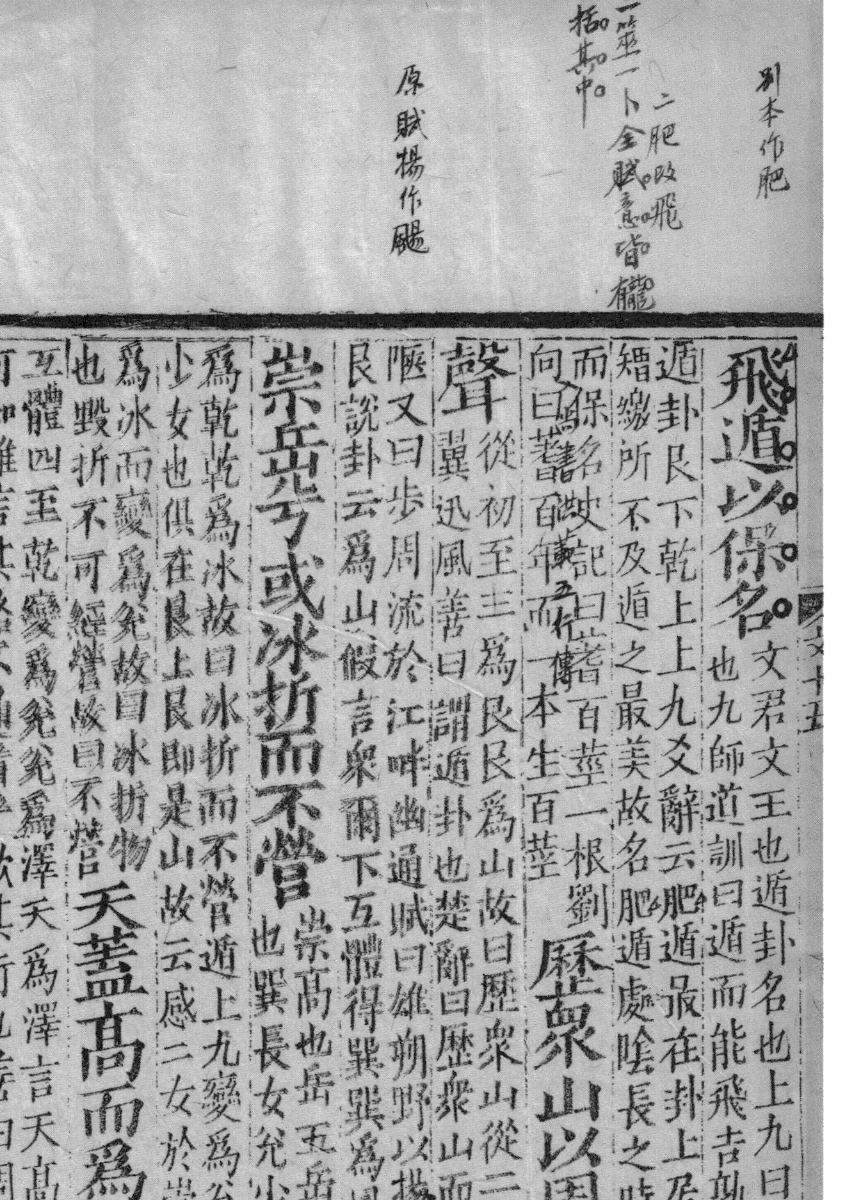
飛遁以保名文君文王也遁卦名也上九曰飛遁無不利謂去而還遁卦艮下乾上上九爻辭云肥遁最在卦上居無位之地不爲物所累繒繳所不及遁之最美故名肥遁處陰長之時而獨如此故曰利飛遁而保名史記曰蓍百莖一根劉向曰蓍百年而一本生百莖歷衆山以周流兮翼迅風以揚聲從初至三爲艮艮爲山故曰歷衆山從二至四爲巽巽爲風故曰翼迅風善曰謂遁卦也楚辭曰歷衆山而日遠又曰聊浮遊於山陿又曰步周流於江畔幽通賦曰雄朔野以揚聲遁下體是艮說卦云爲山假言衆爾下互體得巽巽爲風故曰揚聲二女感於崇岳兮或冰折而不營崇高也岳五岳也遁上九變爲咸咸感也巽長女兌少女故曰二女從三至五爲乾乾爲冰故曰冰折而不營遁上九變爲兌說卦云巽爲長女兌爲少女也俱在艮上艮即是山故云感二女於崇岳岳即山也說卦曰乾爲冰而變爲兌故曰冰折物也毀折不可經營故曰不營天蓋高而爲澤兮誰云路之不平互體四至乾變爲兌兌爲澤天爲澤言天高尚爲澤雖復險戲世路可知誰言其路不通者乎欲其行也善曰周易曰乾爲天兌爲澤云勔自强而不息兮蹈玉階之嶢崢勔勉也乾爲玉故曰蹈玉階玉階天子階也言我雖欲去

果

猶戀玉階不思去言尚欲進忠賢勔士衍切善曰周易曰天行健君子以自强不息方言曰嶢崢高貌也懼筮氏之長短兮鑽東龜以觀禎長短謂卜筮也左氏傳曰筮短龜長周禮曰東龜長又曰東曰龜甲屬善曰爾雅曰龜左睨不煩郭璞曰行顯左睨也今江東所謂左食以甲卜審鄭玄周禮注曰東龜青說文曰禎祥也遇九皐之介鳥兮怨素意之不逞介大也逞快也善曰言卜而遇大鳥之卦也素意不逞謂繇辭也毛詩曰鶴鳴于九皐字林曰逞盡也遊塵外而瞥天兮據冥翳而哀鳴瞥裁見也善曰莊子曰彷徨塵垢之外說文曰遠也瞥匹洩切鵰鶚競於貪婪兮我脩絜以益榮競逐也善曰鵰鶚惡鳥喻小人也楚辭曰皆競進以貪婪兮婪力含切子有故於玄鳥兮歸母氏而後寧善曰此假卜者之辭也玄鳥謂鶴也毋氏喻道也言子有故於玄鳥唯歸於道而後獲寧也古文周書曰周穆王姜后晝寢而孕越姬嬖竊而育之斃以玄鳥二七塗以彘血寘諸姜后遽以告王王恐發書而占之曰蜉蝣之羽飛集于戶鴻之戾止弟弗克理皇靈降誅尚復其所問左史氏史豹曰蟲飛集戶是曰失所惟彼小人弗克以育君子史良曰是謂闕親將留其身歸于母氏而後獲寧冊而

藏之厥休將振王與令尹冊而藏之於櫝居三月越姬死七日而復言其情曰先君怒予甚曰爾夷隸也胡竊君之子不歸母氏將寘而大戮及王子於治老子曰天下有始以爲天下母既得其母又知其子河上公曰道爲天下物母也韓子解老曰母者道也占既吉而無悔兮簡元辰而俶裝俶始也裝束也周易曰同人于郊無悔旦余沐水清源兮晞余髮於朝陽晞乾也山東曰朝陽善曰楚辭曰朝濯髮於暘谷夕晞余身乎九陽漱飛泉之瀝液兮咀石菌之流英善曰楚辭曰吸飛泉之微液兮懷琬琰之華英瀝流也菌芝也說文曰漱盪口也從水敕聲所右切字林曰液汁也石菌石芝也䓍頡篇曰咀噍也翾鳥舉而魚躍兮將往走乎八荒廣雅曰翾飛也淮南子曰四海之外有八澤八澤之外曰八埏八埏之外曰八荒善曰走音奏過少皞之窮野兮問三丘于句芒少皞金天氏居窮桑在魯北左丘謂蓬萊方丈瀛洲句芒木正也左氏傳曰少皞氏有四子曰重曰該曰修曰熙實能金木及水使重爲句芒該爲蓐收金正修及熙爲玄冥二子相代爲水正也世不失職遂濟窮桑此其三祀也杜預曰窮桑少皞氏之號也四子能治其官使不失職濟成少皞之功死皆爲民所祀也史記云蓬萊方丈瀛洲此三神山傳在

海中去人不遠及到三山反在水下何道真之淳粹兮去穢累而飄輕不澆曰淳不雜曰粹穢德之累也善曰幽通賦曰矧耽躬於道真楚辭曰昔三后之淳粹又曰除穢累而反真登蓬萊而容與兮鼇雖抃而不傾抃手搏也善曰列仙傳曰巨鼇負蓬萊山而抃於滄海之中留瀛洲而采芝兮聊且以乎長生瀛洲海中山也善曰玄中記曰東南之大者巨鼇焉以背負蓬萊山周迴千里列子曰勃海之東有大壑其山一曰岱輿二曰員嶠三曰方壺四曰瀛洲五曰蓬萊山高下周圍三萬里其頂平地九千里五山之根無所連着常隨潮流上下帝命封禺使巨鼇十五舉頭而載之迭爲三番六萬歲一交龍伯國人一釣而連六鼇於是岱輿員嶠沉於大海楚辭曰飲沆瀣馮歸雲而遐逝兮夕余宿乎扶桑馮依也遐遠也逝往也善曰傳毅七激曰仰歸雲翅遊風淮南子曰日出暘谷拂於扶桑海外東經曰黑齒國北暘谷上有扶桑十洲記曰扶桑葉似桑樹又如椹樹長丈大二千圍兩兩同根生更相依倚是以名之扶桑飲青岑之玉醴兮飡沆瀣以爲粻青岑山名上高者曰岑沆瀣夕霞也粻粮也廣雅曰沆瀣常氣也善曰楊雄太玄經曰茹芝英以禦飢兮飲玉醴以解渴楚辭曰飡六氣而飲沆瀣兮漱正陽而食

瀣

發昔二字連讀 討曰 齊子發昔

神

後漢范書作償是也

朝霞陵陽子經曰夏食沆瀣北方夜半氣發昔夢於木禾兮穀崑崙之高岡昔日夢至木禾禾今親往是發昔日之夢也穀生也善曰淮南子曰崑崙之上有木禾焉其穗長五尋山海經曰帝之下都崑崙之墟高萬仞上有木禾長五尋大五圍郭璞曰木禾穀類也說文曰嘉穀也二月生八月熟得中和故曰禾木王而生木衰而死故曰木禾朝吾行於湯谷兮從伯禹乎稽山湯谷日所出嘉羣神之執玉兮疾防風之食言食僞也善曰國語曰吳伐越墮會稽獲骨節專車吳之使來問之仲尼曰丘聞之昔禹致羣臣於會稽之山防風後至禹乃殺而戮之其骨節專車此爲大矣韋昭曰羣神謂主山川之君爲羣神之主故謂之神防風汪芒氏君之名也違命後至故禹殺之陳尸爲戮左氏傳曰禹合諸侯於塗山執玉帛者萬國尚書曰朕不食言指長沙之邪徑兮存重華乎南鄰重華舜也善曰尚書曰重華協于帝山海經曰南方蒼梧之川其中九疑山舜之所葬在長沙界中說文曰存恤也哀二妃之未從兮翩繽處彼湘濵二妃堯之二女娥皇女英舜妻也善曰禮記曰舜葬蒼梧之野蓋二妃未之從也鄭玄曰離騷所謂歌湘夫人也舜南巡狩死於蒼梧二妃留江湘之間濵水涯也山海經曰洞庭

原賦風作波

之山多黃金其下多銀鐵帝之二女是常游江川澧沅之側交游瀟湘之淵在九江之閒出入必以飄風暴雨郭璞曰今長沙巴陵縣西入洞庭而通江水離騷曰邅吾道兮洞庭洞庭風兮木葉下皆謂此也天帝之女而處江爲神即列仙傳云江妃二女離騷所謂湘夫人稱帝子者是也而河圖玉版曰聞之堯二女舜妻也而喪此傳云二妃死於江湘之閒俗謂之湘君鄭司農亦以舜妃爲湘君說者皆以舜陟方而死二妃從之俱死於江湘遂號爲湘夫人也

流目眺夫衡阿兮覩有黎之圮墳眺視也衡山名也阿山下也黎高辛氏之火正謂祝融也圮毀也楚靈王之世衡山崩而祝融之墓壞中有營丘九頭圖矣善曰馮衍顯志賦序曰遊情宇宙流目八紘左氏傳昭十九年顓頊氏有子曰犂爲祝融圮房鄙切

痛火正之無懷兮託山阪以孤魂託寄也善曰杜預曰黎爲火正懷歸也

愁鬱鬱以慕遠兮越卬州而遊遨卬州正南州名也四海圖曰交廣南有卬州其處極熱善曰楚辭曰愁鬱鬱之無快卬五郎切

躋日中于昆吾兮憩炎火之所陶鄭玄曰躋升也善曰淮南子曰日出于暘谷至于昆吾是謂正中高誘曰昆吾南方爾雅憩息也山海經曰西海之南其外有炎火之山爾雅曰再成曰陶丘

揚芒熛而絳天兮水泫沄而涌濤熛風熾也泫沄沸貌

濤水波也善曰爾雅曰沄沉也芸光芸也熛火飛也揚雄蕓州箴曰蕓土糜𥺀沸泣沄如湯溫風翕其增熱兮惄鬱悒其難聊說文曰翕熾也善曰淮南子曰南方之極自北戶之外南至委火炎風之野萬二千里高誘曰北戶孤竹國名也爾雅曰惄思也乃的切楚辭曰心鬱悒余侘傺賈逵曰聊賴也協韻爲勞顚羈旅而無友兮余安能乎留茲顚獨也羈寄也旅客也善曰左氏傳陳敬仲曰羈旅之臣楚辭曰廓落兮羈旅而無友顚苦骨切顚金天而歎息兮吾欲往乎西嬉金天少昊位也善曰家語孔子曰生爲明主死配五行少皡配金說文曰嬉樂也前祝融使舉麾兮纚朱鳥以承旗尚書曰右秉白旄以麾案執旄以指撝也秦漢以來即以所執之旌名曰麾謂麾幢曲蓋者也善曰楚辭曰飛朱鳥使先驅又曰鳳皇翼其承旂躔建木於廣都兮摭若華而躊躇躔息也摭拾也若華樹名也善曰方言曰日建爲躔躔行也淮南子曰建木在廣都若木在建木西末有十日其華照下地韓詩冂愛而不見搔首躊躇薛君曰躊躇躑躅也廣雅曰躊躇猶豫也方言曰摭取也躊直由切躇直於切超軒轅於西海兮跨汪氏之龍魚

此國之千歲兮曾焉足以娛余善曰海外西山經曰軒轅之國在窮山之際不壽者八百歲龍魚陵居在北狀如狸在汪野北其爲魚也如狸汪氏國在西海外此國足龍魚也思九土之殊風兮從蓐收而遂徂九土九州蓐收金正該也徂往也善曰好色賦曰周覽九土山海經曰蓐山神西望日之所入其氣貞神光之所司郭璞曰蓐收金神也人面虎身右手執鉞欻神化而蟬蛻兮朋精粹而爲徒欻輕舉貌善曰楚辭曰濟江海兮蟬蛻又曰吸精粹而吐氛濁漢書音義韋昭曰蟬蛻出於皮殼也蹶白門而東馳兮云台行乎中野漢書音義韋昭曰蹶蹋也爾雅曰台我也善曰淮南子曰八極西南方曰偏駒之山曰白門高誘注曰金氣白故曰白門楚辭曰行中野而散之台音夷亂弱水之潺湲兮逗華陰之湍渚爾雅曰絕流曰亂郭璞注曰直横渡也書曰亂于河逗止也華太華也山北曰陰善曰山海經曰崑崙之丘其下有弱水之川環之郭璞曰其水不勝鴻毛字林曰潺湲流貌漢書京兆有華陰縣號馮夷俾清津兮櫂龍舟以濟予號呼也青令傳曰河伯華陰潼鄉人也姓馮氏名夷浴於河中而溺死是爲河伯太公金匱曰河伯姓馮名脩裴氏新語謂爲馮夷淮南子曰馮夷服夷石而

原本隄首里人服八石得水仙

水仙注曰馮夷河伯也華陰潼鄉隄首人服八石而水仙俾使也淮南子曰天子龍舟鷁首弓合韻音夷渚切 會帝軒之未歸兮悵徜徉而延佇 黃帝葬於西海橋山神末東歸也應劭曰上郡周陽縣有黃帝冢也悵徜徉思貌春秋命歷序曰帝軒受圖雒授歷楚辭曰且徜徉而氾觀延佇見上注 悃河林之蓁蓁兮偉關雎之戒女 悃息也偉異也詩曰關關雎鳩在河之洲窈窕淑女君子好逑善曰中山經曰北望河林其狀如蒨郭璞注曰説者云蒨木名也毛萇詩傳曰蓁蓁至盛也悃許吏切又虛䘵切 黃靈詹而訪命兮樛天道其焉如 黃靈黃帝也詹至也訪謀也樛求也如之也 曰近信而遠疑兮六籍闕而不書 六籍六經 神逵昧其難覆兮疇克謀而從諸 九交道曰逵覆審也疇誰也克能也謀察也諸之也 牛哀病而成虎兮雖逢昆其必噬 牛哀魯人牛哀也昆兄也噬食也淮南子曰牛哀病七日而化爲虎其兄啓戸而入哀搏而殺之不自知爲虎也廣雅曰噬齧也 鼈令殪而尸亡兮取蜀禪而引世 鼈令蜀王名也殪死也禪傳也引長也善曰蜀王本紀曰望帝治汶山下邑曰郫積百餘歲荊地有一死人名

顔延年宋文皇帝元皇后哀策文注引其作而䀢制作晰

鼈令其尸亡隨江水上至郫與望帝相見望帝以鼈令爲相以德薄不及鼈令乃委國授之而去**死生錯其不齊兮雖司命其不䀢**䀢昭晰也善曰禮記曰王立七祀曰司命鄭玄曰司命主督察三命史記扁鵲曰疾在骨髓雖司命無奈之何䀢之曳切東方朔曰司命之神揔鬼録者**竇號行於代路兮後膺祚而繁廡**善曰漢書曰孝文竇皇后景帝母也呂太后出宮人以賜諸王竇姬與在行中家在清河願如趙近家請其主遣宦者吏必置趙籍之伍中宦者忘之誤置代籍伍中當行竇姬涕泣怨其宦者不欲往相强乃肯行至代代王獨幸竇姬生景帝後立爲皇后**王肆侈於漢庭兮卒銜恤而絶緒**善曰漢書曰孝平王皇后莽女也莽秉政以女配帝遺劉歆奉乘輿法駕迎后于莽第及莽即眞后常稱疾不朝會莽誅自投火中死國語曰肆侈不違韋昭曰肆恣也毛詩曰出則銜恤**尉尨眉而郎潛兮逮三葉而遘武**尉官名也尨蒼也善曰漢武故事曰顔駟不知何許人漢文帝時爲郎至武帝嘗輦過郎署見駟尨眉皓髪上問曰叟何時爲郎何其老也荅曰臣文帝時爲郎文帝好文而臣好武至景帝好美而臣貌醜陛下即位好少而臣已老是以三世不遇故老於郎署上感其言擢拜會稽都尉**董弱冠而**

司衮兮設王隧而弗處善曰漢書曰董賢年二十二爲三公哀帝崩賢自殺家惶恐夜葬之莽疑其詐死有司奏賢造冢墓不異王制賢既見發臝診其尸因埋獄中禮記曰人生二十曰弱冠周禮曰三公自衮冕而下左氏傳曰晉侯請隧杜預曰掘地通路曰隧王葬禮也夫吉凶之相仍兮恒反仄而靡所仍因也恒常也穆屆天以悅牛兮豎亂叔而幽主善曰孔安國尚書傳曰屆至也左氏傳曰穆叔孫穆子名豹魯大夫有罪走向齊及庚宗遇婦人通之有子在齊夢天壓已不勝顧而見人黑而上僂深目而猳喙號之曰牛助余乃勝之旦而瞻其徒無之後穆子還過庚宗婦人獻雉穆子問之曰女有子乎曰余子已能捧雉而從我矣而見之則所夢也未問其名號之曰牛曰唯使爲豎牛欲亂其室而有之叔孫疾牛詐謂外人曰夫子疾病不欲見人使寘饋于介而退牛不進叔孫覆器空而還之示君已食穆子遂餓而死文斷袪而忌伯兮閹謁賊而寧后善曰國語曰初獻公使寺人勃鞮伐文公於蒲城文公踰垣勃鞮斬其袪及入勃鞮求見於是呂甥郤芮畏逼悔納公謀作亂伯楚知之故求見公公遽見之伯楚以呂郤之謀告公韋昭曰寺人掌內人祛袂也勃鞮字伯楚通人闇於好惡兮豈愛惑而能剖剖分明也言臝適

讖而戒胡兮備諸外而發內蒼頡篇讖書河洛書也說文曰讖驗也秦語曰秦三十二年燕
人盧生奏籙圖曰亡秦者胡也始皇乃使將軍蒙恬將其三十萬北擊
胡取河南地遂築長城以為塞三十六年始皇南游還至平原津病始
皇惡言死無復言死事病甚乃璽書賜蒲蘇使與喪會咸陽而葬以書
付行符璽令趙高未授使者丙寅始皇崩於沙丘惟少子胡亥從丞相
李斯恐天下有變不敢發喪棺載還咸陽趙高素與亥善留所賜蒲蘇
書密謂胡亥曰上崩無詔封王諸子而獨賜蒲蘇書蒲蘇即位為皇帝
太子無尺寸之地胡亥曰為將奈何高曰非與丞相謀事不能成乃謂
李斯曰蒲蘇即位必召蒙恬為相於君不亦睞乎於是李斯然趙高言
乃許受始皇詔立胡亥為太子更作書賜蒲蘇曰朕巡天下禱祀名山
以延年壽而數上書非我所為日夜怨望不得為人子不孝其賜自裁
將軍恬與蘇君不匡正宜知其謀為人臣不知亦賜死蒲蘇為人仁得
書泣即死胡亥即位為二世葬始皇酈山善曰史記曰盧生使人奏籙
圖曰亡秦者胡也使將軍蒙恬北擊胡略取河南地又曰或輦賄而
始皇崩李斯與趙高謀詐受始皇詔立胡亥為太子也
違車兮孕行產而為對車人名也孕懷子也昔有周犨者家
甚貧夫婦夜田天帝見而矜之問司
命曰此可富乎司命曰命當貧有張車子財可以假之乃借而與之期曰
車子生急還之田者稍富致貲巨萬及期忌司命之言夫婦輦其賄以逃

與行旅者同宿逢夫妻寄車下宿夜生子問名於夫夫曰生車閒名車子也從是所向失利遂便貧困鄭玄曰孕任子也善曰見鬼神志及搜神記

慎竈顯以言天兮占水火而妄訊慎者魯大夫梓慎竈者鄭大夫裨竈訊告也善曰左氏傳昭公二十四年五月乙未朔日有食之梓慎曰將水叔孫昭子曰旱也日過分而陽猶不剋剋必甚能無旱乎秋八月大雩旱也叔孫之言驗也則梓慎之言不驗又昭公十八年夏五月火始昏見丙子風裨竈言于子產曰宋衛陳鄭將同火若我用瓘斝玉瓚鄭必不火子產不予裨竈曰不用吾言鄭又將火鄭人請用之子產曰天道遠人道邇非所及也何以知之竈焉知天道遂不與亦不復火今言梓慎裨竈是顯明天道之人占於水火亦有妄為言事之難知也

占謂自隱度而言也訊息對切

梁叟患夫黎丘兮丁厥子而剚刃善曰呂氏春秋曰梁國之北地名黎丘有奇鬼焉善效人之子姪昆弟之狀邑丈人有之市而醉歸者黎丘之鬼效其子之狀扶而道苦之丈人歸酒醒而誚其子曰吾為汝父也豈謂不慈哉我醉汝道苦我何故其子泣而觸地曰孽矣無此事也昔也往責於東邑人可問也其父信之曰譆是必奇鬼固嘗聞之矣明日復飲於市欲遇而刺殺之明旦之市而醉其真子恐其父之不能反也遂往迎之丈人望見之拔劒而刺之丈人智惑於似其子者而殺於真子高誘曰誚讓也漢書蒯通曰不敢剚刃公之腹者畏秦法也韋昭曰北方人呼插物地中為剚側吏切爾雅曰丁當也

親所睼而弗識兮，矧幽冥之可信。睼視也矧況也毋緜攣以倖己兮，思百憂以自疹。毋勿也緜攣係貌倖引也疹疾也善曰毛詩曰我生之後逢此百憂倖胡冷切彼天監之孔明兮，用棐忱而祐仁。監視也孔甚也棐輔也忱誠也祐助也善曰尚書曰天監厥德又曰周公若天威棐忱湯蠲體以禱祈兮，蒙厖褫以拯民。湯帝乙也蠲絜也拯濟也善曰淮南子曰湯時大旱七年卜用人祀天湯曰我本卜祭爲民豈乎自當之乃使人積薪翦髮及爪自潔居柴上將自焚以祭天火將然即降大雨呂氏春秋曰湯剋夏大旱七年乃以身禱於桑林自以爲犧牲用祈於上帝民乃甚悅雨乃大至爾雅曰厖大也褫福也祈或爲祓非景三慮以營國兮，熒惑次於他辰。景謚也慮謀也熒惑火星也次舍也善曰呂氏春秋曰宋景公有疾司星子韋曰熒惑守心心宋之分野君當之若祭可移於相公曰相寡人之股肱豈可除心腹之疾移於股肱可乎曰可移於民公曰民者國之本國無民何以爲國如何傷本而救吾身乎曰可移於歲公曰歲所以養民歲不登何以蓄民子韋曰君善言三熒惑必退三舍延命二十一年視之信一舍七度三七二十一當更壽二十一年魏顆亮以從治兮，鬼亢回以斃秦。善曰

何云謂英六滅而秦趙興也

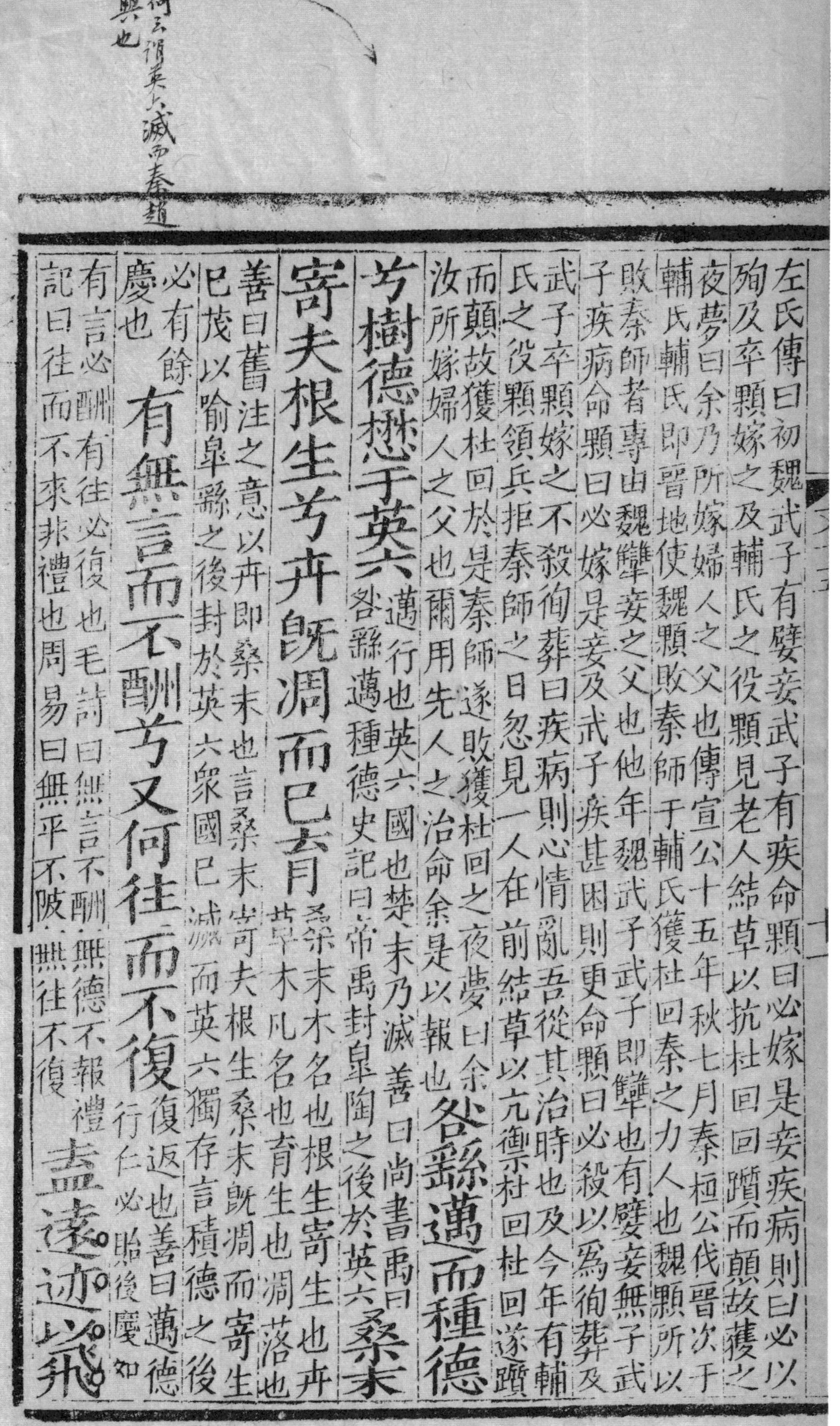

左氏傳曰初魏武子有嬖妾武子有疾命顆曰必嫁是妾疾病則曰必以殉及卒顆嫁之及輔氏之役顆見老人結草以抗杜回杜回躓而顛故獲之夜夢曰余乃所嫁婦人之父也傳宣公十五年秋七月秦桓公伐晉次于輔氏輔氏即晉地使魏顆敗秦師于輔氏獲杜回秦之力人也魏顆所以敗秦師者專由魏嬖妾之父也他年魏武子武子即犨也有嬖妾無子武子疾病命顆曰必嫁是妾及武子疾甚困則更命顆曰必殺以爲徇葬及武子卒顆嫁之不殺徇葬曰疾病則心情亂吾從其治時也及今年有輔氏之役顆領兵拒秦師之日忽見一人在前結草以亢衝杜回杜回遂躓而顛故獲杜回於是秦師遂敗獲杜回之夜夢曰余汝所嫁婦人之父也爾用先人之治命余是以報也

咎繇邁而種德兮樹德懋于英六

邁行也英六國也楚末乃滅善曰尚書禹曰咎繇邁種德史記曰帝禹封皋陶之後於英六

桑末寄夫根生兮卉既凋而已育

桑末木名也根生寄生也卉草木凡名也育生也凋落也善曰舊注之意以卉即桑末也言桑末寄夫根生桑末既凋而寄生巳茂以喻皋繇之後封於英六衆國巳滅而英六獨存言積德之後必有餘慶也

有無言而不酬兮又何往而不復

復返也善曰邁德行仁必貽後慶有言必酬有往必復也毛詩曰無言不酬無德不報禮記曰往而不來非禮也周易曰無平不陂無往不復

盍遠跡以飛

江文通襍體詩鮑照注引殼作㲉

聲兮孰謂時之可蓄善曰言何不遠遊以飛聲遊六合而訪道誰謂時之可蓄而不可行乎言時易逝也鄭玄論語注曰盍何不也孔安國尚書傳曰蓄積也仰矯首以遥望兮魂𢤱惘而無儔儔匹也善曰甘泉賦曰仰矯首以高視楚辭曰悵𢤱惘兮永思王逸曰𢤱惘惆悵失望志錯越也逼區中之隘陋兮將北度而宣遊賈逵曰逼迫也爾雅曰宣徧也善曰司馬相如大人賦曰悲世俗之迫隘楚辭曰宣遊兮列宿順極兮彷徨行積冰之磑磑兮清泉沍而不流沍凍也善曰淮南子曰八紘北方曰積冰高誘曰北方寒冰所積名積冰也方言曰磑磑堅也牛哀切寒風淒其永至方言磑堅也左氏傳曰固陰沍寒杜預曰沍閉也兮拂穹岫之騷騷淒寒貌說文曰拂擊也爾雅曰穹大也毛詩傳曰騷動也善曰騷騷風勁貌王逸曰騷愁也合韻所流切玄武縮于殼中兮騰蛇蜿而自糾（叶平聲）龜與蛇交曰玄武殼甲也春秋漢含孳曰大一常居後玄武蔡雍月令章句曰北方玄武介蟲之長爾雅曰騰蛇龍類能興雲霧而遊其中文子曰騰蛇無足而騰也淮南子曰弃蛇廣雅曰蜿曲也魚矜鱗而并凌（去聲）兮鳥登木而失條淩冰也善曰矜

寒貌凌力證切坐太陰之屏室兮慨含唏而增愁善曰楚辭曰選見神於太陰兮漢書曰以陰陽言之太陰者北方也說文曰屏蔽也慨太息也屏與屛古字通又曰不泣曰唏何休曰欷悲也火旣切怨高陽之相寓兮佃顓頊而宅幽高陽帝顓頊也相視也寓居也佃小貌也善曰家語孔子曰顓頊者黃帝之孫昌意之子高陽配水山海經曰北海之內有山名幽都之山黑水出焉佃去鳳切庸織路於四裔兮斯與彼其何瘳瘳愈也南至炎火鬱邑無聊北至積冰含欷增愁此與彼何以相愈乎庸勞也織曰緯善曰言涉路東西有似於織也望寒門之絕垠兮縱余緤乎不周善曰楚辭曰踔絕垠乎寒門又曰登閬風而緤馬王逸曰緤繫也楚辭曰路不周以左轉王逸曰不周山名也在崑崙西北漢書司馬相如大人賦曰軼先驅於寒門注寒門天北門也左氏傳曰臣負羈緤緤馬絆也大荒經西北海之外大荒隅有山而不合名曰不周淮南子曰昔共工與顓頊爭爲帝共工怒而觸不周山天維絕地柱折故令北山缺壞不周迅猋潚其媵我兮騖翩飄而不禁潚疾貌媵送也翩飄疾貌潚音肅善曰爾雅曰風飄謂之猋字林曰潚深清也越谾嵺之洞穴兮漂通

川之磷磷。經重磨乎寂漠兮慜墳羊之深潛。磷磷大貌潛浮也磷磷深貌重陰地下也寂寞靜貌磨古陰字墳羊土精怪也善曰上林賦曰通川過於中庭春秋外傳國語曰季桓子穿井獲如土缶中有羊焉使問仲尼曰吾聞穿井得狗何也對曰以丘所聞羊也丘聞木石之怪夔罔兩水之怪龍罔象土之怪墳羊唐固云墳羊雌雄未成者也淮南子曰水生罔象木生畢方井生墳羊廣雅曰羊土神磎火含切闞火加切磷音林追荒忽於地底兮軼無形而上浮善曰荒忽幽昧貌甘泉賦曰窺地底於上回楚辭曰覽方物之荒忽春秋說題辭曰元氣以爲天混沌無形出石密之闇野兮不識蹊之所由。蹊路也由自也善曰山海經曰密山是生玄玉黃帝取密山之玉策而投之鍾山之陰然下既有鍾山此石密疑是密山速燭龍令執炬兮過鍾山而中休速徵也善曰楚辭曰日安不到燭龍何照山海經曰鍾山之神人面蛇身而赤身長千里其眼乃晦其視乃明不食不寢不息風雨是謁是燭九陰是謂燭陰郭璞曰即燭龍也瞰瑶谿之赤岸兮弔祖江之見劉瞰瞻也瑶谿赤岸謂鍾山東瑶岸也祖江人名也劉殺也善曰山海經曰鍾山有子曰鼓其狀人面而龍身欽䲹殺祖江于崑崙之陽帝

慭訓笑兒則備爲听也

別本作揚　舊注音揚　蛾

乃戮之於鍾山之東曰瑤岸欽鵶化爲大鶚郭璞曰鶚音丕鶚音愕聘王母於銀臺兮羞玉芝以療飢王母西王母也銀臺王母所居善進也療愈也善曰史記曰三神山仙人在焉黃金白銀爲宮闕王母仙者故假言之本草經曰白芝一名玉芝戴勝慭其既歎兮又誚余之行遲戴勝謂西王母也慭笑貌誚讓也善曰字林曰慭謹敬也山海經曰西海之南流沙之濱赤水之後黑水之前有大山名曰昆侖之丘其下有弱水之淵環之有人戴勝虎齒豹尾穴處名王母又曰西王母其狀如人戴勝是司天之厲郭璞曰勝玉勝慭魚覲切載太華之玉女兮召洛浦之宓妃浦涯也善曰列仙傳曰毛女者字玉姜在華陰山中體生毛所止巖中有鼓琴聲楚辭曰迎宓妃下伊浦咸姣麗以蠱媚兮增嫮眼而蛾眉說文曰姣好也廣雅曰嫮好也善曰楚辭曰嫮目冥笑眉曼舒訬婧之纖腰兮揚雜錯之袿徽訬婧細腰貌善曰方言曰袿謂之裾劉熙釋名曰婦人上服謂之袿青絳爲之緣袿古攜切爾雅曰婦人之徽謂之縭郭璞曰即今香纓也訬音眇說文曰婧妍婧也財性切一音精離朱脣而微笑兮顏的礫以遺光離開也的礫明貌善曰神女賦曰朱脣的

其若丹上林賦曰宜笑的皪皪音歷獻環琨與琛縭兮申厥好以玄黄環珠也琨璧也琛寶也縭今之香纓玄黄玉石之色善曰白虎通曰所以必有珮者表悳見所能也故循道無窮則佩環能本道德則佩琨薛君韓詩章句曰縭帶也尚書曰厥篚玄黄琨音昆縭音離雖色豔而賂美兮志皓蕩而不嘉豔美色也善曰賂美謂環琨玄黄也楚辭曰怨靈脩之皓蕩雙材悲於不納兮並詠詩而清歌善曰雙材謂玉女宓妃也劉歆列女傳頌曰材女脩身廣觀善惡歌曰天地烟熅百卉含葩烟熅和貌葩華也善曰周易曰天地烟熅萬物化醇廣雅曰絪縕元氣也毛萇詩傳曰卉草也郭璞曰草物名也説文曰蘤古花字本誤作蘤音爲詭切非此之用也鳴鶴交頸雎鳩相和善曰周易曰鳴鶴在陰詩曰關關雎鳩處子懷春精魂回移善曰莊子曰藐姑射之山有神人居焉婥約若處子毛詩曰有女懷春如何淑明忘我實多淑善也淑明謂衡也玉女宓妃言忘棄我實多善曰論語摘輔像曰仲弓淑明清理可以爲卿毛詩曰如何如何忘我實多將答賦而不暇兮爰整駕而亟行爰於是也亟疾也善曰毛詩曰

三字有误

恐误

爾之亟行

皇脂爾車瞻崑崙之巍巍兮臨縈河之洋洋巍巍高貌縈紆也言河之曲也善曰史記大史公曰禹本紀言河出崑崙毛詩曰河水洋洋毛萇曰洋洋盛大也伏靈龜以負坻兮亘螭龍之飛梁坻所以止船也善曰楚辭曰靡蛟龍以梁津兮詔西皇使涉予登閬風之層城兮構不死而為牀閬風崑崙山名也善曰淮南子曰崑崙虛有三山閬風桐版玄圃層城九重禹云崑崙有此城高一萬一千里十洲記曰崑崙北角曰閬風之顛山海經曰崑崙開明北有不死樹食之長壽郭璞曰言常生也古今通論曰不死樹在層城西屑瑤蘂以為糇兮𣁋白水以為漿屑碎也糇精也𣁋酌也善曰瑤蘂玉也說文曰糇乾食糧也楚辭曰精瓊靡以為粻曰糇食也又曰𣁋挹也爾雅曰𣁋酌也楚辭曰朝吾將濟於白水兮王逸淮南言白水在崑崙之源也蘂而髓切𣁋居于切抨巫咸作占夢兮乃貞吉之元符抨使也善曰言我昔夢木禾今令巫咸占之楚辭曰巫咸將夕降兮懷椒糈而要之王逸曰巫咸古神巫也當殷中宗之時也抨甫耕切滋令德於正中兮含嘉秀以為敷滋繁也不華而實謂之秀善曰

令郭生吳人字大字

原賦列作烈

言己有令德類禾之有嘉秀也尚書曰惟爾令德孝恭既垂穎而顧本兮亦要思乎故居穎穗也善曰言禾垂穎以顧本猶人之思故居也淮南子曰孔子見禾三變始於粟生於苗成於穗乃歎曰我其首禾乎高誘曰禾穗向根故君子不忘本也安和靜而隨時兮姑純懿之所廬懿美也廬居也善曰韓詩曰靜貞也隨時之義大矣哉杜預注曰姑且也戒庶僚以夙會兮僉供職而並訝庶僚即下豐隆列缺等也訝迎也言戒誓令夙早而會皆供職而來迎我也善曰孔安國尚書傳曰僉皆也豐隆軯其震霆兮列缺曄其照夜豐隆雷公也軯聲貌震霆霹靂也列缺電也曄光貌善曰楚辭曰吾令豐隆乘雲兮羽獵賦曰霹靂列缺吐火施鞭軯普耕切雲師䨴以交集兮涷雨沛其灑塗雲師雨師也䨴陰貌涷雨暴雨也巴郡謂暴雨爲涷雨沛雨貌塗路也善曰諸家之說豐隆皆曰雲師此賦別言雲師明豐隆爲雷也故留舊說以廣異聞爾雅曰暴雨謂之涷注曰今江東人呼夏月大暴雨爲涷雨楚辭曰使涷雨兮灑塵䨴徒感切轙琱輿而樹葩兮擾應龍以服路善曰爾雅曰載轡謂之轙郭璞曰轙車軛

衆

上環鑾所貫也琱輿琱玉之輿爾雅曰玉謂之琱葩蓋之金華也獨斷曰乘輿車皆羽蓋金華爪擾馴也廣雅曰有翼曰應龍路車也

百神森其備從兮屯騎羅而星布森聚貌屯聚也善曰楚辭曰百神翳其備降

振余袂而就車兮脩劍揭以低昂揭卬貌冠㠑㠑其映蓋兮珮綝纚以煇煌綝纚盛貌㠑㠑冠貌煇煌珮光貌善曰㠑五咸切綝音林纚音離僕夫儼其正策兮八乘騰而超驤僕夫謂御車人也儼敬也八乘公上得從車八乘善曰楚辭曰僕夫懷余心悲又曰撰余轡而正策又曰駕八龍之蜿蜿又曰超驤氛旋溶以天旋兮蜺旌飄以飛颺旌羽旄也善曰氛旋氛氣爲旋也楚辭曰連五宿兮建旄揚氛氳以爲旌字林曰溶水盛貌今取盛意宋玉笛賦曰天旋少陰白日西靡高唐賦曰蜺爲旌溶音勇撫軨軹而還睨兮心灓其若湯勺藥熱貌善曰說文曰無輻曰軨軹車輪小穿也又曰睨邪視也楚辭曰忽臨睨夫舊鄉又曰心涫沸其若湯軨音零軹之氏切勺市灼切涫音擐

羨上都之赫戲兮何迷故而不忘羨欲也赫戲盛貌迷惑也何惑舊故而不忘新

楚辭　揚　曳　注及引文後漢書同

愚以爲當去己之迷故之心也善曰言己願上都之赫戲是何迷己之故而不能忘謂不忘上都也楚辭曰陟登皇之赫戲兮左青琱之揵芝兮右素威以司鉦青琱青文龍也素威白虎威也善曰芝小蓋也禮記曰君行左青龍而右白虎也說文曰鉦鐃也揵巨偃切前長離使拂羽兮後委衡乎玄冥長離朱鳥也委屬也水衡官名也善曰司馬相如大人賦曰前長離而後矞皇如湻曰長離朱鳥也禮記曰前行朱鳥而後玄武又曰鳴鳩拂其羽家語季康子曰吾聞玄冥爲水正此即五行之主也司馬相如大人賦曰左玄冥而右黔雷屬箕伯以函風兮懲淟涊而爲清函含也懲騰也清靜也善曰風俗通曰風師者箕星也主斂物能致風氣也易曰巽爲長女長者伯之故曰風伯也楚辭曰切淟涊之流俗兮王逸曰淟涊垢濁也拽雲旗之離離兮鳴玉鸞之嚶嚶鸞鸞鑣也嚶嚶聲也善曰楚辭曰載雲旗之委蛇又曰鳴玉鸞之啾啾嚶古嬰字涉清霄而升遐兮浮蠛蠓而上征霄微雲也善曰楚辭曰涉青雲而汎濫兮甘泉賦曰騰清霄而軼浮景又曰浮蠛蠓而撇天淮南子曰蠛蠓磑而雨春而風言羣而上下至疾曰溢埃風而上征紛翼翼以徐戾兮

融

焱回回其揚靈炭至也回回光明貌善曰說文曰焱火華也言光之盛如火之華楚辭曰皇剡剡其揚靈王逸曰揚其光靈也叫帝閽使闢扉兮覿天皇于瓊宮叫呼也閽主門也闢開也扉宮門闔也覿見也天皇天帝也善曰楚辭曰吾令帝閽開關兮楊雄甘泉賦曰選巫咸兮叫帝閽聆廣樂之九奏兮展洩洩以彤彤聆聽也廣樂樂名也展信也洩洩彤彤皆樂貌善曰史記曰趙簡子病二日而寤曰我之帝所甚樂與百神遊于鈞天廣樂九奏萬舞左氏傳曰鄭莊公入而賦大隧之中其樂也彤彤姜出而賦大隧之外其樂也洩洩杜預云融融和也洩洩舒散也融與彤古字通考治亂於律均兮意建始而思終律十二律均所均聲也建立也善曰琴道曰琴七絲足以通萬物而考治亂也樂汁圖徵曰聖人往承天助以立五均均者亦律調五聲之均也宋均曰均長八尺施絃以調六律五聲惟般逸之無斁兮懼樂往而哀來孔安國尚書傳注曰斁猒也善曰莊子曰樂未畢也哀又繼之素女撫絃而餘音兮太容吟曰念哉建始念終也素素女也太容黃帝樂師也高誘淮南子注曰素女黃帝時方術之女也善曰史記曰泰帝使素女鼓五十

今本太作天攬曲字一作未大宮作官環下有之匡二字

原賦閬閬下有閌字

絃瑟舊注本素下無女字今本有之尚書曰帝念哉既防溢而靖志兮迨我暇以翱翔靖靜也迨及也廣雅曰翱翔浮游也善曰字林曰靖立也毛詩曰迨我暇矣又曰將翱將翔出紫宮之肅肅兮集太微之閬閬天文志曰中宮太極星其一明者泰一常居也旁三星三公後句曲四星一星正妃餘三星後宮之屬也環衛十二星藩臣皆曰紫宮善曰紫宮太微二星名也春秋合誠圖曰紫宮帝太宮也又曰太微其星十二字林曰閬高貌甘泉賦曰閬閬其寥廓閬音郎命王良掌策駟兮踰高閣之將將善曰春秋元命苞曰漢中四星天騎一曰天駟旁一星王良主天馬也漢書天文志曰主良車騎古善馭者漢書曰營室爲清廟又曰離宮閣道建罔車之幕幕兮獵青林之芒芒善曰罔車畢星也青林天苑也河圖曰桐栢山上爲掩畢三危山上爲天苑彎威弧之拔刺兮射嶓冢之封狼彎引也威弧星名也拔刺彎弓貌善曰楊雄河東賦曰彏天狼之威弧漢書曰狼下有四星曰弧淮南子曰琴戒撥刺高誘曰撥刺不正也河圖曰嶓冢山名此山之精上爲星名封狼拔方割切剌力達切觀壁壘於北落兮伐河鼓之磅

說文娩疾也此當从兔

疑作戫

硠壁營壁也壘中壘也北落星名也伐擊也河鼓星名也磅硠聲也善曰漢書曰羽林天軍西爲壘或曰鉞傍一大星曰北落爾雅曰河鼓謂之牽牛今荆人呼牽牛星爲檐鼓檐者荷也秉天潢之汎汎兮浮雲漢之湯湯天潢天津也汎汎流貌也雲漢天河也湯湯水流也善曰樂緯曰商爲五潢宋均曰五潢天津之別名也毛詩曰倬彼雲漢倚招搖攝提以低佪剹流兮察二紀五緯之綢繆遹皇二紀日月也五緯五星也攝提星名形似車禮記曰以日星爲紀善曰漢書杓端有兩星一內爲矛爲招搖孟康曰近北斗者招搖剹流繚繞也漢書曰攝提直斗柄所指以建時節故曰攝提越絕書范蠡曰天貴持盈不失日月星辰紀綱易乾鑿度曰五緯順軌四時和粟宋均曰和粟氣和而嚴正綢繆連緜也遹皇往來貌也偃蹇夭矯娩以連卷兮說文曰仡子二人俱出爲娩纂要曰齊人謂生子曰娩善曰偃蹇驕傲之貌也夭矯自縱恣貌也娩跳也連卷長曲貌娩匹萬切權雜沓叢顇颯以方驤善曰衆多之貌顇音悴戫汨飂淚沛以罔象兮善曰皆疾貌罔象即仿像也楚辭曰沛罔象而自浮戫一六切飂力凋切淚音戾爛漫麗靡藐以迭逷

焱注同

分布遠馳之貌善曰爛漫分散貌藐遠貌迭過也逷突也逷音唐淩驚雷之砊磕兮弄狂電之淫裔淩乘也淫裔電貌善曰楚辭曰淩驚雷軼駭電兮砊磕雷聲也上林賦曰淫淫裔裔砊音苦郎切踰厖鴻於宕冥兮貫倒景而高厲也善曰孝經援神契曰厖鴻宕冥皆天之高氣天度厖鴻孳萌宋均曰厖鴻未分之象也楚辭曰貫蒙鴻以東朅兮說文曰宕過也冥窈也淩陽明經曰倒景氣去地四千里其景皆倒在下楚辭曰颯弭節而高厲厖莫孔切鴻胡孔切宕徒浪切廓盪盪其無涯兮乃今窺乎天外宋玉大言賦曰長劍耿耿倚天外據開陽而頫眡兮臨舊鄉之暗藹善曰春秋運斗樞曰北斗七星第六開陽也楚辭曰忽臨睨夫舊鄉兮悲離居之勞心兮情悁悁而思歸楚辭曰將以遺夫離居字林曰悁忿恨也善曰毛詩曰勞心悁悁烏玄切魂眷眷而屢顧兮馬倚輈而徘徊輈車轅也善曰韓詩曰眷眷懷顧毛詩曰屢顧爾僕雖遊娛以媮樂兮豈愁慕之可懷善曰楚辭曰聊假日而媮樂兮出閶闔兮降天途乘焱

忽兮馳虛無閶闔天門也降下也善曰楚辭曰倚閶闔而望兮又曰乘迴風而遠遊服虔甘泉賦注曰猋風也上林賦曰淩驚風歷駭猋乘虛無與神俱猋必遙切雲菲菲兮繞余輪風眇眇兮震余旟楚辭曰雲菲菲而承宇眇眇遠貌周禮曰鳥隼爲旟爾雅曰錯鳥隼爲旟此謂合剝鳥皮毛置之竿頭即禮記所謂載鴻及鳴鳶也繽連翩兮紛暗曖儵眩眃兮反常閭蒼頡篇曰眩眃目視不明貌善曰眩音懸眃音云收疇昔之逸豫兮卷淫放之遐心善曰左氏傳羊斟曰疇昔之羊子爲政毛詩曰逸豫無期楚辭曰神要眇以淫放毛詩曰無金玉爾音而有遐心修初服之娑娑兮長余佩之參參善曰楚辭曰退將復修吾初服又曰長余佩之陸離文章奐以粲爛兮美紛紜以從風御六藝之珍駕兮遊道德之平林周禮曰六藝禮樂射御書數毛詩曰依彼平林結典籍而爲罟兮敺儒墨以爲禽儒家者述聖道之書也以仁義爲本以禮樂爲用墨家者强本節用之書也以貴儉尚賢爲用善曰敺音驅墨墨家流也

玩陰陽之變化兮，詠雅頌之徽音。善曰孫卿子曰四時代御陰陽交化周易曰四時變化毛詩曰大姒嗣徽音

嘉曾氏之歸耕兮，慕歷阪之嶔崟。善曰琴操曰歸耕者曾子之所作也曾子事孔子十有餘年晨覺眷然念二親年衰養之不備於是援琴鼓之曰歔欷歸耕來兮安所耕歷山盤兮

恭夙夜而不貳兮，固終始之所服。不貳不差貳也服所服事也善曰毛詩曰夙夜在公楚辭曰事君而無貳

夕惕若厲以省諐兮，懼余身之未勑。勑整也善曰周易曰君子夕惕若厲無咎

苟中情之端直兮，莫吾知而不恧。善曰楚辭曰苟余情之端直又曰國無人兮莫我知小雅曰小愧為恧女六切

默無為以凝志兮，與仁義乎逍遙。善曰老子曰上德無為楚辭曰超無為以志清上林賦曰馳騖乎仁義之塗

不出戶而知天下兮，何必歷遠以劬勞。善曰老子曰不出戶而知天下不窺牖而見天道河上公曰聖人以己身知人身以己家知人家所以見天下矣毛詩曰之子于征劬勞于野

系曰：系繫也言繫一賦之前意也

慍怨也悄悄憂皃 毛傳 怨今本或作怒 羣小至君側也為箋語也今作者不如鳥之飛去為毛傳語今本不下有能字 且不遇至至也為箋語

後漢書謀作諆

天長地久歲不留善曰老子曰天長地久天地所以長且久者以其不自生故能長生俟河之清秖懷憂秖適也善曰左氏傳子駟曰周詩有之曰俟河之清人壽幾何杜預曰逸詩也言人壽促而河清遲也京房易傳曰河千年一清願得遠渡以自娛上下無常窮六區善曰楚辭曰遠度世以忘歸六區上下四方也周易曰上下無常非為邪也超踰騰躍絕世俗飄遙神舉逞所欲說文曰逞極也天不可階仙夫稀善曰周髀曰天不可階而升栢舟悄悄吝不飛栢舟詩篇名也注慍怨也悄悄憂貌羣小衆小人在君側也吝恨也其詩曰憂心悄悄慍于羣小又曰靜言思之不能奮飛注不如鳥奮翼而飛去臣不遇於君猶不忍去厚之至也松喬高跱孰能離松赤松子喬王喬離附也結精遠遊使心攜攜離也善曰楚辭曰願輕舉而遠遊公羊傳曰攜其妻子何休曰攜猶提將也迴志朅來從玄謀朅去也善曰劉向七言曰朅來歸耕永自疎獲我所求夫何思夫復也

歸田賦 一首

无此廿六字

蜀

張平子 歸田賦者張衡仕不得志欲歸於田因作此賦凡在曰朝不曰歸田

遊都邑以永久，無明略以佐時，徒臨川以羨魚，俟河清乎未期。都謂京都永長也久滯也言久淹滯於京都而無知略以匡佐其時君也字林曰羨貪欲也淮南子曰臨河羨魚不如歸家織網高誘曰羨願也易乾鑿度曰天降嘉應河清三日變爲赤赤變三日鄭玄曰聖王爲政治平之所致

感蔡子之慷慨，從唐生以決疑。史記曰蔡澤燕人遊學干諸侯不遇從唐舉相舉孰視而笑曰先生偈鼻戴肩魋顏蹙頞膝攣吾聞聖人不相殆先生乎澤知舉戲之乃曰富貴吾所自取吾不知者壽也願聞之舉曰先生之壽從今以往者四十三歲澤笑而謝去謂御者曰吾持粱刺齒肥躍疾驅懷黃金之印結紫綬於要揖讓人主之前食肉富貴四十一年足矣及入秦昭王召見與語大說拜爲客卿遂代范睢爲秦相說文曰慷慨壯士不得志於心也

諒天道之微昧，追漁父以同嬉。諒信也微昧幽隱司馬遷悲士不遇賦曰天道悠昧楚辭曰屈原既放漁父見而問之曰子非三閭大夫歟漁父悠爾而笑鼓枻而去王逸楚辭序曰漁父避世隱身釣魚江湖欣然而樂漁父歌曰滄浪之水清可以濯吾纓滄浪之水濁可以濯吾

足嬉樂也超埃塵以遐逝與世事乎長辭世務紛濁以喻塵埃莊子曰遊乎塵埃之外

於是仲春令月時和氣清儀禮曰令月吉日鄭玄曰令善也原隰鬱茂百草滋榮王雎鼓翼鶬鶊哀鳴雎鳩王鳩也郭璞曰鵰類也爾雅曰倉庚黃鵹鵹也鵹音利交頸頡頏關關嚶嚶頡頏上下也毛萇詩傳曰飛而上曰頡飛而下曰頏爾雅曰關關雝雝音聲和也釋訓曰丁丁嚶嚶相切直也注嚶嚶兩鳥鳴也於焉逍遙聊以娛情毛詩曰於焉逍遙廣雅曰逍遙儃徉也

爾乃龍吟方澤虎嘯山丘言已從容吟嘯類乎龍虎春秋元命苞曰杓星高則羣龍吟淮南子曰龍吟而景雲至虎嘯而谷風臻仰飛纖繳俯釣長流觸矢而斃貪餌吞鉤觸矢射也吞鉤釣也楚辭曰知貪餌而近斃落雲間之逸禽懸淵沈之魦鰡列子曰詹何以獨繭爲綸芒針爲鉤引盈車之魚於百仞之淵楚王問其故詹何曰蒲且子之弋弱弓纖繳連雙鶬於青雲之際臣因學釣五年始盡其道毛萇詩傳曰魦鮀也字指曰鰡魦屬

今本田作畋　精上有人字　精散氣亡作精神散亡

于時曜靈俄景係以望舒廣雅曰曜靈日也王逸楚辭注曰望舒月御也俄斜也極般遊之至樂雖日夕而忘劬尚書曰般遊無度劬音衢感老氏之遺誡將迴駕乎蓬廬老子曰馳騁田獵令人心發狂注曰精神安靜馳騁呼吸精散氣亡故發狂劉向雅琴賦曰潜坐蓬廬之中巖石之下彈五絃之妙指詠周孔之圖書五絃琴也禮記曰舜作五絃之琴以歌南風鄭玄注曰南風長養之風也毛詩曰南風之薰兮可以解吾民之慍兮蔡邕琴操曰伏羲氏作琴絃有五者象五行也周周公孔孔子也揮翰墨以奮藻陳三皇之軌模賈逵國語注曰軌法也鄭玄毛詩箋曰模法也莫奴切苟縱心於物外安知榮辱之所如班固漢書述賈鄒枚路曰榮如辱如有機有樞劉德曰易曰樞機之發榮辱之主也張晏曰乍榮乍辱如辭也

文選卷第十五　壬六月廿六日昳　偽誦

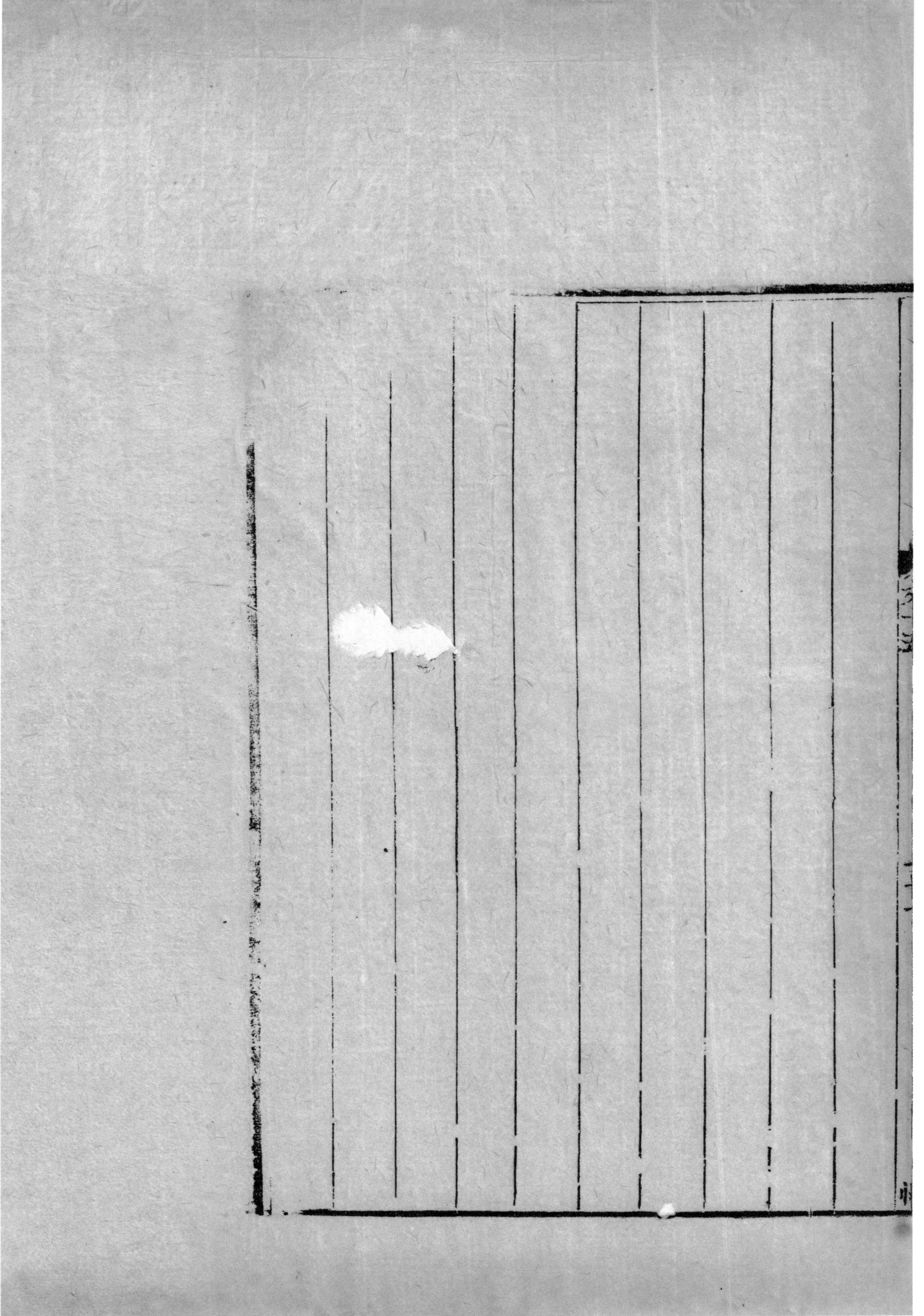

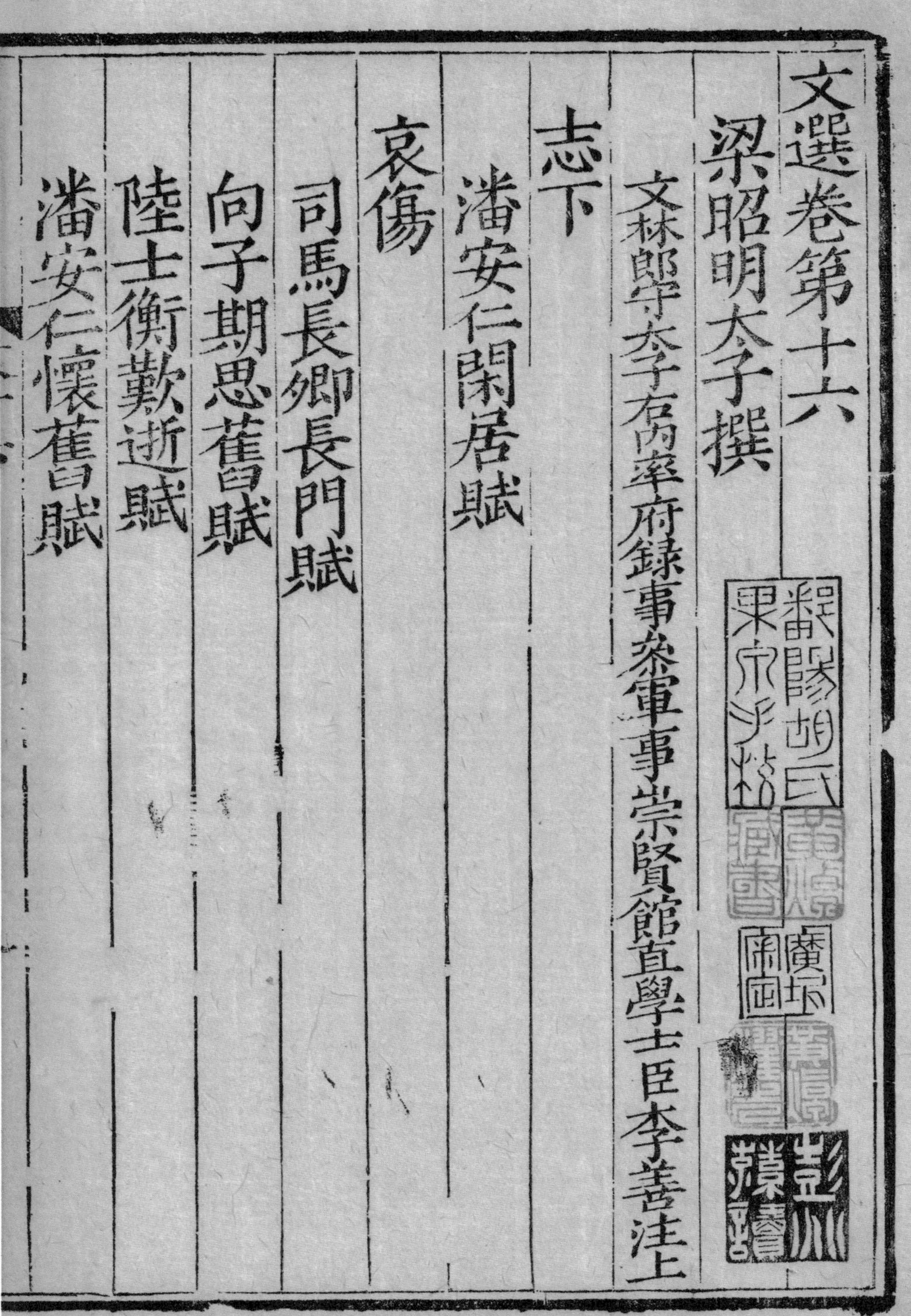

文選卷第十六

梁昭明太子撰

文林郎守太子右內率府録事參軍事崇賢館直學士臣李善注上

志下

潘安仁閑居賦

哀傷

司馬長卿長門賦

向子期思舊賦

陸士衡歎逝賦

潘安仁懷舊賦

題字當羨晉書亦無

寡婦賦

江文通恨賦

別賦

志下

閑居賦并序　閑居賦者此蓋取於禮篇不知世事閑靜居坐之意也

潘安仁　晉武帝時人也

岳嘗讀汲黯傳至司馬安四至九卿而良史書之題以巧宦之目未嘗不慨然廢書而歎　漢書汲黯傳曰黯姊子司馬安文深善巧宦四至九卿以河南太守卒班固司馬遷贊曰遷有良史之才李陵書曰能不慨然史記太史公曰始齊之蒯通讀樂毅報燕王書未嘗不廢書而泣漢書司馬安黯姊子也與長孺同傳爲人諂佞善事上下故四至九卿之位

班固曰安文善巧故每讀其傳而歎息黷於減切字林曰慨仕不得志許既切曰嗟乎巧誠有之拙亦宜然言誠有巧宦之理拙固有之西京賦曰小必有之大亦宜然顧常以爲士之生也非至聖無軌微妙玄通者鄭玄毛詩箋曰顧念也周易曰用無常道事無軌度廣雅曰軌迹也老子曰善行無轍跡又曰古之善爲士者微妙玄通深不可識河上公曰玄天也言其節志精微與天通也則必立功立事效當年之用漢書曰平當書曰建功立事可以永年延篤與張奐書曰烈士殉名立功立事也杜預左氏傳注曰效致也是以資忠履信以進德脩辭立誠以居業周易曰履信思乎順又曰君子進德脩業忠信所以進德也脩辭立誠所以居業也僕少竊鄉曲之譽燕丹子夏扶曰士無鄉曲之譽則未可與論行也忝司空太尉之命所奉之主即太宰魯武公其人也舉秀才爲郎臧榮緒晉書曰賈充字公閭封魯公爲司空轉太尉薨贈太宰謚武公又曰岳弱冠太尉舉秀才爾雅曰忝辱也命謂舉命之爾雅曰命告也凡尊者之言曰命孝經曰則周公其人也逮事世祖武皇帝臧榮緒晉書武紀曰帝諱炎字安世崩上號世祖禮記曰逮事父母爲

河陽懷令臧榮緒晉書曰岳出爲河陽令轉懷令漢書河内郡有懷縣河陽縣也尚書郎廷尉平臧榮緒晉書岳頻宰二邑勤於政績調補尚書郎遷廷尉平爲公事免官漢書曰宣帝初置廷尉左右平秩皆六百石平皮命切今天子諒闇之際天子惠帝也諒闇今謂凶廬裹寒涼幽闇之處故曰諒闇領太傅主簿府主誅除名爲民臧榮緒晉書曰楊駿爲太傅輔政高選吏佐引岳爲太傅主簿駿誅除名俄而復官除長安令何休公羊傳注曰俄者須臾之間也漢書音義如淳曰凡言除者除故官就新官也遷博士未召拜親疾輙去官免自弱冠涉乎知命之年禮記曰二十曰弱冠論語子曰五十而知天命孔安國曰知天命之終始八徙官而一進階再免一除名一不拜職遷者三而已矣八徙官謂舉秀才爲郎河陽令懷令尚書郎廷尉平領太傅主簿長安令遷博士也一除名謂太傅主簿府誅除名爲民也一不拜職謂遷博士未召拜親疾輙去官也一進階謂徙懷令爲尚書郎也再免謂任廷尉平以公事免遷博士以去官免也三遷謂廷尉平領太傅主簿及遷博士也雖通塞有遇抑亦拙者之效也周易曰不出户庭知通塞也漢書楊雄曰以爲遇不遇命也廣

今本於作其岳則字於字終作則

雅曰効驗也昔通人和長輿之論余也固謂拙於用多論衡曰博覽古今者爲通人臧榮緒晉書曰和嶠字長輿莊子謂惠子曰夫子固拙於用大尚書周公曰予多才多藝稱多則吾豈敢言拙信而有徵論語孔子曰若聖與仁則吾豈敢左氏傳叔向曰君子之言信而有徵方今俊乂在官百工惟時方今猶正今也廣雅曰方正也尚書曰俊乂在官又曰百工惟時孔安國曰百工皆是言政無非拙者可以絕意乎寵榮之事矣太夫人在堂有羸老之疾漢書曰列侯太夫人如淳曰列侯之妻稱夫人列侯死子復爲列侯乃得稱太夫人左氏傳荀罃曰余羸老矣王隱晉書曰岳母寒以數戒焉尚何能違膝下色養而屑屑從斗筲之役乎孝經曰故親生之膝下以養父母日嚴論語子夏問孝子曰色難左氏傳晉侯謂汝叔齊曰魯侯善禮叔齊曰而屑屑焉習儀以亟方言曰屑屑不靜也論語子曰噫斗筲之人何足筭也鄭玄曰筲竹器也容斗二升袁宏後漢紀郭林宗曰大丈夫焉能久處斗筲之役乎於是覽止足之分庶浮雲之志老子曰知足不辱知止不殆注知足之人絕利去欲不辱於身也知可止則止則財利不累於身聲色不亂於耳目終身不危殆也論語孔子

曰不義而富且貴於我如浮雲班固荅賓戲曰仲尼抗浮雲之志**築室種樹逍遙自得**毛詩曰築室百堵漢書景帝詔曰藝種樹可衣食物莊子善卷曰余日出而作日入而息逍遙於天地之間而心意自得家語曰原憲衣弊衣冠衎然有自得之志**池沼足以漁釣春稅足以代耕**說文曰稅租也禮記曰夫祿足以代其耕**灌園粥蔬以供朝夕之膳**列女傳曰於陵子仲爲人灌園字書曰粥賣也粥與鬻音義同說文曰饍具食也**牧羊酤酪以俟伏臘之費**鄭玄周易注曰牧養也廣雅曰酤賣也古護切釋名曰酪乳汁所作也漢書秦德公作伏祠孟康曰六月伏日歷忌釋曰伏者何也金氣伏藏之日也四時代謝皆以相生立春木代水水生木立夏火代木木生火立冬水代金金生水至於立秋以金代火金畏火故至庚日必伏庚者金故也臘者風俗通禮傳曰夏曰嘉平殷曰清祀周曰大蜡漢改爲臘臘獵也言獵取禽獸以祭其先祖故曰臘也秦孝公始置伏始皇改臘曰嘉平**孝乎惟孝友于兄弟此亦拙者之爲政也**論語或謂孔子曰子奚不爲政子曰書云孝乎惟孝友于兄弟施于有政是亦爲政奚其爲爲政包氏曰孝乎惟孝美大孝之辭也友于兄弟善於兄弟也施行也所行有政道即與爲政同也**乃作閑居賦以歌事遂情焉**韓詩序曰勞者歌其事聲類曰遂從意也

當從晉書作遨

陪晉書作背此陪誤為倍

原賦陽作南

其辭曰

傲墳素之場圃步先哲之高衢左氏傳楚靈王曰左史倚相能讀三墳五典八索九丘賈逵曰三墳三皇之書五典五帝之典八索素王之法九丘亡國之戒墳大也言三皇之大道孔子作春秋素王之文也上林賦曰翱翔乎書圃登樓賦曰假高衢而騁力雖吾顏之云厚猶內媿於寧蘧有道吾不仕無道吾不愚尚書曰顏厚有忸怩楚漢春秋韓信曰臣內媿於心論語子曰寧武子邦有道則智邦無道則愚其智可及也其愚不可及也又曰君子哉蘧伯玉邦有道則仕邦無道則卷而懷之何巧智之不足而拙艱之有餘也管子曰巧者有餘而拙者不足於是退而閑居于洛之涘陽佺期洛陽記曰城南七里名曰洛水蔡邕祓禊文曰自求多福在洛之涘毛萇詩傳曰涘猶涯也身齊逸民名綴下士論語子曰逸民伯夷叔齊虞仲夷逸朱張柳下惠少連注逸民者節行超逸也禮記王制祿爵公侯伯子男凡五等禮記曰諸侯之上大夫卿下大夫上士中士下士凡五等陪京泝伊面郊後市南都賦曰陪京之陽薛綜東京賦注曰泝向也楊佺期洛陽記曰洛水之南名曰伊水周禮曰面朝後市鄭玄儀禮注曰面前

删十八字改黝長兒三字

也陸機洛陽記曰洛陽凡三市大市名曰金市公觀之西城
中馬市在大城之東洛陽縣市在大城南然此市洛陽縣也**浮梁黝以**
徑度靈臺傑其高峙言曰造舟謂之浮梁郭璞曰即今浮橋爾雅
曰地謂之黝然說文曰黝微青黑色於糾切楚辭曰不能淩波以徑度陸機
洛陽記曰靈臺在洛陽南去城三里毛萇詩傳曰傑特立也思玄賦曰松
喬高跱孰能離絫委射雉賦注曰峙立也**闚天文之祕奧究人事之終始**日月五星天之文也陸賈
新語曰楚王作乾谿之臺闚天文謝承後漢書曰姚俊明圖緯祕奧字
書曰祕密也廣雅曰奧藏也禮含文嘉曰禮天子靈臺以考觀天人之際
法陰陽之會易曰歸妹人之終始也**其西則有元戎禁營玄幙綠徽**其西宅之西也元戎兵車
也詩曰元戎十乘以先啓行禁營謂五營也陸機洛陽記曰五營校尉前
後左右將軍府皆在城中陸機既不言所處難得而詳也鄭玄禮記注曰
徽旌旗之名也**谿子巨黍異絭同機**史記蘇秦說韓王曰谿子巨黍者皆射六百步之外許慎曰南方谿子蠻
夷柘弩皆善材也孫卿子曰繁弱巨黍古之良弓異絭同機言弩絭雖異
而同一機也漢書音義張晏曰連弩三十絭共一臂然絭弩弓也李奇曰
絭弓也字林曰絭音卷孔安國尚書傳曰機弩牙也本或為異卷同歸誤也**礮石雷駭激矢蝱飛**礮石今之

原賦皇威作威靈

統

原賦祖作帝

抛石也皆匹孝切廣雅曰駭起也呂氏春秋曰激矢遠法言曰羿激夭范蠡兵法飛石重二十斤爲機發行三百步東觀漢記光武作飛宜箭以攻赤眉廣雅曰宜飛箭名也方言曰凡箭三鎌謂之羊頭三鎌長六尺謂之飛宜郭璞曰此謂今之射箭也鎌稜也 以先啓行耀我皇威 詩曰元戎十乘以先啓行西都賦曰耀皇威而講武事 其東則有明堂辟廱清穆敞閑 陸機洛陽記曰辟廱在靈臺東相去一里俱魏武所徙三輔黃圖大司徒宮奏曰明堂辟廱其實一也毛詩曰於穆清廟洞簫賦曰又足樂乎其敞閑也 環林縈映圓海迴淵 三輔黃圖曰明堂辟廱水四周於外象四海也仲長昌言曰溝池自周竹木自環白虎通曰天子立辟雍者所以行禮樂宣教化辟者象璧圓以法天雍者擁之以水象教化流行也班固東都賦曰邕若辟雍海流 聿追孝以嚴父宗文考以配天 毛萇詩傳曰聿述也南都賦曰奉先祖而追孝孝經曰孝莫大於嚴父嚴父莫大於配天又曰宗祀文王於明堂以配上帝文考謂晉文王也尚書曰惟予文考 祗聖敬以明順養更老以崇年 言尊祖父以配天所以明順也養三老五更所以崇年也韓詩曰湯降不遲聖敬曰躋言湯聖敬之道上聞於天白虎通曰禮三老於明堂所以教諸侯孝也禮五更於太學所以教諸侯弟也 若乃背冬涉春陰謝陽施 七發楚辭曰於

之字至句古人多有之不足疑

是背秋涉冬神農本草曰春夏爲陽秋冬爲陰楚辭曰青春受謝王逸曰謝去也莊子曰隨四時之施漢書曰陰陽之施化萬物之終始施猶布也**天子有事于柴燎以郊祖而展義**左氏傳宰孔曰天子有事於文武杜預曰有祭事也尔雅曰祭天曰燔柴郭璞曰旣祭積薪燒之周禮曰以禋祀祀昊天上帝以實柴祀日月星辰以槱燎祀司中司命鄭司農曰三祀皆積柴實牲體焉燔燎而生煙以報陽也禮記曰周人禘嚳而郊稷鄭玄曰禘郊祖宗謂祀祭以食也左氏傳曰天子非展義不巡狩**張鈞天之廣樂備千乘之萬騎**史記趙簡子曰我之帝所與百神遊於鈞天廣樂九奏萬舞蔡邕獨斷曰大法駕備千乘萬騎**服振振以齊玄管啾啾而並吹**去聲左氏傳卜偃曰童謡云袀服振振音真服虔曰袀服黑服也杜預曰振振威貌也說文曰袀玄服也音均風俗通曰竹曰管郭璞爾雅注曰管長尺圍寸併吹之有底賈氏以爲如篪六孔風俗通曰漢帝時零陵文學奚景仲於泠道舜祠下得玉管後人易之以竹王逸楚辭注曰啾啾鳴聲也**煌煌乎隱隱乎**蒼頡篇曰煌煌光明也上林賦曰煌煌扈扈隱隱盛也又曰沈沈隱隱一作殷殷音義同**茲禮容之壯觀而王制之巨麗也**春秋考異郵曰飾禮容成文法史記曰孔子陳俎豆設禮容漢書龔遂曰坐則誦詩書立則習禮容史記曰天下之壯觀上林賦曰君未覩夫巨麗

安字衍　韋孟

兩學齊列雙字如一郭緣生述征記曰國學在辟廱東北五里太學在國學東二百步魯靈光殿賦曰萬戶如一右延國胄左納良逸爾雅曰延進也國學教胄子太學招賢良太學在國學東尚書曰夔教胄子李尤明堂銘曰夏進賢良祁祁生徒濟濟儒術安韋猛詩曰祁祁我徒毛詩曰來假祁祁又曰濟濟多士班固公孫弘贊曰蕭望之以儒術進或升之堂或入之室家語衛將軍文子問於子貢曰吾聞孔子之施教也成之以文德蓋入室升堂七十餘人教無常師道在則是尚書曰德無常師主善爲師蔡邕勸學篇曰人無貴賤道在則尊論語叔孫武叔曰吾亦何常師之有道在則是言有道則可以爲師故髦士投紱名王懷璽言棄紱藏璽咸來學也毛詩曰髦士攸宜爾雅曰髦俊也漢書曰匈奴單于遣名王奉獻西京賦曰懷璽藏紱訓若風行應如草靡論語孔子曰君子之德風小人之德草草上之風必偃此里仁所以爲美論語曰里仁爲美鄭玄曰里者人之所居也居於仁者之里是爲善也孟母所以三徙也列女傳曰孟母舍近墓孟子嬉戲爲墓間之事孟母曰此非所以居子處也乃去舍市傍其子嬉戲爲賈衒孟母又曰此非所以居子處也乃舍學宮之旁其子嬉戲乃設俎豆進退揖讓孟母曰此真可以居子矣遂居之及孟子長學六藝卒成大儒

爰定我居築室穿池毛詩曰築室百堵莊子孔子曰魚相造于水者穿池而養給長楊映沼芳
枳樹籬馮衍顯志賦曰揵六枳而爲籬游鱗瀺灂菡萏敷披瀺灂出沒貌高唐賦曰巨石溺之瀺灂毛萇詩
傳曰菡萏荷華竹木蓊藹靈果參差張公大谷之梨梁侯烏椑之柹
廣志曰洛陽北芒山有張公夏梨甚甘海內唯有一樹大谷未詳西京雜記曰上林苑有烏椑木廣志曰梁國侯家有烏椑甚美世罕得之椑方彌
切周文弱枝之棗房陵朱仲之李西京雜記曰上林苑有弱枝棗廣志曰周文王時有弱枝之棗甚美
禁之不令人取置樹苑中王逸茘枝賦曰房陵縹李荆州記房陵縣有好東甚美仙人朱仲來竊大山肅亦稱學問讀岳賦周文弱枝之棗爲枝策
之杖世本容成造靡不畢殖蒼頡篇曰殖種也三桃表櫻胡之別二柰曜
歷爲碓磨之磨
丹白之色漢書音義曰櫻桃含桃也爾雅曰荆桃今櫻桃也冬桃子冬熟也楲桃山桃也實似桃而小不解核西京雜記曰上林苑
有胡桃出西域廣志曰張掖有白柰酒泉有赤柰石榴蒲陶之珍磊落蔓衍乎其側石榴
即若榴也蒲陶似燕薁磊落實貌蔓衍長也博物志曰張
騫使大夏得石榴李廣利爲貳師將軍伐大宛得蒲陶梅杏郁棣之

晏　通親

屬繁榮麗藻之飾郁今之郁李棣實似櫻桃也張揖上林賦注曰薁山李也郁與薁音義同郭璞上林賦注曰棣實似櫻桃華實照爛言所不能極也春秋文耀鉤曰春致其時華實乃榮菜則蔥韭蒜芋青筍紫薑堇薺甘旨蓼荾芬芳毛詩曰堇荼如飴毛萇曰堇菜也居隱切鄭玄儀禮注曰荾廉薑也韻略曰荾香菜也相惟切與荾同蘘荷依陰時藿向陽崔豹古今注曰蘘荷葉似薑宜陰翳地依陰而生也鄭玄儀禮注曰藿豆葉也曹子建求親親表曰葵藿之傾葉太陽綠葵含露白薤負霜於是凜秋暑退熙春寒往楚辭曰竊獨悲此凜秋字書曰凜寒也左氏傳張趯曰火星中而寒暑乃退老子曰衆人熙熙如登春臺河上公注熙熙淫情欲也熙春陰陽交通萬物感動登臺觀之志意淫故曰熙熙春廣雅曰熙熾也易曰暑往則寒來微雨新晴六合清朗呂氏春秋曰神通乎六合太夫人乃御版輿升輕軒禮記曰諸侯曰夫人注夫之言扶也言能以禮自扶版輿車名傅暢晉諸公贊曰傅祗以足疾版輿上殿版輿一名步輿周遷輿服雜事記曰步輿方四尺素木爲之以皮爲襻掆之自天子至庶人通得乘之遠覽王畿近周家園周禮曰方千里曰王畿體以行和藥

以勞宣爾雅釋言曰宣徇徧也郭璞注曰皆周徧也杜預左傳注曰宣散也常膳載加舊痾有痊說文曰痾病也莊子曰今余病少痊司馬彪曰痊除也席長筵列孫子柳垂陰車結軌曹子建名都篇曰列坐竟長筵言屈軌不行也司馬相如難蜀父老曰結軌還轅張揖曰結猶屈也陸擿紫房水挂赬鯉馬融髙第頌曰黃果揚芳紫房潰漏張載安石榴賦曰紫房獨熟毛萇詩傳曰赬赤也或宴于林或禊于汜史記曰武帝禊灞上續漢書曰三月上巳宮人皆禊於東流水上自洗濯拂除宿疾垢也風俗通曰禊者絜也仲春之時於水祓除故事取於清絜也爾雅曰窮瀆曰汜郭璞注曰水無所通也爾雅曰水決復入曰汜昆弟班白兒童稚齒王隱晉書曰兒御史釋弟燕令豹禮記曰班白不提挈爾雅曰幼稚也方言曰稚小也稱萬壽以獻觴咸一懼而一喜毛詩曰萬壽無疆史記曰武安君起爲壽如淳曰上酒爲稱壽黃香天子頌曰獻萬年之玉觴論語子曰父母之年不可不知一則以喜一則以懼孔安國曰見其壽則喜見其衰老則懼壽觴舉慈顏和舞賦曰嚴顏和而怡懌浮杯樂飲絲竹駢羅說苑曰公承不仁舉大白浮君廣雅曰浮罰也漢書曰陳平厚具樂飲太尉風俗通曰絲曰絃竹曰管西

京賦曰蓬萊而駢羅。頓足起舞，抗音高歌。楊惲報孫會宗書曰：奮袖低卬，頓足起舞。傅武仲儛賦曰：抗音高歌，爲樂之方。人生安樂，孰知其佗。佗，謂榮貴也。國語曰：晉文公適齊，齊侯妻之女，甚善焉。文公曰：人生安樂，孰知其佗。退求己而自省，信用薄而才劣。論語：孔子曰：君子求諸己。曾子曰：旦就業，夕而自省。奉周任之格言，敢陳力而就列。論語：孔子曰：周任有言曰：陳力就列，不能者止。論語考比讖：賜問曰：格言成法，亦可以次序也。幾陋身之不保，尚奚擬於明哲。爾雅曰：幾，近也。孟子曰：士庶人不仁，不保四體。毛詩曰：既明且哲，以保其身。此安仁不自保，何更擬於昔之哲人而登官位于世也。仰衆妙而絕思，終優遊以養拙。老子曰：玄之又玄，衆妙之門。毛詩曰：優哉游哉，亦是戾矣。鄭玄曰：戾，止也。優游自安，止言思不出其位。

哀傷

長門賦一首并序

司馬長卿

夾

原賦無之字

此文既託非長卿也南齊書陸厥傳長門上林殆非一家之作蓋自來疑之矣

孝武皇帝陳皇后時得幸頗妬別在長門宮愁悶悲思漢書外戚傳曰陳皇后者長公主嫖女也曾祖嬰與項羽起後歸漢爲唐邑侯傳子至孫午午尚長公主生女初武帝得立爲太子長公主有力取主女爲妃及帝即位立爲皇后擅寵驕貴十餘年而無子聞衛子夫得幸幾死者數焉元光五年坐女子楚服等爲皇后巫蠱祠祭呪詛罷退歸長門宮嫖匹妙切聞蜀郡成都司馬相如天下工爲文奉黄金百斤爲相如文君取酒漢書曰卓氏女文君既奔相如相如與俱之臨邛賣酒舍文君當壚相如身自滌器於市因于解悲愁之辭鄭玄儀禮注曰于爲而相如爲文以悟主上說文曰悟覺也陳皇后復得親幸字林曰幸吉而免凶也其辭曰

夫何一佳人兮步逍遙以自虞神女賦曰夫何神女之妖麗何休公羊傳注曰據疑問不知者曰何佳人謂陳皇后也楚辭曰聞佳人兮召予說文曰佳善也廣雅曰佳好也爾雅曰虞度也

原文廣作堂

原文捉公字

原文坐字在等字下　原文呪作祝　歸作居

黄刪

注說于非也此言因于陳后解憂愁之辭相如爲文以悟上耳

原賦妖作姣

慊注同
玉篇慊𢗥火不絕也
廣韻同此慊移當
作玉篇之訓字未必
同玉篇耳
慊𢗥猶遷延也
別本作慊舊音慊
据此條推得舊
音墒在善反即
善之所加或本也

廓

郭璞曰謂測度也言忖所爲被退在長門宮之事魂踰佚而不反兮形枯槁而獨居言精魂踰佚形體枯槁悲悴之甚也蒼頡篇曰佚蕩也楚辭曰神儵忽而不反兮形枯槁而獨留槁古老切言我朝往而暮來兮飲食樂而忘人我武帝也言帝昔許朝往暮來幸臨於己今以飲食恣樂而忘於爲人人后自謂也心慊移而不省故兮交得意而相親鄭玄周禮注曰慊絕也言帝心絕移不省故舊交在得意相親而已慊字或從火非爾雅曰省察也慊理兼切伊予志之慢愚兮懷貞慤之懽心蒼頡篇曰懷抱也說文曰慤謹也鄭玄禮記注曰慤愿也空角切願賜問而自進兮得尚君之玉音願君問已因而自進也尚猶奉也毛詩曰無金玉爾音奉虛言而望誠兮期城南之離宮言奉君虛言而望爲誠實離宮即長門宮也在城南脩薄具而自設兮君曾不肯乎幸臨薄具肴饌也史記曰臨親也廓獨潛而專精兮天漂漂而疾風楚辭曰悲愁窮慼兮獨處廓禮記曰祥而廓然鄭玄曰憂悼在心之貌登蘭臺

赴 ○别本

而遥望兮神怳怳而外淫。王逸楚辭注曰怳失意也又曰不安之意也韓子曰神不淫放則身全廣雅曰淫游也蘭臺臺名浮雲鬱而四塞兮天窈窈而晝陰。毛萇詩傳曰鬱積也楚辭曰日窈冥兮羌晝晦說文曰窈深遠也雷殷殷而響起兮聲象君之車音。言似君之車音也毛詩曰殷其雷殷音隱飄風迴而起閨兮舉帷幄之襜襜。楚辭曰裳襜襜以含風王逸曰襜襜搖貌桂樹交而相紛兮芳酷烈之誾誾。酷烈誾誾香氣盛也誾魚斤切孔雀集而相存兮玄猨嘯而長吟。說文曰存恤問也翡翠脅翼而來萃兮鸞鳳翔而北南。脅斂也萃集也心憑噫而不舒兮邪氣壯而攻中。憑噫氣薄貌字林曰噫飽出息也乙戒切管子曰邪氣襲內王色乃衰攻中言攻其中心下蘭臺而周覽兮步從容於深宮。好色賦曰周覽九土尚書曰從容以和正殿塊以造天兮鬱並起而穹崇。孔安國尚書傳曰造至也郭璞方言注曰鬱壯大也穹崇高貌間徙

倚於東廂兮觀夫靡靡而無窮高誘呂氏春秋注曰閒項也謂下蘭臺少項也郭
璞方言注曰靡靡細好也濟擠玉戶以撼金鋪兮聲噌吰而似鍾音字林曰擠
排也子計切說文曰撼搖也胡感切金鋪以金爲鋪首也噌吰聲也噌音曾吰音宏刻木蘭以爲榱兮飾
文杏以爲梁木蘭似桂木文杏亦木名羅丰茸之遊樹兮離樓梧而
相撐丰茸衆飾貌遊樹浮柱也離樓攢聚衆木貌漢書音義臣瓚曰邪柱爲梧字林曰撐柱也直庚切施瑰
木之欂櫨兮委參差以槺梁方言曰櫨拱也言以瑰奇之木爲欂櫨委積參差以承虛梁
說文曰欂櫨柱上枅也方言曰㝩虛也㝩與槺同音康時彷彿以物類兮象積石之將
將楚辭曰時彷彿而不見心湁熱其若湯說文曰髣髴見不審諟也尚書曰導河積石將七羊切五色炫以相
曜兮爛燿燿而成光埤蒼曰炫光貌廣雅曰曜照也賈逵國語注曰耀明也緻錯石之
瓴甓兮象瑇瑁之文章鄭玄禮記注曰緻密也錯石雜衆石也言累衆石令之密緻以爲瓴甓采
零

色閒雜象瑇瑁之文章也爾雅曰瓴甋謂之甓郭璞注曰今江東呼甓爲甗甋張羅綺之幔帷兮垂楚組之連綱尚書曰荊州厥篚玄纁璣組孔安國曰組綬類也周禮曰幕人掌帷綬之事鄭司農注曰組綬所以繫帷也撫柱楣以從容兮覽曲臺之央央爾雅曰楣謂之梁三輔黃圖曰未央東有曲臺殿央央廣貌白鶴噭以哀號兮孤雌跱於枯楊廣雅曰噭鳴也日黃昏而望絕兮悵獨託於空堂說文曰悵望恨也懸明月以自照兮徂清夜於洞房楚辭曰姱容脩態亘洞房援雅琴以變調兮奏愁思之不可長宋玉風賦曰援琴而鼓之七略曰雅琴琴之言禁也雅之言正也君子守正以自禁也賈逵國語注曰援引也案流徵以却轉兮聲幼妙而復揚宋玉笛賦曰吟清商追流徵幼音要妙貫歷覽其中操兮意慷慨而自卬言依曲次第貫穿而歷覽之志其中操也中操操之中也論語曰吾道一以貫之琴道曰琴有伯夷之操窮則獨善其身不失其操故謂之操自卬激厲也漢書王章妻謂章曰不自激卬如淳注曰激厲抗揚之意也卬五郎切左右悲

而垂涕兮涕流離而從橫自眼出曰涕流離涕垂貌舒息悒而增欷兮

蹝履起而彷徨息歎息也悒於悒也楚辭曰憯悽增欷蒼頡篇曰欷泣餘聲也臣瓚漢書注曰躡跟爲跕挂跕爲躧說文

曰蹝履也一曰鞮革屬鞮革履也蒼頡篇曰躧徐行貌蹝與躧音義同揄長袂以自翳兮數昔

日之諐殃說文曰揄引也爾雅曰諐過也殃咎也無面目之可顯兮遂頹思

而就牀廣雅曰頹壞也言壞其思慮而就牀摶芬若以爲枕兮席荃蘭而茝香

芬若荃蘭皆香草也言以爲枕席與君來而幸臨也廣雅曰摶著也段丸切忽寢寐而夢想兮魄

若君之在旁琴操聶政之妻曰聶政出遊七年不歸吾常夢想思見之惕寤覺而無見

兮魂迋迋若有亡迋迋恐懼之貌狂往切楚辭曰魂迋迋而南行王逸曰迋迋惶遽貌莊子曰君惝然若有

亡衆雞鳴而愁予兮起視月之精光楚辭曰目眇眇兮愁予觀衆星

之行列兮畢昴出於東方言將曉也淮南子曰西方其星昴畢令出東方謂五月六月也爾雅

曰燭謂之畢又曰大梁昴也望中庭之藹藹兮若季秋之降霜藹藹月光微闇之貌禮記曰季秋之月霜始降夜曼曼其若歲兮懷鬱鬱其不可再更楚辭曰終長夜之曼曼又曰望孟夏之短夜何明晦之若歲曼曼長也一作漫漫又曰心鬱鬱之憂思兮獨永歎而增傷鄭玄周禮注曰鬱不舒散也越絶書計倪曰會稽之飢不可再更更歷也澹偃蹇而待曙兮荒亭亭而復明說文曰澹搖也李奇曰澹猶動也偃蹇佇立貌也楚辭曰思不眠而極曙王逸曰曙明也莊子廣成子謂黃帝曰自汝治天下日月之光益以荒矣然荒欲明貌亭亭遠貌一云將至之意妾人竊自悲兮究年歲而不敢忘管子婦對桓公曰妾人聞之非有內憂必有外患不敢忘不敢忘君也

思舊賦一首 并序

向子期臧榮緒晉書曰向秀字子期河內懷人也始有不羈之志與嵇康呂安友康既被誅秀應本州計入洛太祖問曰聞有箕山之志何以在此秀曰以為巢許未達堯心是以來見反自役作思舊賦

太平御覽人事部袁宏七賢序曰阮公瓌傑之量不移於俗然獲免之豈不以虛中犖節動無過則乎中散遺外之情最爲高絶不免世禍將舉體秀異直致自高故傷之者至也山公中懷體默易可因任平施不犯在衆樂同遊刃一世不亦宜乎

何義門云不容太露故爲辭止此晉人文尤不易及也

張希文云子期以嵇呂之誅危懼入洛返役作此悼嵇呂實自感也

晉書康娶魏宗室曹林子之女

後爲黃門郎卒

余與嵇康呂安居止接近，臧榮緒晉書曰嵇康爲竹林之遊預其流者向秀劉靈之徒呂安字仲悌東平人也其人並有不羈之才，鄒陽上梁孝王書曰使不羈之士與牛驥同皁然嵇志遠而疏，呂心曠而放，其後各以事見法。干寶晉書曰嵇康譙人呂安東平人與阮籍山濤及兄巽友善康有潛遯之志不能被褐懷寶矜才而上人安巽庶弟俊才妻美巽使婦人醉而幸之醜惡發露巽病之告安謗已巽於鍾會會有寵太祖遂徙安邊郡遺書與康昔李叟入秦及關而歎云云太祖惡之追收下獄康理之俱死魏氏春秋曰康寓居河內之山陽鍾會爲大將軍所昵聞而造之乘肥衣輕賓從如雲康方箕踞而鍛會至不爲禮會深恨之康與東平呂昭子巽友弟安親善會巽婬安妻徐氏而誣安不孝囚之安引康爲證義不負心保明其事安亦至烈有濟世志鍾會勸大將軍因此除之殺安及康康臨刑自援琴而鼓既而曰雅音於是絶矣時人莫不哀之說文曰法刑也嵇博綜技藝於絲竹特妙，王肅周易注曰綜理事也臨當就命，顧視日影，索琴而彈之。國語曰先人就世方言曰就終也文士傳曰嵇康臨死顔色不變謂兄曰向以琴來不兄曰已來康取調之爲太平引曲成歎息曰太平引絶於今日邪康别傳臨終曰袁尼甞從吾學廣陵散吾每靳固之不與廣陵散於今絶矣就死命也曹嘉之晉紀曰康刑於東市顧日影援琴而彈

余逝將西邁。經其舊廬。言昔逝將西邁今返經其舊廬毛詩曰逝將去汝

于時日薄虞淵。寒冰淒然。淮南子曰日入于虞淵之汜淒冷也

鄰人有吹笛者。發聲寥亮。追思曩昔遊宴之好。感音而歎。故作賦云。

將命適於遠京兮。遂旋反而北徂。論語曰將命者出鄭玄曰將命傳辭者鄭玄毛詩箋曰將奉也徂行也毛詩曰不能旋反爾雅曰適往也

濟黄河以汎舟兮。經山陽之舊居。國語曰秦汎舟於河漢書河内郡有山陽縣

瞻曠野之蕭條兮。息余駕乎城隅。西都賦曰原野蕭條列子曰孔子自衛反魯息駕乎河梁毛詩曰俟我乎城隅

踐二子之遺跡兮。歷窮巷之空廬。二子謂呂安嵇康也風賦曰起於窮巷之間

歎黍離之愍周兮。悲麥秀於

[眉批：日薄虞淵暗慨魏之將亡也]

[眉批：山陽乃漢獻降居之國知此則此篇爲弔魏而作而嵇呂之死魏不待煩言矣]

[眉批：黍離二句乃微詞也 獻帝陵在山陽]

禾黍油油箕子麥秀詩句見史記宋世家
今魏祚將亡時也

殷墟毛詩序黍離閔宗周也周大夫行役過故宗周見周墟盡爲禾黍故歌黍離之詩毛詩正義曰過故宗廟宮室盡爲禾黍又曰禾黍油油尚書大傳曰微子將朝周過殷之故墟見麥秀之蘄蘄此父母之國志動心悲作雅聲曰麥秀漸兮黍米蠅蠅彼狡僮兮不我好惟古昔以懷今兮心徘徊以躊躇方言曰惟思也說文曰懷念也韓詩曰搔首躊躇棟宇存而弗毀兮形神逝其焉如家語孔子謂魯哀公曰君仰視榱桷其器皆存而不覩其人也孔安國尚書傳曰如往也昔李斯之受罪兮歎黃犬而長吟史記曰李斯者楚上蔡人也年少時爲郡小吏見吏舍廁中鼠食不絜近人犬數驚恐之斯入倉觀倉中鼠食積粟居大廡下不見人犬之憂斯乃歎曰人之賢不肖譬如鼠矣在所自處耳乃從荀卿學帝王之術已成度楚王不足事六國皆弱無可爲建功者欲西入秦辭卿曰今秦王欲吞天下此布衣馳騖之時而遊說者之秋也故斯將說秦矣乃拜斯爲客卿卒用其計謀官至廷尉二十餘年竟并天下以斯爲丞相二世立用趙高之言以屬中郎令趙高按治斯斯居囹圄中仰天歎曰嗟乎不道之君何可爲計哉令反者已有天下之半而心未寤而以趙高爲佐吾必見寇至咸陽趙高治斯榜掠千餘不勝痛自誣服斯所以不死自負其辯有功實無心反二世乃具斯五刑論要斬咸陽斯出獄與其中子三川守

由俱執厠謂其子曰吾欲與若復牽黃犬出上蔡東門逐校兔豈可得乎遂父子相哭夷三族拜高爲中丞相事無大小輒決於高

悼嵇生之永辭兮顧日影而彈琴託運遇於領會兮寄餘命於寸陰運遇五行運轉遇人所遇之吉凶也領會冥理相會也鄭玄禮記注曰領理也司馬彪曰領會言人運命如衣領之相交會或合或開淮南子曰聖人不貴尺之璧而重寸之陰時難得而易失也聽鳴笛之慷慨兮妙聲絶而復尋洞簫賦曰其妙聲則清淨猒瘱長門賦曰聲幼妙而復揚佇駕言其將邁兮遂援翰而寫心言駕將邁遂停不行毛詩曰駕言出遊廣雅曰將欲也胡廣弔夷齊文曰援翰錄弔以舒懷兮毛詩曰我心寫兮

歎逝賦一首 并序

陸士衡王隱晉書曰陸機字士衡吳郡人也少爲牙門將軍吳平太傅楊駿辟爲祭酒轉太子洗馬後成都王穎以機爲司馬參大將軍軍事遂爲穎所害臨刑年四十有三歎逝者謂嗟逝者往也

言日月流邁人世過往傷歎此事而作賦焉

昔每聞長老追計平生同時親故。論語曰久要不忘平生之言孔安國曰平生少時也或凋落已盡。或僅有存者。何休曰僅劣也賈逵國語注曰僅猶言纔能也余年方四十而懿親戚屬。亡多存寡。左氏傳富辰曰兄弟雖有小忿不廢懿親昵交密友亦不半在。爾雅曰昵近也孫林曰親之近也長笛賦曰密友近賓或所曾共遊一塗同宴一室。十年之外索然已盡。索盡貌以是思哀哀可知矣。家語孔子謂哀公曰君以此思哀則哀可知矣乃作賦曰

伊天地之運流紛升降而相襲。伊惟也升降謂天地氣上下也禮記曰地氣上齊天氣下降而百化興焉鄭玄曰齊讀曰躋躋升也孔安國尚書傳曰襲因也日望空以駿驅節循虛而警立。警猶驚也言日月望空駿驅節循虛驚動而立嗟人生之短期孰長年

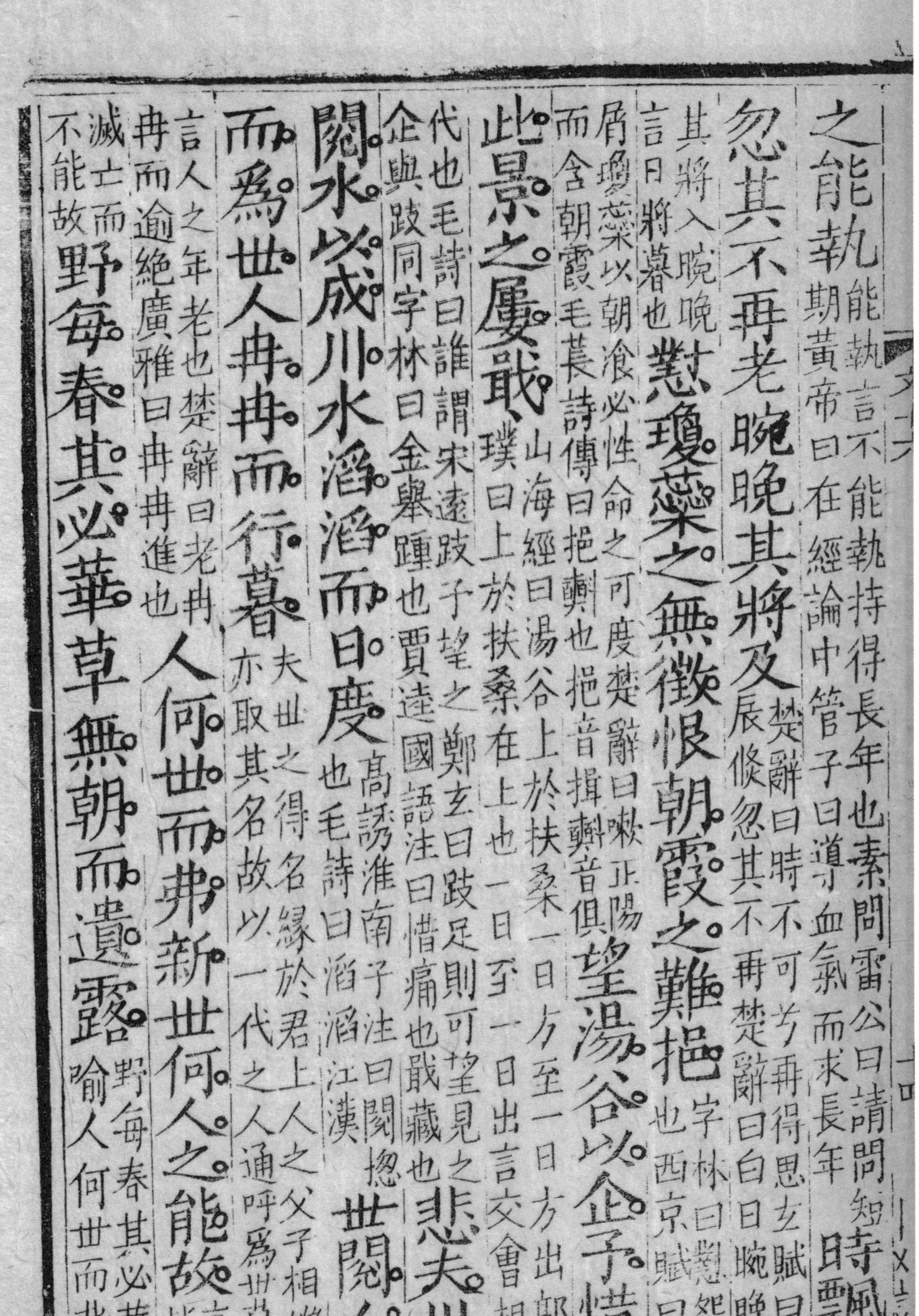

之能執能執言不能執持得長年也素問雷公曰請問短期黃帝曰在經論中管子曰道乎血氣而求長年時飄忽其不再老晼晚其將及楚辭曰時不可兮再得思玄賦曰辰倏忽其不再楚辭曰白日晼晚其將入晼晚言日將暮也慭瓊蘂之無徵恨朝霞之難挹字林曰慭怨也西京賦曰屑瓊蘂以朝飡必性命之可度楚辭曰嗽正陽而含朝霞毛萇詩傳曰挹斢也挹音揖斢音俱望湯谷以企予惜此景之屢戢山海經曰湯谷上於扶桑一日方至一日方出郭璞曰上於扶桑在上也一日至一日出言交會相代也毛詩曰誰謂宋遠跂予望之鄭玄曰跂足則可望見之企與跂同字林曰企舉踵也賈逵國語注曰惜痛也戢藏也悲夫川閱水以成川水滔滔而日度也毛詩曰滔滔江漢高誘淮南子注曰閱揔世閱人而為世人冉冉而行暮夫世之得名緣於君上人之父子相繼亦取其名故以一代之人通呼為世暮言人之年老也楚辭曰老冉冉而逾絕廣雅曰冉冉進也人何世而弗新世何人之能故言皆滅亡而不能故野每春其必華草無朝而遺露野每春其必華喻人何世而弗

說文蕣字云木槿朝華暮落引詩顏如蕣華

新草無朝而遺露喻世何人之能故夫露之在草無一朝有餘以喻人之居世無一時而能故也王逸楚辭注曰遺餘也經終。古而常然。率品物。其如素。楚辭曰長無絕兮終古周易曰品物咸亨鄭玄禮記注曰素故也譬日。及之。在條。恒雖。盡。而。弗。寤。言命之行逝譬乎日及雖至於盡而不能寤爾雅曰椵木槿櫬木槿郭璞注曰別二名似李樹朝生夕隕可食或呼爲日及亦曰王蒸潘岳朝菌賦曰朝菌者世謂之木槿或謂之日及雖不寤其可悲心惆焉而自傷廣雅曰惆痛也亮造化之若茲吾安取夫久長爾雅曰亮信也淮南子曰大丈夫無爲與造化逍遥痛靈根之夙隕怨具爾之多喪靈根祖禰也具爾兄弟也南都賦曰固靈根於夏葉毛詩曰戚戚兄弟莫遠具爾箋曰莫無也具猶俱也爾謂進之也王與族人燕兄弟之親無遠無近王俱揖而進之悼堂構之。隤瘁愍城闕之。丘荒。尚書曰厥子乃弗肯堂矧肯構瘁猶毀也毛詩曰在城闕兮親彌懿其已逝交何戚而不忘咨余。今之。方殆。何視天之。芒芒。爾雅曰咨嗟也芒芒猶夢夢也毛詩曰民今方

舊青

殆視天夢夢鄭玄曰夢夢亂也爾雅曰殆危也傷懷悽其多念戚貌瘁而尠歡蒼頡篇曰瘁憂也瘁與悴古字通爾雅曰尠少也幽情發而成緒滯思叩而興端舞賦曰幽情形而外揚愴此世之無樂詠在昔而爲言毛詩曰自古在昔居充堂而衍宇行連駕而比軒彌年時其詎幾夫何往而不殘充滿於堂盈衍於宇何往而不殘殘毀也爾雅曰彌終也或冥邈而既盡或寥廓而僅半半平聲協韻說文曰冥窈也廣雅曰寥深也廓空也信松茂而柏悅嗟芝焚而蕙歎毛詩曰如松之茂淮南子曰巫山之上順風縱火紫芝與蕭艾俱死栢悅蕙歎蓋以自喻苟性命之弗殊豈同波而異瀾言人之性命脆促不殊譬水同波而無異瀾也瞻前軌之既覆知此路之良難此路即死路也晏子春秋曰前車覆後車戒啓四體而深悼懼茲形之將然論語曰曾子有疾召門弟子曰啓予足啓予手毒娛情而寡方怨

感目之多顏。廣雅曰毒痛也歸田賦曰聊以娛情方術也多顏謂亡者既多而非一狀也曰思往沒之人多在顏也諒多顏之感目神何適而獲怡。爾雅曰怡樂也尋平生於響像覽前物而懷之。夫響以應聲像以寫形今形聲既亡故尋其響像魯靈光殿賦曰忽瞟眇以響像步寒林以悽惻翫春翹而有思。翹茂盛貌毛詩曰翹翹錯薪觸萬類以生悲歎同節而異時。言春秋與往同然存亡異時河圖曰地有九州以包萬類魏文帝與吳質書曰節同時異年彌往而念廣塗薄暮而意迮。楚辭曰年洋洋而日往史記伍子胥曰日暮塗遠故倒行而逆施之聲類曰迮迫也阻格切親落落而日稀友靡靡而愈索。落落稀貌靡靡盡貌索協韻所格切顧舊要於遺存得十一於千百。舊要猶久要也遺餘也言顧久要於遺存之中得十一於千百之內十一者謂通千百而計之十分而得其一言亡多而存寡也久要已見上注樂隤心其如忘哀緣情而來宅。忘失也宅居也言樂

指彼日之方除言未若與其久存之道也

易失而哀易居也薛君韓詩章句曰隤猶遺也託末契於後生余將老而爲客言我將欲老死與汝爲客也說文曰契約也論語子曰後生可畏古詩曰人生天地閒忽如遠行客然後弭節安懷妙思天造楚辭曰久弭節于北渚王逸曰弭安也論衡曰孔子作春秋妙思自出胷中周易曰天造草昧精浮神淪忽在世表表外也言精神不定世表在世之表也寤大暮之同寐何矜晚以怨早寤覺也大暮猶長夜也原夫生死之理雖則長短有殊然則同歸一揆言覺斯理則晚死者何足矜早夭者何傷也繆熙伯挽歌曰大暮安可晨寐猶死也古詩曰潛寐黃泉下指彼日之方除豈茲情之足攪言既寤之則彼死日之方除豈能亂我情乎言不足亂也毛詩曰日月其除又曰秪攪予心毛萇曰攪亂也感秋華於衰木瘁零露於豐草在殷憂而弗違夫何云乎識道言達人之志混齊死生今反感木衰之秋華悲豐草之零露是乃在殷憂而不去何云識道乎言未識也毛詩曰零露團兮又曰在彼豐草韓詩曰耿耿不寐如有殷憂毛萇曰違去也法言曰委大聖而好乎諸子者惡覩

其識道也般深也將頤天地之大德遺聖人之洪寶言將養生而遺榮也爾雅曰頤養也遺棄也周易曰天地之大德曰生聖人之大寶曰位解心累於末迹聊優遊以娛老末迹喻老言解世俗之心累於末聊優游卒歲以娛老年莊子曰解心之繆去德之累累容動色治氣意六者繆心者也惡欲喜怒哀樂六者累德者也累猶負也優遊已見上文班固漢書述曰疏克有終散金娛老

懷舊賦一首

并序懷舊賦者懷思也謂思於親舊而賦也

潘安仁

余十二而獲見于父友東武戴侯楊君臧榮緒晉書曰岳父芘琅邪內史潘岳楊肇碑曰肇字秀初滎陽人封東武伯薨謚曰戴芘音毗始見知名遂申之以婚姻言岳有名譽為肇所知漢書曰官皇帝知名者賈弼之山公表注曰楊肇女適潘岳左氏傳晉呂相絕秦曰相好勠力同心申之以婚姻爾雅曰壻之父母相謂為昏姻而道元公嗣亦隆世親之愛賈弼之山公表注曰肇生潭字道元

太中大夫次韶字公嗣射聲司馬臣松之注魏志引劉曄傳曰楊暨字孽晉荆州刺史子譚字道源次韶字公嗣不幸短命父子凋殞論語哀公問孔子弟子孰為好學孔子曰有顏回者不幸短命死矣今也則亡余既有私艱且尋役于外私艱謂家難也毛詩曰未堪家多難余又集于蓼尋役謂之任也王充論衡曰充罷州役不歷嵩丘之山者九年于茲矣陸機洛陽記曰嵩高在洛陽東南五十里今而經焉慨然懷舊而賦之曰啓開陽而朝邁濟清洛以徑渡洛陽記曰大興在開陽門外應劭漢官儀曰開陽門始成未有名夜有一柱來樓上琅邪開陽縣上言南門一柱飛去光武使視之因刻記其年月日以名門焉楚辭曰不能復陵波以徑渡晨風淒以激冷夕雪暠以掩路埤蒼曰暠高白也掩覆也轍含冰以滅軌水漸軔以凝沍顏延年纂要解曰車跡曰軌車輪謂之軔王逸楚辭注曰軔支輪木也廣雅曰漸漬也字林曰凝冰也杜預曰沍閉也塗艱屯其難進曰晼晚而將暮周易曰屯難楚辭曰白日晼晚其將暮仰睎歸雲俯鏡泉流傅毅

七激曰仰歸雲遡遊風西都賦曰鏡清流前瞻太室傍眺嵩丘山海經曰太室之山郭璞曰即中嶽嵩高
山也今在陽城縣西漢書曰太室嵩高也戴延之西征記曰嵩高中嶽也東謂太室西謂少室捴名嵩高也小說曰昔傅亮北征在河中流
或人問之曰潘安仁作懷舊賦曰前瞻太室傍眺嵩丘嵩丘去太室一山何云前瞻傍眺哉亮對曰有嵩丘山去太室七十里此是寫書誤
耳河南郡圖經曰嵩丘在縣西南十五里東武託焉建塋啓疇如淳漢書注曰塋田家田也賈逵國語
注曰一井爲疇巖巖雙表列列行楸崔豹古今注曰堯設誹謗之木今華表也以橫木交柱頭古人
亦施之於墓爾雅曰槓大而皵楸郭璞曰老乃皮麤皵者爲楸望彼楸矣感于予思尚書曰予思日孜孜
既興慕於戴侯亦悼元而哀嗣墳壘壘而接壟栢森
森以攢植古樂府詩曰還望故鄉鬱何壘壘廣雅曰壘重也說文曰壟丘也仲長子昌言曰古之葬植松柏梧桐以識其墳
鄭玄周禮注曰植根生之屬森森一作榛榛壘平聲何逝沒之相尋曾舊草之未
異禮記曰朋友之墓有宿草而不哭焉鄭玄曰宿草陳根余總角而獲見承戴侯之

原討北作南

清塵毛詩曰總角丱兮孔安國尚書傳曰承奉也楚辭曰聞赤松之清塵名余以國士眷余以嘉姻史記豫讓曰智伯以國士遇我我故以國士報之自祖考而隆好逮二子而世親歡攜手以偕老庶報德之有鄰毛詩曰君子偕老家語孔子曰詩云皇皇上帝其命不忒天之與人必報有德論語孔子曰德不孤必有鄰今九載而一來空館闃其無人周易曰闚其戶闃其無人埤蒼曰闃靜也陳荄被於堂除舊圃化而為薪鄭玄禮記注曰宿草陳根也方言曰荄根也音皆說文曰除殿階也步庭廡以徘徊涕泫流而霑巾說文曰廡堂下周屋禮記曰孔子泫然流涕張平子四愁詩曰側身北望涕霑巾泫胡大切宵展轉而不寐驟長歎以達晨毛詩曰展轉伏枕漢書曰劉向或夜觀星宿不寐達旦獨鬱結其誰語聊綴思於斯文楚辭曰遭沈濁而汙穢兮獨鬱結其誰語

寡婦賦一首并序

序寡婦者任子咸之妻也子咸死安仁序其寡孤之意故有賦焉少而無夫曰寡

嚴可均曰此丁廙蔡伯喈女賦藝文類聚三十有長篇近或采此二語入蔡集誤

潘安仁

樂安任子咸賈弼之山公表注曰任護字子咸泰車都尉有韜世之量與余少而歡焉廣雅曰韜藏也言度之大包藏一世也雖兄弟之愛無以加也范曄後漢書曰姜肱與二弟仲海季江友愛天至不幸弱冠而終不幸弱冠並已見上良友既沒何痛如之毛詩曰伐木丁丁鳥鳴嚶嚶雖有兄弟不如友生孫卿子曰夫人必將擇良友而友之其妻又吾姨也賈弼之山公表注曰楊肇次子適任護爾雅曰妻之姉妹同出為姨郭璞曰同出謂俱已嫁也毛詩曰邢侯之姨左氏傳曰蔡哀侯娶於陳息侯亦娶焉息嬀將歸過蔡蔡侯曰是吾姨也杜預注曰妻之姉妹曰姨少喪父母適人而所天又殞家語曰女年十五有適人之道適謂往嫁也杜預左氏傳注曰婦人在室則父天出則夫天喪服傳曰父者子之天夫者婦之天蔡伯喈女賦曰當三春之嘉月將言歸於所天孤女藐焉始孩潘岳集任澤蘭哀辭曰澤蘭者任子咸之女也涉三齡未沒喪而殞余聞而悲之遂為其母辭左氏傳晉獻公使荀息傅奚齊公疾召之曰以是藐諸孤辱在大夫其若之何注曰言其幼稚與諸子縣藐廣雅曰

藐小也字林曰小兒笑也孟子孩提之童無不知愛其親者趙岐曰孩提謂二三歲之閒始孩笑可提抱者禮記內則曰子生三月孩而名

斯亦生民之至艱而荼毒之極哀也尚書曰不忍荼毒孔安國曰荼毒苦也昔阮瑀既歿魏文悼之並命知舊作寡婦之賦魏文帝寡婦賦序曰陳留阮元瑜與余有舊薄命早亡故作斯賦以叙其妻子悲苦之情命王粲等並作之余遂擬之以叙其孤寡之心焉其辭曰

嗟予生之不造兮哀天難之匪忱毛詩曰閔予小子遭家不造天難匪忱言天行禍難不由誠信也爾雅曰忱信也少伶俜而偏孤兮痛忉怛以摧心伶俜單孑貌偏孤謂喪父也古猛虎行曰少年惶且怖伶俜到他鄉伶力丁切俜匹成切毛詩曰勞心忉忉又曰勞心怛怛毛萇曰忉忉憂勞也又怛怛猶忉忉也覽寒泉之遺歎兮詠蓼莪之餘音寒泉謂母存也蓼莪謂父母俱亡也毛詩曰爰有寒泉在浚之下有子七人母氏勞苦又曰蓼蓼者莪匪莪伊蒿哀哀父母生我劬勞蓼音陸莪音俄情長慼以永慕

之焉

兮思彌遠而逾深。長笛賦曰長感慼慼不能閑居兮曹子建應詔詩曰長懷永慕伊女子之有行兮爰奉嬪於高族毛詩曰女子有行遠父母兄弟箋曰行道也婦人生而有適人之道尚書曰嬪于虞孔安國曰奉行婦道於虞氏承慶雲之光覆兮荷君子之惠渥慶雲喻父母也史記曰若煙非煙若雲非雲郁郁紛紛蕭索輪囷是謂慶雲楚辭注曰慶雲喻尊顯君子謂夫也毛詩曰既見君子不我遐棄詩傳曰渥厚也觀葛藟之蔓延兮託微莖於樛木葛藟二草名也言二草之託樛木喻婦人之託夫家也毛詩曰南有樛木葛藟纍之毛萇曰木下曲曰樛纍猶蔓也藟力水切樛居虯切纍力追切懼身輕而施重兮若履冰而臨谷曹植鸚鵡賦曰怨身輕而施重恐往惠之中虧丁儀妻寡婦賦曰恐施厚而德薄若履冰而臨淵毛詩曰惴惴小心如臨于谷又曰戰戰兢兢如履薄冰遵義方之明訓兮憲女史之典戒蔡邕袁公夫人碑曰義方之訓如川之流毛萇詩傳曰古者后夫人必有女史奉蒸嘗以效順兮供洒掃以彌載禮記曰天子諸侯宗廟之祭春礿夏禘秋嘗冬蒸又曰女於大夫曰備掃灑毛

善哉行無此二句

周礼天官幕人賈公彥疏引作在旁曰帷（依馬國翰輯本）

萇詩傳曰灑掃也又曰教成之祭牲用魚芼之以蘋藻所以成婦順（鄭注毛詩箋）也毛萇詩傳曰洒灑同班婕妤自傷賦曰供灑掃於帷幄永終死以爲期爾雅曰彌終也

彼詩人之攸歎兮徒願言而心痗毛詩曰願言思伯使我心痗毛萇傳曰痗病也音妹

何遭命之奇薄兮遘天禍之未悔魏文帝善哉行曰自惜奇薄少離凶殃爾雅曰遘遇也言天之早隕者遇天未悔禍之時言天降禍于己未有悛悔之心也左氏傳曰天其悔禍于我

榮華瞱其始茂兮良人忽以捐背丁儀妻寡婦賦曰榮華瞱其始茂所將奄其俱泯楚辭曰及榮華之未落王逸曰榮華喻顔色也孟子曰齊人有一妻一妾而處室者其良人出必饜酒肉而後反劉熙曰婦人稱夫曰良人孔安國曰捐棄也

靜闔門以窮居兮塊煢獨而靡依丁儀妻寡婦賦曰靜閑門以却掃塊孤惸以窮居

易錦茵以苫席兮代羅幬以素帷丁儀妻寡婦賦曰刷朱闕以白堊易玄帳以素幬桓子新論曰吾謂楊子曰君數見乘輿錦繡茵席禮記曰父母之喪寢苫枕塊爾雅曰蓋謂之苫注茅苫也江東呼爲蓋楚辭曰蒻阿拂壁羅幬張爾雅曰幬謂之帳纂要曰在上曰帳在旁曰帷單帳曰幬幬丈尤切

命

阿保而就列兮覽巾箑以舒悲列女傳曰齊孝孟姬曰后妃下堂必從傅母保阿就列就其房列之任也箑扇也口嗚咽以失聲兮淚橫迸而霑衣韓詩外傳曰鳴歎聲也毛萇詩傳曰咽憂不能息也家語曰公父文伯卒其妻妾行哭失聲丁儀妻寡婦賦曰涕流迸以淋浪字書曰迸散走也淚諦切愁煩冤其誰告兮提孤孩於坐側誰告告誰也丁儀妻寡婦賦曰令憔悴其何訴抱弱子以自慰王粲寡婦賦曰提孤孩兮出戶與之步兮東箱坐側靈坐之側也時曖曖而向昏兮日杳杳而西匿楚辭曰時曖曖其將罷王逸曰曖曖昏昧貌楚辭曰日杳杳而西頹丁儀妻寡婦賦曰時翳翳而稍陰日亹亹以西墜曹植贈白馬王詩曰白日忽西匿雀羣飛而赴楹兮雞登棲而斂翼秦嘉贈婦詩曰啾啾雞雀羣飛赴楹丁儀妻寡婦賦曰雞斂翼以登棲雀分散以赴羣爾雅曰雞棲於弋為榤鑿垣而棲為塒棲雞宿處歸空館而自憐兮撫衾裯以歎息楚辭曰私自憐兮何極毛詩曰抱衾與裯寔命不猶毛萇詩傳曰衾被也裯單被也思纏緜以瞀亂兮心摧傷以愴惻張昇與任彥堅書曰纏緜

恩好庶蹈高蹤楚辭曰中瞀亂兮迷惑又曰心悶瞀之屯屯王逸曰瞀亂也瞀莫遘切曜靈曄而遄邁兮四節運而推移楚辭曰耀靈曄而西征廣雅曰曜靈日也孔子曰天有春秋冬夏之節故王四時夏秋冬曰四時時名一節故言四時遄速也古歷九秋篇曰寒暑推移遄速也天凝露以降霜兮木落葉而隕枝毛萇詩傳曰隕墜也仰神宇之寥寥兮瞻靈衣之披披曹植九詠曰葛蔓滋兮冒神宇廣雅曰寥深也空廓寥廓也楚辭曰靈衣兮披披退幽悲於堂隅兮進獨拜於牀垂楚辭曰日暮黃昏羌幽悲王粲神女賦曰登筵對兮倚牀垂耳傾想於疇昔兮目仿佛乎平素左氏傳羊斟曰疇昔之羊子為政杜預曰疇昔猶前日也楚辭曰時髣髴以遥見曹植任城王誄曰旨想宮城心存平素字林曰仿相似也佛不審也素昔也言平生昔日之時也雖冥冥而罔覿兮猶依依以憑附冥冥幽昧也蘇武詩曰胡馬失其君羊思心常依依依依思戀之貌小雅曰憑依也痛存亡之殊制兮將遷神而安厝丁儀妻寡婦賦曰痛存亡之異路將遷靈以大行厝置也孝經曰卜其宅兆而安厝之龍

轜儼其星駕兮飛旐翩以啓路丁儀妻寡婦賦曰駕龍轜於門側旐繽紛以飛揚爾雅曰緇廣充幅長尋曰旐禮記有龍輴鄭玄注曰龍輴畫轅爲龍也說文曰轜喪車也音而毛詩曰星言夙駕禮記曰孔子之喪公西爲志焉設旐夏也然旐喪柩之旌也爾雅曰廣幅曰旐凶幡即今之旐旐楚辭曰前飛廉以啓路輪按軌以徐進兮馬悲鳴而踼顧李陵詩曰轅馬顧悲鳴楚辭曰僕夫悲余懷兮馬踡局而不行局與跼古字並通渠足切潛靈邈其不反兮殷憂結而靡訴殷憂見上文毛詩曰心之憂矣如或結之靡訴言無所告訴也睎形影於几筵兮馳精爽於丘墓家語曰俯察机筵其器存而不覩其人說文曰睎望也廣雅曰睎視也左氏傳樂祁曰心之精爽是謂魂魄自仲秋而在疚兮踰履霜以踐冰丁儀妻寡婦賦曰自銜恤而在疚履春冬之四節韓詩曰惸惸余在疚凡人喪曰疚鄭玄毛詩箋曰在憂病之中周易曰履霜堅冰至雪霏霏而驟落兮風瀏瀏而夙興丁儀妻寡婦賦曰風蕭蕭而日勁雪翩翩以交零毛詩曰雨雪霏霏楚辭曰秋風瀏以蕭蕭王逸曰瀏風疾貌霤泠泠以夜下兮水溓

原賦然作涼

賦

溓以微涼丁儀妻寡婦賦曰霜凄凄而夜降水溓溓而晨結説文曰霤屋水流也又曰溓溓薄冰也力檢切意忽怳以遷越兮神一夕而九升老子曰惚兮怳兮其中有象楚辭曰惟郢路之遼遠魂一夕而九逝庶浸遠而哀降兮情惻惻而彌甚東觀漢記上賜東平王蒼書曰歲月騖過山陵浸遠願假夢以通靈兮目烱烱而不寢陳琳神女賦曰儀營魄於髣髴託嘉夢以通精楚辭曰夜烱烱而不寐烱公冷切夜漫漫以悠悠兮寒淒淒以凜凜夜漫漫已見上文楚辭曰去白日之昭昭襲長夜之悠悠毛詩曰秋日淒淒説文曰凜凜寒也氣憤薄而乘胷兮涕交橫而流枕丁儀妻寡婦賦曰氣憤薄而交縈撫素枕而歔欷長笛賦曰泣血泫然交橫而下亡魂逝而永遠兮時歲忽其遒盡丁儀妻寡婦賦曰神爽緬其日永歲功忽其已成楚辭曰歲忽忽而遒盡毛萇詩傳曰遒終也廣雅曰遒忽也容貌儡以頓顇兮左右悽其相慜家語曰儡乎若喪家之狗禮記曰喪容儡儡鄭玄曰儡羸貌鶡鶡曰容貌慘以顦顇丁儀妻寡婦賦曰顦顇貌之[illegible][illegible]對左右而掩涕洞簫賦曰衆

跰躃甯悼偏頓顇說文曰偏敗也洛罪切絕普儡切 感三良之殉秦兮甘捐生而自引 毛詩秦風曰黃鳥哀三良也國人刺穆公以人從死而作是詩左氏傳文公六年秦穆公卒以子車氏之三子奄息仲行鍼虎爲殉皆秦之良也杜預曰以人從葬爲殉妻言願亦如三良死從於夫也自引自殺也漢書主簿謂王嘉曰君侯宜引決 鞠稚子於懷抱兮羌低徊而不忍 王粲寡婦賦曰欲引刃以自裁顧弱子而復停史記曰楚懷王稚子蘭毛詩曰母兮鞠我出入腹我毛萇曰鞠養也鄭玄曰腹懷抱也 獨指景而心誓兮雖形存而志隕 韓詩曰謂余不信有如皦日楚辭曰辭靈脩而隕志 重曰 仰皇穹兮歎息私自憐兮何極 皇穹天也 省微身兮孤弱顧稚子兮未識如涉川兮無梁若陵虛兮失翼 周易曰利涉大川楚辭曰江河廣而無梁丁儀妻寡婦賦曰烏淩虛以徘徊 上瞻兮遺象下臨兮泉壤 象謂形像也以其已化故謂之遺也 窈冥兮潛翳心存兮目想 魏太祖祭橋玄文曰幽靈潛翳心存目想 奉虛坐兮肅清愬空宇兮曠朗

愬亦訴字廓孤立兮顧影塊獨言兮聽響楚辭曰廓抱影而獨倚丁儀妻寡婦賦曰賤妾

煢煢顧影爲儔顧影兮傷摧聽響兮增哀遙逝兮逾遠緬邈兮

長乖國語聲子曰椒舉奔鄭緬然引領南望賈逵曰緬思貌也四節流兮忽代序歲云暮

兮日西頹楚辭曰日月忽其不淹春與秋兮代序毛詩曰歲聿其暮古詩曰凜凜歲云暮說文曰頹墜也霜被庭

兮風入室夜既分兮星漢迴韓子曰衛靈至濮水夜分而聞有鼓琴者魏文帝雜詩曰天漢

迴西流夢良人兮來遊若閶闔兮洞開楚辭曰倚閶闔而望兮王逸曰閶闔天門怛

驚悟兮無聞超慠怳兮慟懷方言曰怛痛也悟覺也莊子曰君慠然若有悅已見上文慟

懷兮奈何言陟兮山阿爾雅曰大陵曰阿墓門兮肅肅脩壟兮峨

峨毛詩曰墓門有棘方言曰無墳謂之墓秦晉之間或謂冢爲壟孤鳥嚶兮悲鳴長松蔓兮振

柯楚辭曰秋風兮蕭蕭舒芳兮振條廣雅曰振動也哀鬱結兮交集淚橫流兮滂

涕。楚辭曰鬱結紆軫兮又曰涕流交集班婕妤自傷賦曰雙淚下兮橫流毛詩曰涕泗滂沲 蹈恭姜兮明誓。詠柏舟兮清歌。毛詩序曰柏舟恭姜自誓也衛世子早死其妻守義父母欲奪而嫁之誓而不許 終歸骨兮山足。班婕妤自傷賦曰願歸骨於山足依松柏之餘休 存憑託兮餘華。要吾君兮同穴。之死矢兮靡佗。毛詩序曰柏舟恭姜自誓也衛世子恭伯早死其妻守義父母欲奪而不許注恭伯僖侯之世子也曹植文帝誄曰願投骨於山足報恩養於下庭毛詩曰穀則異室死則同穴又曰髧彼兩髦實維我儀之死矢靡佗毛萇曰矢誓也之至也言至已之死信無佗心

恨賦 意謂古人不稱其情皆飲恨而死也

江文通 劉璠梁典曰江淹字文通濟陽考城人祖躭丹陽令父康之南沙令淹少而沉敏六歲能屬詩及長愛奇尚異自以孤賤厲志篤學洎於強仕漸得聲譽嘗夢郭璞謂之曰君借我五色筆今可見還淹即探懷以筆付璞自此以後材思稍減前後二集並行於世卒贈醴泉侯謚憲子宋

桂陽王舉秀才齊興爲豫章王記室天監中爲金紫光祿大夫卒

試望。平原。蔓草。縈骨。拱木。斂魂。爾雅曰試用也毛詩曰野有蔓草左氏傳秦伯謂蹇叔曰中壽爾墓之木拱矣注兩手曰拱古蒿里歌曰蒿里誰家地聚斂魂魄無賢愚人生。到此。天道。寧論。於是僕本恨人心驚不已列女傳趙津吏女歌曰誅將加兮妾心驚直念古者伏恨而死至如秦帝按劍諸侯西馳說苑曰秦始皇帝太后不謹幸郎嫪毐茅焦上諫始皇按劒而坐戰國策蘇代曰伏軾而西馳削平天下同文共規禮記曰書同文車同軌華山爲城紫淵爲池過秦論曰踐華爲城因河爲池上林賦曰丹水更其南紫淵徑其北雄圖既溢武力未畢方架黿鼉以爲梁巡海右以送日鄭玄毛詩箋曰方且也紀年曰周穆王三十七年伐紂大起九師東至于九江叱黿鼉以爲梁列子曰穆王駕八駿之乘乃西觀日所入一旦魂斷宮車晚出史記王稽謂范雎曰宮車一日晏駕是事之不可知三也韋昭曰凡初崩爲晏駕者臣子之心猶謂宮車當駕而晚出風俗通曰天子夜寢早作故有萬機今忽崩隤則爲晏駕若乃趙王既虜遷於房陵淮南子曰趙王遷流房陵思故鄉作山木之嘔聞者莫不隕涕高誘曰趙王張敖秦滅趙虜王遷徙房陵房陵在漢中山木之嘔歌曲也薄暮心動昧旦神興楚辭曰薄暮雷電高唐賦曰使人心動左氏傳曰昧旦丕顯別豔姬與美女喪金輿及玉乘杜預左氏傳注曰美色曰豔史記曰爲之金輿錯衡以繁其飾玉乘玉輅也置酒欲飲悲來填膺漢書曰上置酒沛宮鄭玄禮記注曰填滿也千秋萬歲爲怨難勝戰國策楚王謂安陵君曰寡人萬歲千秋之後誰與樂此也至如李君降北名辱身冤漢書武帝天漢二年李陵爲騎都尉領步卒三千出居延至浚稽山與匈奴相值戰敗弓矢並盡陵遂降孫卿子曰功廢而名辱社稷必危拔劒擊柱漢書曰高巳并天下尊爲皇帝羣臣飲爭功醉或妄呼拔劒擊柱弔影慙魂曹子建表曰形影相弔晏子春秋曰君子獨寢不慙於魂情往上郡心留鴈門漢書有上郡鴈門郡並秦置裂帛繫書誓還漢恩漢書曰常惠教漢使者謂單于言天子射上林中得鴈足有係帛書蘇武等在某澤中李陵書曰欲如前書之言報恩於國主耳朝

原賦西作將

原兮異域作別世

露溘至握手何言漢書李陵謂蘇武曰人生如朝露何久自苦如此楚辭曰寧溘死以流亡王逸曰溘奄也史記繆賢曰燕王私握臣手曰願結交潘岳邪夫人誄曰臨命相決交腕握手若夫明妃去時仰天太息漢書元帝竟寧元年春正月呼韓邪單于來朝詔掖庭王廧爲閼氏應劭曰王廧王氏之女名廧字昭君文穎曰本南郡人也琴操曰王昭君者齊國王穰女也年十七獻元帝會單于遣使請一女子帝謂後宮欲至單于者起昭君喟然而嘆越席而起乃賜單于石崇曰王明君本爲王昭君以觸文帝諱改之戰國策曰樊於期仰天太息流涕紫臺稍遠關山無極紫臺猶紫宮也古樂府相和歌有度關山曲

搖風忽起白日西匿爾雅曰飆飄謂之飈飆音扶飄與搖同登樓賦曰白日忽其西匿潘岳寡婦賦曰日杳杳而西匿隴鴈少飛代雲寡色漢書曰凡望雲氣勃碣海代之間氣皆黑望君王兮何期終蕪絕兮異域鶡冠子曰君王欲緣五常之道而不失則可以長矣李陵書曰生爲異域之人至乃敬通見抵罷歸田里東觀漢記曰馮衍字敬通明帝以衍才過其實抑而不用漢書曰高后怨趙堯乃抵堯罪馮衍說陰就書曰衍與先事自歸上書報歸田里漢書曰時多上書言便宜輒下蕭望之問狀下者或罷歸田里閉關却掃塞

左言側也敬通妻悍老竟逐之則此左對孺人亦安足樂又敬通之婦東方呂姜豹常爲奴婢姜豹而敬通之子此亦顧見稚子適足以增悲而已

原本醪作酒

醉飽過差輙爲桀紂房中調戲布散海外

門不仕司馬彪續漢書曰趙壹閉關却掃非德不交吴志曰張昭稱疾不朝孫權恨之土塞其門左對孺人顧弄稚子禮記曰天子之妃曰后大夫妻曰孺人稚子見寡婦賦脱略公卿跌宕文史杜預左氏傳注曰脱易也賈逵國語注曰略簡也揚雄自叙曰雄爲人跌宕齎志没地長懷無已馮衍説陰就書曰懷抱不報齎恨入冥鵩賦曰眷西路而長懷毛萇詩傳曰懷思也及夫中散下獄神氣激揚藏榮緒晉書曰嵇康拜中散大夫東平呂安家事繫獄亹閱之始安嘗以語康辭相證引遂復收康王隱晉書曰嵇康妻魏武帝孫穆王林女也淮南子曰古之人神氣不蕩乎外漢書谷永上疏曰賛命之臣靡不激揚濁醪夕引素琴晨張嵇康與山巨源書曰濁醪一盃彈琴一曲又贈秀才詩曰習習谷風吹我素琴秋日蕭索浮雲無光鄭玄禮記注曰索散也鬱青霞之奇意入脩夜之不暘青霞奇意志言高也曹毗臨園賦曰青霞曳於前阿素籟流於森管漢書武帝李夫人賦曰釋輿馬於山椒奄脩夜之不暘張衡司徒呂公誄曰玄室冥冥脩夜彌長孔安國尚書傳曰暘明也音陽或有孤臣危涕孽子墜心孟子曰孤臣孽子其操心也危其慮患也深登樓賦曰涕橫墜而弗禁字林曰孽子庶子也然

心當云危溺當云墜江氏發奇故互文以見義遷客海上流戍隴陰漢書曰匈奴乃徙蘇武北海上無人處使牧羝羊史記曰婁敬齊人也戍隴西此人但聞悲風汨起血下霑衿琴道雍門周說孟嘗君曰幼無父母壯無妻子若此人者但聞秋風鳴條則傷心矣毛詩曰鼠思泣血尸子曰曾子每讀喪禮泣下霑衿亦復含酸茹歎銷落湮沈廣雅曰茹食也又曰湮沒也銷猶散也若迺騎疊跡車屯軌此言榮貴之子車騎之多也吳都賦曰躍馬疊跡楚辭曰屯余車其千乘王逸曰屯陳也黃塵市地歌吹四起山陽公載記曰賈誼鳴鼓雷震黃塵薇天李陵書曰邊聲四起無不煙斷火絕閉骨泉裏煙斷火絕喻人之死也王充論衡曰人之死也猶火之滅火滅而耀不照人死而智不慧已矣哉孔安國尚書傳曰已發端歎辭春草暮兮秋風驚秋風罷兮春草生綺羅畢兮池館盡琴瑟滅兮丘壟平琴道雍門周曰高臺既已傾曲池又已平墳墓生荊棘狐兔穴其中自古皆有死莫不飲恨而吞聲論語子曰自古皆有死穆天子傳七萃之士曰古有死生張奐與崔

楚詞悲莫悲兮生别離

元始書曰匈奴若非其罪何肯吞聲

別賦

江文通

黯然銷魂者。唯別而已矣。黯失色將敗之貌言黯然魂將離散者唯別而然也夫人魂以守形魂散則形斃今別而散明恨深也說文曰黯深黑也楚辭曰魂魄離散家語孔子曰黯然而黑賈逵曰唯獨也況秦吳兮絕國復燕宋兮千里言秦吳燕宋四國川塗既遠別恨必深故舉以爲況也文子曰爲絕國殊俗立諸侯以教誨之或春苔兮始生乍秋風兮蹔起。言此二時別恨逾切是以行子腸斷百感悽惻鮑昭東門行曰野風吹秋木行子心腸斷風蕭蕭而異響雲漫漫而奇色荆軻歌曰風蕭蕭兮易水寒尚書大傳帝唱曰卿雲爛兮禮漫漫兮舟凝滯於水濱車逶遲於山側楚辭曰船容與而不進淹迴水以凝滯廣雅曰凝止也毛詩曰周道逶遲毛萇曰逶遲歷遠貌櫂容與而詎前馬

居人送別之人

深秋清夜帷幙淒涼

寒鳴而不息楚辭曰櫼齊揚以容與掩金觴而誰御橫玉柱而霑軾韋誕詩曰旨酒盈金觴清顏發朱華毛萇詩傳曰御進也論曰鼓琴者於絃設柱然琴有柱以玉爲之袁叔正情賦曰解蘊麝之芳衾陳玉柱之鳴箏楚辭曰涕潺湲兮霑軾居人愁臥怳若有亡鮑昭東門行曰居人掩閨臥莊子曰君惝然若有亡日下壁而沈彩月上軒而飛光軒檻版也見紅蘭之受露望青楸之離霜巡曾楹而空揜撫錦幕而虛涼曾高也空息也揜掩涕也涼悲涼也典略曰衛夫人南子在錦帷中廣雅曰帷幙帳也纂要曰帳曰幕知離夢之躑躅意別魂之飛揚說文曰蹢躅住足也蹢與躑同馳戟切躑馳錄切曹植悲命賦曰哀魂靈之飛揚故別雖一緒事乃萬族孔安國尚書傳曰族類也至若龍馬銀鞍朱軒繡軸周禮曰馬八尺已上爲龍後漢書明德馬皇后曰前過濯龍門上見外家問起居者車如流水馬如遊龍辛延年羽林郎詩曰銀鞍何煒爚翠蓋空踟蹰尚書大傳曰未命爲士不得朱軒鄭玄曰軒輿也士以朱飾之軒車通稱也魯連子門客謂陳無宇曰君車衣文繡帳飲東都送客金谷漢書曰高祖過

二十七

以受人之恩未報爲慚

原文櫂作棹

沛帳飲三日又漢書曰疏廣字仲翁東海蘭陵人也廣兄子受字公子廣爲太子太傅公子爲少傅甚見器重朝庭爲榮顯謂受曰吾聞知足不辱知止不殆功成身退天之道也廣遂退稱疾篤上疏乞骸骨上以其年老皆許之加賜黃金二十斤皇太子賜五十斤公卿大夫故人邑子爲設祖道供帳東都門外送車數千兩辭决而去蘇林曰長安東都門也石崇金谷詩序曰余元康六年從太僕卿出爲使持節青徐諸軍事征虜將軍有別廬在河內縣金谷澗中時征西將軍祭酒王詡當還長安余與衆賢共送澗中**琴羽張兮簫鼓陳燕趙歌兮傷美人**琴羽琴之羽聲說苑曰雍門周以琴見孟嘗君微揮角羽張晏甘泉賦注曰聲細不過羽漢武帝秋風辭曰簫鼓鳴兮發棹歌古詩曰燕趙多佳人美者顏如玉**珠與玉兮豔暮秋羅與綺兮嬌上春驚駟馬之仰秣聳淵魚之赤鱗**言樂之盛也韓詩外傳曰昔伯牙鼓琴而淵魚出聽瓠巴鼓琴而六馬仰秣成公綏琴賦曰伯牙彈而駟馬仰子野揮而玄鶴鳴**造分手而銜涕感寂漠而傷神**謝宣遠送王撫軍詩曰分手東城闉呂氏春秋曰聖人不以感私傷神**乃有劍客慙恩少年報士**漢書李陵曰臣所將屯邊者奇材劍客也又曰郭解以軀藉友報仇少年慕其行亦輙爲報讎**韓國**

趙厠吳宮燕市史記曰聶政者軹深井里人也濮陽嚴仲子事韓哀侯與韓相俠累有郄嚴仲子告聶政而言臣有仇聶足下高義故進百金以交足下之驩聶政拔劍至韓直入上階刺殺俠累又曰豫讓者晉人也事智伯智伯甚尊寵之趙襄子滅智伯讓乃變姓名爲刑人入宮塗厠欲刺襄子故言趙厠又曰專諸者棠邑人也吳公子光具酒請王僚酒既酣使專諸置匕首魚炙之腹中而進既至王前專諸以匕首刺王僚王僚立死又曰荊軻者衛人也至燕與高漸離飲於燕市旁若無人後荊軻爲燕太子丹獻燕地圖圖窮匕首見因以匕首揕秦王割慈忍愛離邦去里瀝泣共訣抆血相視伏虔通俗文曰與死者辭曰訣史記曰令太子請辭訣矣鄭玄毛詩箋曰往矣決別之辭訣與決音義同廣雅曰抆拭也泣血已見恨賦抆武粉切驅征馬而不顧見行塵之時起史記曰荊軻遂發就車不顧方銜感於一劍非買價於泉裏言銜感恩遇故效命於一劍非買價於泉壤之中也尉僚子吳起曰一劍之任非將軍也金石震而色變骨肉悲而心死燕丹太子曰荊軻與武陽入秦秦王陛戟而見燕使鼓鍾並發群臣皆呼萬歲武陽大恐面如死灰色戰國策曰武陽色變史記曰聶政刺韓相俠累死因自

皮面決眼屠腹而死莫知其誰韓取政尸暴於市能知者與千金久之莫知政姊曰何愛妾之身而不揚吾弟之名於天下哉乃之韓市抱尸而哭曰此妾弟軹深井里聶政自殺於尸旁晉楚齊聞之曰非獨政之賢乃其姊亦烈女莊子仲尼謂顏回曰夫哀莫大於心死

或乃邊郡未和負羽從軍司馬相如檄蜀文曰邊郡之士聞烽舉燧燔漢書曰有障徼曰邊郡服虔曰士負羽楊子雲羽獵賦曰蒙楯負羽杖鏌邪而羅者以萬計遼水無極鴈山參雲水經曰遼山在玄菟高句麗縣遼水所出海內西經曰大澤方百里鳥所生在鴈山鴈出其間孟子曰大山之高參天入雲謝承後漢書劉訓曰程夫人富貴參雲閨中風暖陌上草薰薰香氣也日出天而耀景露下地而騰文鏡朱塵之照爛襲青氣之烟熅楚辭曰經堂入奧朱塵筵些王逸曰朱畫承塵也或曰朱塵紅塵楚辭曰芳菲菲兮襲人易通卦驗曰震東方也主春分日出青氣出震此正氣也司馬彪注曰襲入也攀桃李兮不忍別送愛子兮霑羅裙言當盛春之時而分別不忍也左氏傳趙盾曰括君姬氏之愛子杜預曰括趙盾異母弟趙姬文公女也至如一赴絕國詎相見期琴道曰雍門周以琴見孟嘗君孟嘗君曰

先生鼓琴亦能令悲乎對曰臣之所能令悲者無故生離遠赴絕國無相見期臣爲一揮琴而太息未有不悽愴而流涕者絕國絕遠之國視喬木兮故里決北梁兮永辭王充論衡曰睹喬木知舊都孟子曰故國者非爲喬木有世臣也孟子見齊宣王曰所謂故國世臣之謂注非但見其木當有累世脩德之臣也楚辭曰濟江海兮蟬蜕決北梁兮永辭左右兮魂動親賓兮淚滋蘇武詩曰淚爲生別滋可班荊兮贈恨唯罇酒兮叙悲左氏傳曰楚聲子與伍舉俱楚人舉將奔晉聲子將如晉遇之於鄭郊班荊而坐相與食蘇武詩曰我有一罇酒欲以贈遠人願子留斟酌叙此平生親值秋鴈兮飛日當白露兮下時怨復怨兮遠山曲去復去兮長河湄毛詩曰居河之湄爾雅曰水草交曰湄又若君居淄右妾家河陽漢書有淄川國又河內郡有河陽縣淄或爲塞同瓊珮之晨照共金爐之夕香毛詩曰有女同車顏如蕣華將翱將翔佩玉瓊琚司馬相如美人賦曰金爐香薰黼帳周垂君結綬兮千里惜瑤草之徒芳結綬將仕也顏延年秋胡詩曰脫巾千里外結綬登王畿漢書曰蕭育與朱博友長安語曰蕭

我帝之季女云与高唐賦注所引襄陽耆舊傳語略同

朱結縱宋玉高唐賦曰我帝之季女名曰瑤姬未行而亡封于巫山之臺精魂爲草寔曰靈芝山海經曰姑瑤之山帝女死焉名曰女尸化爲䔄草其葉胥成其花黃其實如兔絲服者媚於人郭璞曰瑤與䔄並音遥然䔄與瑤同慙幽閨之琴瑟晦高臺之流黃張載擬四愁詩曰佳人贈我筒中布何以報之流黃素環濟要略曰間色有五紺紅縹紫流黃也春宮閟此青苔色秋帳含茲明月光毛詩曰閟宮有侐毛萇詩傳曰閟閉也班婕妤自傷賦曰應門閉兮玉階苔劉休玄擬古詩曰羅帳延秋月夏簟清兮晝不暮冬釭凝兮夜何長張儼席賦曰席爲冬設簟爲夏施侯湛釭燈賦曰秋日既逝冬夜悠長織錦曲兮泣已盡迴文詩兮影獨傷織錦迴文詩序曰竇滔秦州被徙沙漠其妻蘇氏秦州臨去別蘇誓不更娶至沙漠便娶婦蘇氏織錦端中作此迴文詩以贈之符國時人也儻有華陰上士服食還山列仙傳脩羊者魏人也華陰山下石室中有龍石段其上取黃精食之後去不知所之術既妙而猶學道已寂而未傳方言曰寂安靜也守丹竈而不顧鍊金鼎而方堅南越志曰長沙郡瀏陽縣東有王喬山山有合丹竈

練

若士

依此鄉相留意之意

芍討作与

不顧不顧於世也鍊金鼎鼎鍊金爲丹之鼎也抱朴子曰鄭君唯見授金丹之經又曰九轉丹内神鼎中史記曰黄帝采首山銅鑄鼎鼎成龍下迎黄帝也方堅共忘方堅也**駕鶴上漢驂鸞騰天**列仙傳曰王子晉吹笙作鳳鳴遊伊洛之間道士浮丘公接上嵩高三十餘年後上見桓良曰告我家七月七日待我緱氏山頭果乘白鶴住山下望之不能得到舉手謝世人數日去何於緱山下雷次宗豫章記曰洪井西鸞崗鶴嶺舊說洪崖先生與子晉乘鸞鶴憩於此張僧鑒豫章記曰洪井有鸞岡舊說云洪崖先生乘鸞所憩處也鸞岡西有鶴嶺王子喬控鶴所經過處**暫遊萬里少別千年**神仙傳曰若士者仙人也燕人盧敖者秦時遊北海而見若士曰一舉而千里吾猶未之能今子始至於此乃語窮豈不陋哉焉明先生隨神女還岱見安期生語神女曰昔與女郎遊於安息西海之際憶此未久已二千年矣**惟世間兮重別謝主人兮依然**說文曰謝辭也**下有芍藥之詩佳人之謌**詩溱洧章刺乱也兵革不息男女相棄淫風大行莫之能救云維士與女伊其相謔贈之以芍藥注芍藥香草也箋曰伊因也士女往觀因相與戲謔行夫婦之事其别則送與芍藥結恩情也漢書李延年歌曰北方有佳人絕世而獨立**桑中衛女上宫陳娥**衛陳二國名也毛詩桑中章曰期我

乎桑中要我乎上宫送我於淇之上注桑中淇上上宫所期之地箋云此思孟姜之愛厚己也此我期於桑中要我於上宫期我於淇水之上又竹竿章衛女思歸適異國而不見荅思而能以禮也女子有行遠父母兄弟箋云行道也女子道當嫁耳不以荅違婦道也又燕燕章衛莊姜送歸妾也注莊姜無子陳女戴嬀生子名完莊姜以爲己子莊公薨完立而州吁殺之戴嬀於是大歸莊姜送於野作詩以見己志方言曰秦晉之間美貌謂之娥

春草碧色。春水淥波。送君南浦。傷如之何。楚辭曰子交手兮東行送美人兮南浦

至乃。秋露如珠。秋月如珪。陸雲芙蓉詩曰盈盈荷上露灼灼如明珠遯甲開山圖曰禹遊於東海得玉珪碧色圓如日月以自照目達幽冥

明月。白露。光陰。往來。與子之別。思心徘徊。是以別方不定。別理千名。千名言多也南都賦曰百種千名

有別必怨。有怨必盈。蔡琰詩曰心吐思兮匈憤盈

使人意奪神駭。心折骨驚。亦互文也左氏傳衛太子禱曰無折骨

雖淵雲之墨妙。嚴樂之筆精。漢書曰王褒字子淵揚雄字子雲漢書曰嚴安臨淄人也徐樂燕無終人也上疏言時務上召見乃拜樂安皆爲郎中

金閨之諸彦。蘭臺之羣英。

拾遺稽付原文与此文異

金閨金馬門也史記曰金門宦者署著承明金馬著作之庭東方朔曰公孫弘等待詔金馬門蘭臺臺名也傅毅班固等爲蘭臺令史是也論衡曰孝明好文人並徵蘭臺之官文雄會聚賦有淩雲之稱辯有雕龍之聲史記荀卿趙人年五十始來游學於齊騶衍之術迂大而閎辯奭也文難施齊人爲諺曰談天衍劉向别録曰騶衍之所言五德終始天地廣大書言天事故曰談天彫龍赫赫修騶衍之術文飾之若彫鏤龍文故曰彫龍赫誰能摹暫離之狀寫永訣之情者乎

文選卷第十六　壬戌六月廿六日稷　侃温

此篇徑細斠

文選卷第十七

梁昭明太子撰

文林郎守太子右内率府録事參軍事崇賢館直學士臣李善注

論文

陸士衡文賦一首

音樂上

王子淵洞簫賦一首　傅武仲舞賦一首

論文

文賦并序　何焯云此賦殆入洛之前所作　杜子美詩有士衡二十作文賦之句

陸士衡　臧榮緒晉書曰機字士衡吳郡人祖遜吳丞相父抗吳大司馬機少襲領父兵爲牙門將

此篇注多非李善之舊 用心注不論指下言情也

此言觀他文既知其用意 自作文則知之愈切注亦未暢

先士盛藻下前云才士所作

軍年二十而吳滅退臨舊里與弟雲勤學積十一年譽流京華聲溢四表被徵爲太子洗馬與弟雲俱入洛司徒張華素重其名舊相識以文華呈天才綺練當時獨絕新聲妙句係蹤張蔡機妙解情理心識文體故作文賦

余每觀才士之所作竊有以得其用心作謂作文也用心言士用心於文莊子堯曰此吾所用心夫放言遣辭良多變矣夫作文者放其言遣其理多變故非一體妍蚩好惡可得而言文之好惡可得而言論也范曄後漢書趙壹刺世疾邪曰孰知辯其妍蚩廣雅曰妍好也說文曰妍慧也釋名曰蚩癡也聲類曰蚩騃也然妍蚩亦好惡也每自屬文尤見其情論衡曰幽思屬文著記美言屬綴也杜預左氏傳曰尤甚也士衡自言每屬文甚見爲文之情恒患意不稱物文不逮意爾雅曰逮及也蓋非知之難能之難也尚書曰非知之艱行之惟艱故作文賦以述先士之盛藻藻水草之有文者故以喻文焉因論作文之利害所由利害由好惡孔安國尚書傳曰佗日殆

疑當作遣其辭其理多變

謂是衍文此言今以能為難他日庶幾能之耳

此言自見其情而似難於蓋說也

所不能言即是難以辭逮者自餘則此賦盡之矣

原賦不作蓋

可謂曲盡其妙。言既作此文賦佗日而觀之近謂委曲盡文之妙理論語鯉曰它日又獨立趙岐孟子章句曰它日異日也。至於操斧伐柯雖取則不遠。此喻見古人之法不遠毛詩曰伐柯伐柯其則不遠注則法也伐柯必用其柯大小長短近取法於柯謂不遠也若夫隨手之變良難以辭逮。言作之難也文之隨手變改則不可以辭逮也莊子輪扁謂桓公曰斲徐則甘而不固疾則苦而不入不疾不徐得於手而應於心口不能言也有數存焉蓋所能言者具於此云。蓋所言文之𩪼者具此賦之言

佇中區以玄覽頤情志於典墳。漢書音義張晏曰佇久俟待也中區區中也字書曰玄幽遠也老子曰滌除玄覽河上公曰心居玄冥之處覽知萬物故謂之玄覽幽通賦曰皓頤志而不傾左氏傳楚子曰左史倚相能讀三墳五典遵四時以歎逝瞻萬物而思紛。遵循也循四時而歎其逝往之事攬視萬物盛衰而思慮紛紜也淮南子曰四時者春生夏長秋收冬藏悲落葉於勁秋喜柔條於芳春。秋暮衰落故悲春條敷暢故喜也淮南子曰木葉落長年悲心懍懍以懷霜志眇眇而臨雲。懍懍危懼貌眇眇高遠貌懷霜臨雲言高

何云此文章之本

民

以上言作文之由

此構思之始

六藝六經也

六句須聯決辭下鮮之喻隱斗能顯之揚者能抑之

絜也說文曰懔懔寒也孔融薦祢衡表曰志懷霜雪舞賦曰氣若浮雲志若秋霜詠世德之駿烈誦先人之清芬言歌詠世有俊德者之盛業先民謂先世之人有清美芬芳之德而誦勉毛詩曰王配于京世德作求又曰在昔先民有作遊文章之林府嘉麗藻之彬彬論語曰文質彬彬然後君子孔安國注曰彬彬文質見半之貌慨投篇而援筆聊宣之乎斯文韓詩外傳曰孫叔敖治楚三年而國霸楚史援筆而書之於策尚書中候曰玄龜負圖出洛周公援筆以寫也其始也皆收視反聽耽思傍訊收視反聽言不視聽也耽思傍訊靜思而求之也毛萇詩傳曰耽樂之久廣雅曰訊問也精騖八極心游萬仞精神爽也八極萬仞言高遠也淮南子曰八紘之外乃有八極包咸論語注曰七尺曰仞其致也情曈曨而彌鮮物昭晣而互進爾雅曰致至也埤蒼曰曈曨欲明也說文曰昭晣明也傾羣言之瀝液漱六藝之芳潤揚子法言曰或問羣言之長曰羣言之長德言也宋衷曰羣非一也周禮曰六藝禮樂射御書數也浮天淵以安流濯下泉而潛浸言思慮之至無處不至故上至天淵於安流之中下至下泉於潛浸之所劇秦美新曰盈塞天淵之間楚辭曰使江水兮安流毛詩曰洌彼下泉浸彼苞稂

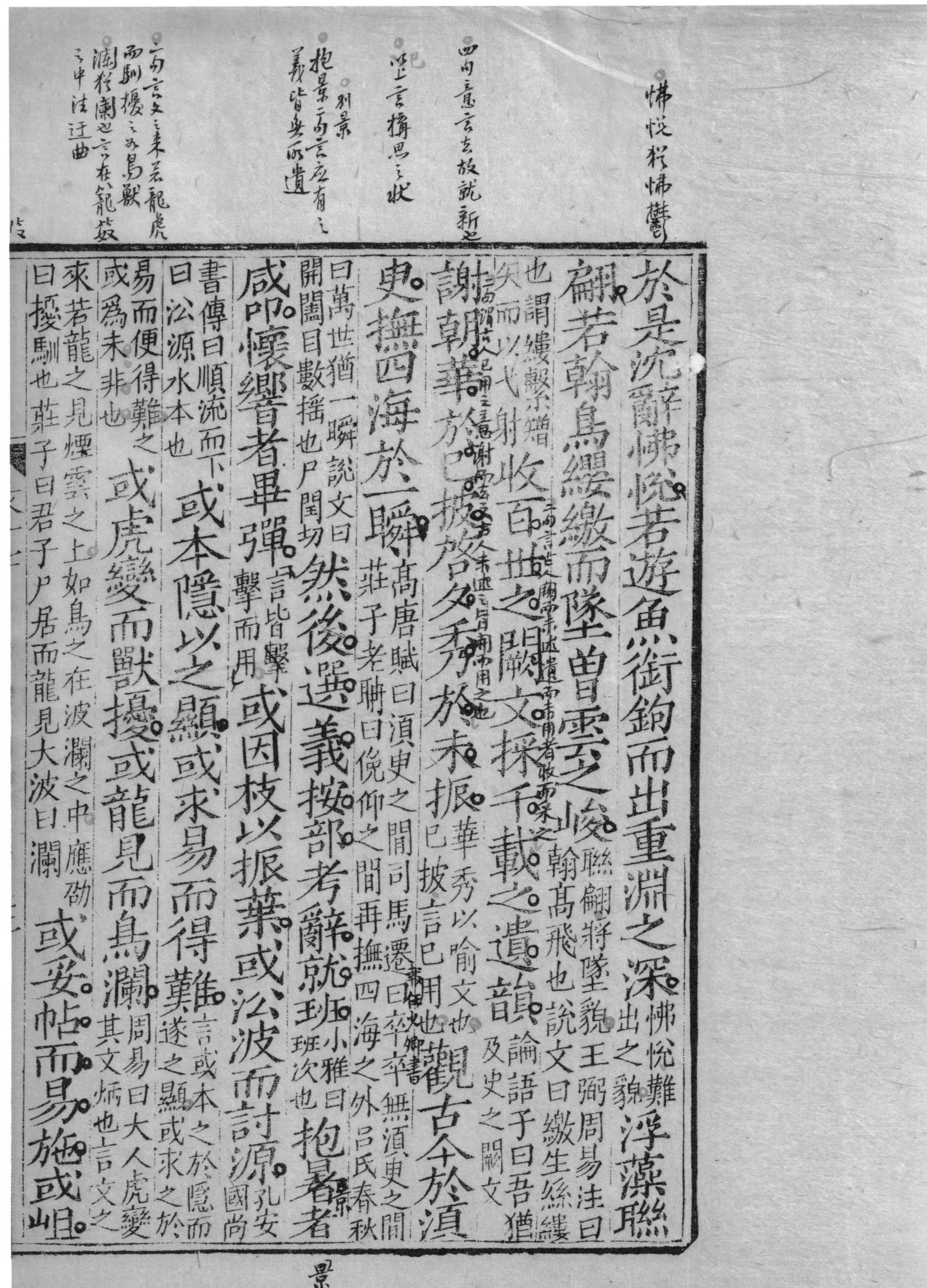

怫悅猶怫鬱

四句意言去故就新也

泛言構思之狀

抱景二句言應有之義皆無所遺

二句言文之來若龍虎而馴擾之如鳥獸瀾於瀾也言在範蓛之中注迂曲

於是沈辭怫悅，若遊魚銜鉤而出重淵之深；怫悅難出之貌

浮藻聯翩，若翰鳥纓繳而墜曾雲之峻。聯翩將墜貌。王弼周易注曰：翰，高飛也。說文曰：繳，生絲縷

也。謂纓繫矰矢而以弋射。收百世之闕文，採千載之遺韻。二句言故闕而未述、遺而未用者收而采之論語子曰：吾猶及史之闕文

謝朝華於已披，啓夕秀於未振。二句言已用之意謝而去之，未述之旨啓而用之也華秀以喻文也。已披言已用也。觀古今於須

臾，撫四海於一瞬。高唐賦曰：須臾之間。司馬遷書曰：卒卒無須臾之間。莊子老聃曰：俛仰之間再撫四海之外。呂氏春秋

曰：萬世猶一瞬。說文曰：瞬，開闔目數搖也。尸閏切。然後選義按部，考辭就班。小雅曰：班，次也。抱景者

咸叩，懷響者畢彈。言皆擊而用之。或因枝以振葉，或沿波而討源。孔安國尚

書傳曰：順流而下曰沿。源，水本也。或本隱以之顯，或求易而得難。言或本之於隱而遂之顯，或求之於

易而便得難之。或爲未非也。或虎變而獸擾，或龍見而鳥瀾。周易曰：大人虎變，其文炳也。言文之

來若龍之見煙雲之上，如鳥之在波瀾之中。應劭曰：擾，馴也。莊子曰：君子尸居而龍見。大波曰瀾。或妥帖而易施，或岨峿

景

眇古以为妙字

眇

二句言和輮後穫之狀

含毫邈然謂文成之遲

以上言命篇之始部署辭意之狀

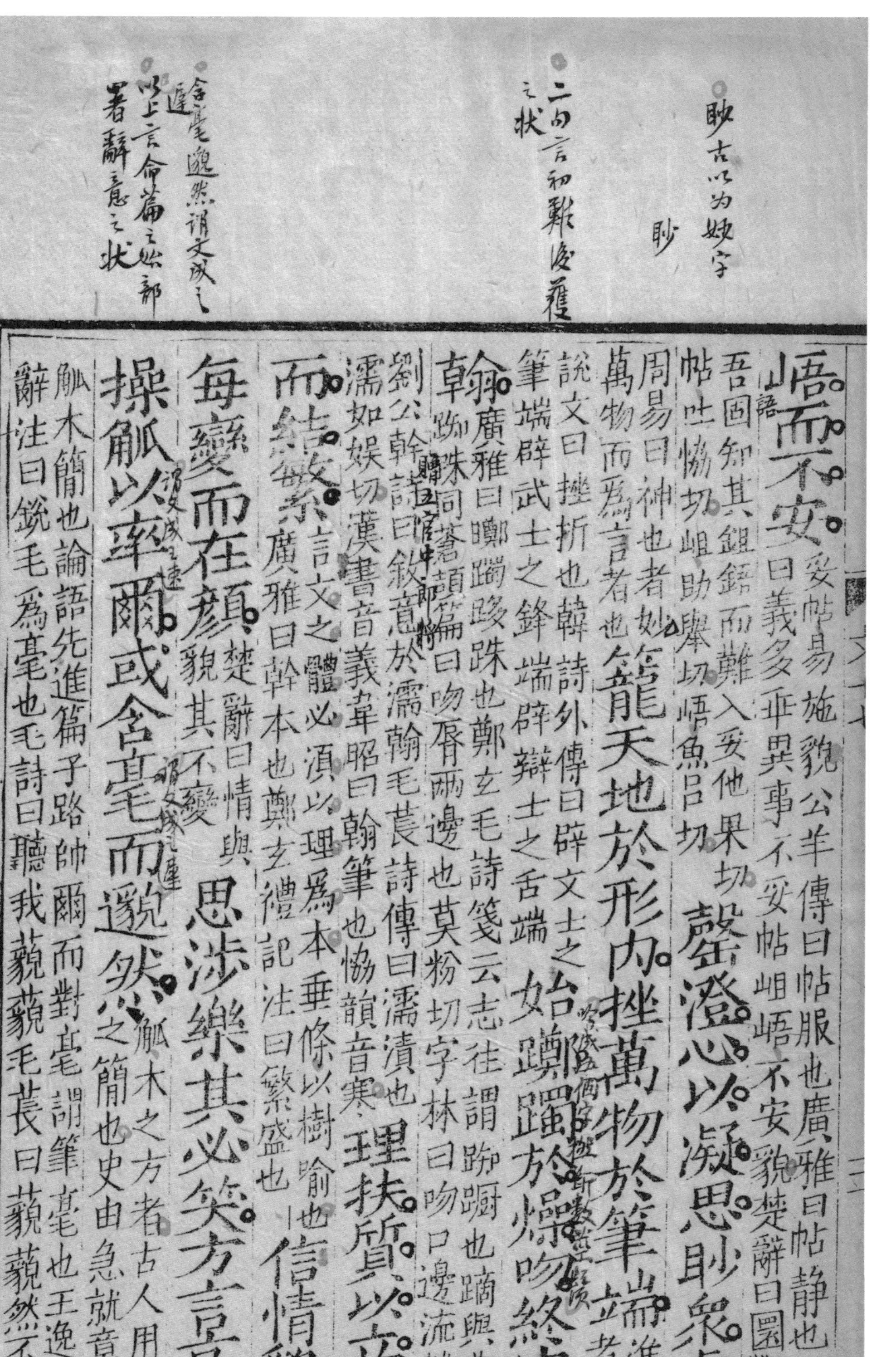

峿而不安。妥帖易施貌公羊傳曰帖服也廣雅曰帖靜也王逸楚辭序曰義多乖異事不妥帖 岨峿不安貌楚辭曰圜鑿而方枘兮吾固知其鉏鋙而難入妥他果切帖吐協切岨助舉切峿魚呂切 罄澄心以凝思，眇衆慮而爲言。周易曰神也者妙萬物而爲言者也 籠天地於形內，挫萬物於筆端。淮南子曰太一者牢籠天地也 說文曰挫折也韓詩外傳曰辟文士之筆端辟武士之鋒端辟辯士之舌端 始躑躅於燥吻，終流離於濡翰。廣雅曰躑躅跢跦也鄭玄毛詩箋云志往謂踟躕也躑與蹢同跢跦與踟躕同蒼頡篇曰吻脣兩邊也莫粉切字林曰吻口邊流離津液流貌 劉公幹詩曰釹意於濡翰毛萇詩傳曰濡漬也濡如娛切漢書音義韋昭曰翰筆也協韻音寒 理扶質以立幹，文垂條而結繁。言文之體必須以理爲本垂條以樹喻也 廣雅曰幹本也鄭玄禮記注曰繁盛也 信情貌之不差，故每變而在顏。楚辭曰情與貌其不變 思涉樂其必笑，方言哀而已歎。或操觚以率爾，或含毫而邈然。觚木之方者古人用之以書猶今之簡也史由急就章曰急就奇觚 觚木簡也論語先進篇子路帥爾而對毫謂筆毫也王逸楚辭注曰銳毛爲毫也毛詩曰聽我藐藐毛萇曰藐藐然不入 伊茲事

課虛二句極狀用意之精微

粲、鬱皆小逗，二句與理扶質二言相發明稗助

此上狀文之深邃芳茂

二句與理扶質二言相發明稗助

之可樂。固聖賢之所欽。茲事謂文也左氏傳仲尼曰志有之言足以志文足以言不言誰知其志言而不文行之不遠 課虛無以責有。叩寂寞而求音。春秋説題辭曰虛生有形淮南子曰寂寞音之主也 函緜邈於尺素。吐滂沛乎寸心。毛萇詩傳曰函含也古詩曰中有尺素書列子文摯謂叔龍曰吾見子之心矣方寸之地虛矣 言恢之而彌廣。思按之而逾深。杜預左氏傳注曰恢大也按抑按也言思慮一發愈深恢大 播芳蕤之馥馥。發青條之森森。説文曰蕤草木華垂貌纂要曰草木華曰蕤字林曰森多木長貌以喻文采若芳蕤之香馥青條之森盛也 粲風飛而猋竪。鬱雲起乎翰林。爾雅曰猋飆謂之猋長楊賦曰翰林以爲主人 體有萬殊。物無一量。文章之體有萬變之殊中衆物之形無一定之量也淮南子曰斟酌萬殊 紛紜揮霍。形難爲狀。紛紜亂貌揮霍疾貌西京賦曰跳丸劍之揮霍 辭程才以效伎。意司契而爲匠。衆辭俱湊若程才效伎取捨由意類司契爲匠老子曰有德司契論衡曰能雕琢文書謂之史匠也 在有無而僶俛。當淺深而不讓。毛詩曰何有何無僶

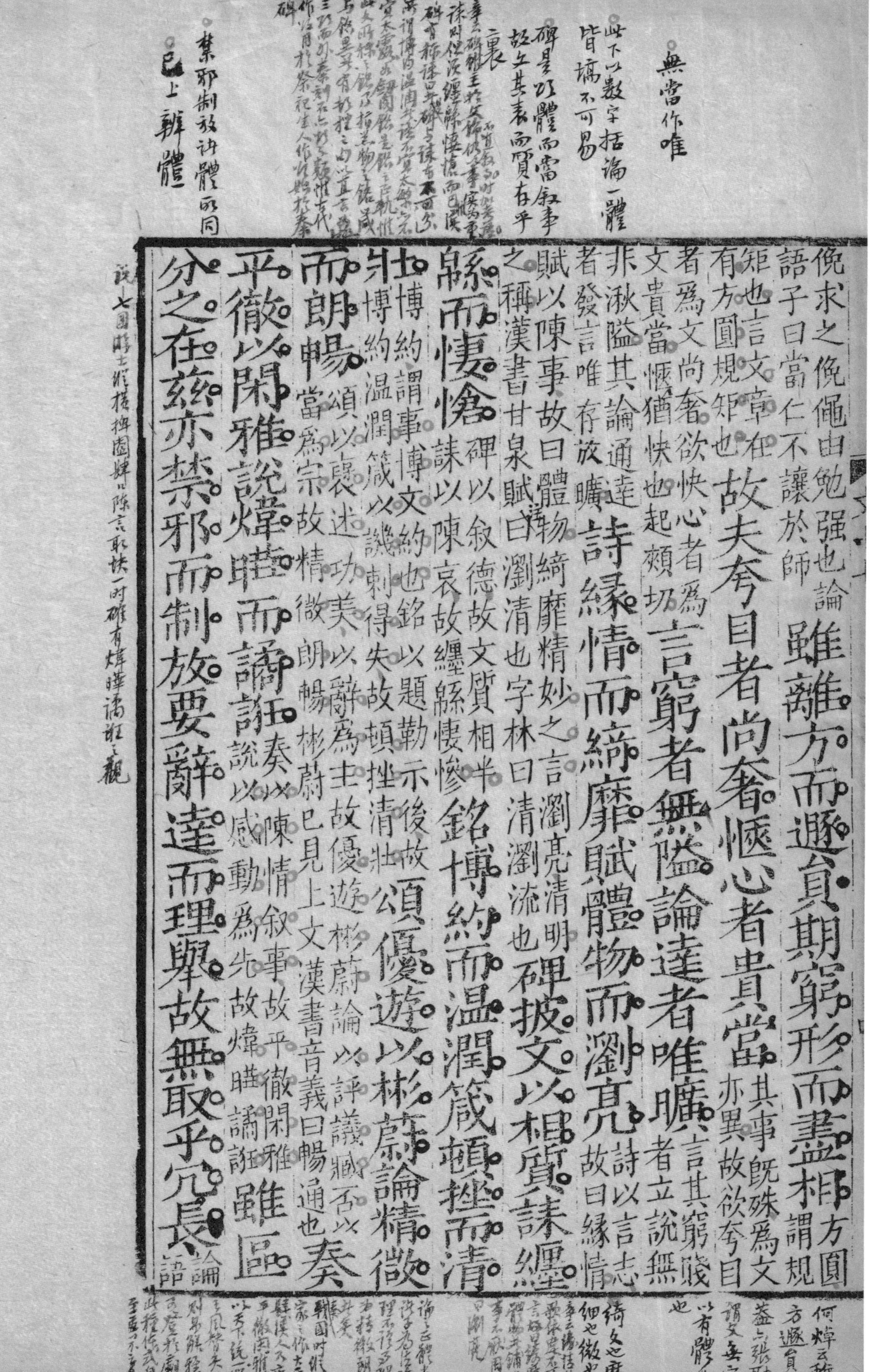

俛求之俛俛由勉强也論語子曰當仁不讓於師 雖離方而遯員，期窮形而盡相。方圓謂規矩也言文章在有方圓規矩也 故夫夸目者尚奢，愜心者貴當。其事既殊爲文亦異故欲夸目者爲文尚奢欲快心者爲文貴當愜猶快也起頰切 言窮者無隘，論達者唯曠。言其窮賤者立說無非湫隘其論通達者發言唯存放曠 詩緣情而綺靡，賦體物而瀏亮。詩以言志故曰緣情賦以陳事故曰體物綺靡精妙之言瀏亮清明之稱漢書甘泉賦曰瀏清也字林曰清瀏流也 碑披文以相質，誄纏緜而悽愴。碑以叙德故文質相半誄以陳哀故纏緜悽慘 銘博約而溫潤，箴頓挫而清壯。博約謂事博文約也銘以題勒示後故博約溫潤箴以譏刺得失故頓挫清壯 頌優遊以彬蔚，論精微而朗暢。頌以襃述功美以辭爲主故優遊彬蔚論以評議臧否以當爲宗故精微朗暢彬蔚已見上文漢書音義曰暢通也 奏平徹以閑雅，說煒曄而譎誑。奏以陳情叙事故平徹閑雅說以感動爲先故煒曄譎誑 雖區分之在茲，亦禁邪而制放。要辭達而理舉，故無取乎冗長。論語

無當作唯

此下以數字括論一體皆確不可易

碑是以體而當叙事誌文其表而質存乎裏

禁邪制放詩體所同

已上辨體

說七國時士從橫捭闔婣陳言取快一時雖有煒曄譎誑之觀

何焯云雖方遯員而蓋亦張融所謂文無定體以有體爲常也

後來范沈聲律之論皆淵源於此實已盡其要妙也

六句必聯如下文讀乃見音聲無常惟達變者能調之也

注本秩秩當本作秩耳

秩已上言會意遣言而詳論調聲

子曰辭達而已矣文穎漢書注曰冗散也如勇切言文章體要在辭達而理舉也其爲物也多姿其爲體也屢遷萬物萬形故曰多姿文非一則故曰屢遷琴賦曰既豐贍以多姿周易曰爲道也屢遷其會意也尚巧其遣言也貴妍暨音聲之迭代若五色之相宣言音聲迭代而成文章若五色相宜而爲繡也爾雅曰暨及也又曰迭更也論衡曰學士文章其猶絲帛之有五色之功杜預左氏傳注曰宣明也雖逝止之無常固崎錡而難便言雖逝止無常唯情所適以其體多變固崎錡難便也逝止由去留也崎錡不安貌楚辭曰嶔岑崎錡崎音綺錡音蟻苟達變而識次猶開流以納泉言其易也如失機而後會恒操末以續顛言失次也謬玄黃之袟敘故淟涊而不鮮言音韻失宜類繡之玄黃謬敘故淟涊垢濁而不鮮明也禮記曰朱綠之玄黃之以爲黼黻文章楚辭曰切淟涊之流俗王逸曰淟涊垢濁也或仰逼於先條或俯侵於後章廣雅曰條科條也凡爲文之體先後皆須意別不能者則有此累拟辭或害於理義或辭害而理比上或言順而義妨周易曰比輔也說文曰妨害也離之則雙美合之則

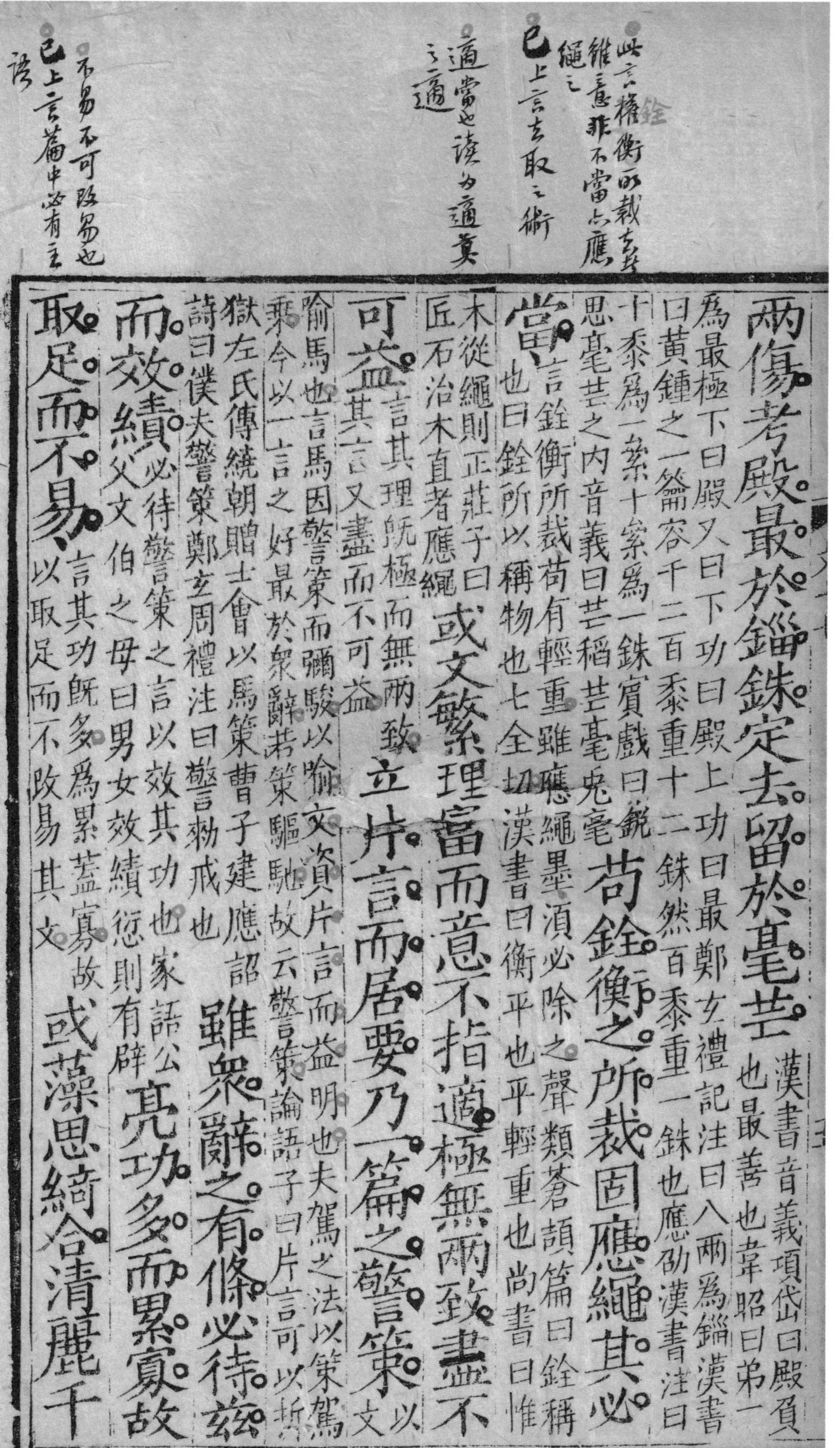

此言權衡所裁去者雖意非不當亦應繩之

已上言去取之術

適當也讀如適莫之適

不易不可改易也

已上言篇中必有主語

兩傷考殿最於錙銖定去留於毫芒（漢書音義項岱曰殿負／也最善也韋昭曰弟一爲最極下曰殿又曰下功曰殿上功曰最鄭玄禮記注曰八兩爲錙漢書／曰黃鍾之一龠容千二百黍重十二銖然百黍重一銖也應劭漢書注曰十黍爲一絫十絫爲一銖賓戲曰銳／思毫芒之内音義曰芒稻芒毫兎毫）苟銓衡之所裁固應繩其必當（言銓衡所裁苟有輕重雖應繩墨須必除之聲類蒼頡篇曰銓稱／也曰銓所以稱物也七全切漢書曰衡平也平輕重也尚書曰惟木從繩則正莊子曰／匠石治木直者應繩）或文繁理富而意不指適極無兩致盡不可益（言其理既極而無兩致／其言又盡而不可益）立片言而居要乃一篇之警策（以／文喻馬也言馬因警策而彌駿以喻文資片言而益明也夫駕之法以策駕／乘今以一言之好最於衆辭若策驅馳故云警策論語子曰片言可以折獄左氏傳繞朝贈士會以馬策曹子建應詔／詩曰僕夫警策鄭玄周禮注曰警勑戒也）雖衆辭之有條必待茲而效績（必待警策之言以效其功也家語公／父文伯之母曰男女效績愆則有辟）亮功多而累寡故取足而不易（言其功既多爲累蓋寡故／以取足而不改易其文）或藻思綺合清麗千

或謂警猶驚也策即孟子吾於武成取二三策之策警策蓋謂一篇中之警動者左傳繞朝贈之以策杜注爲馬策服虔解爲策書

褫之

昔之曩篇之曩當乙

已上言不當勦襲

眠說文曰謂文藻思如綺會千眠光色盛貌炳若縟繡，悽若繁絃。說文曰縟繁彩色也又繡五色彩備也蔡邕琴賦曰繁絃既抑雅音復揚必所擬之不殊，乃闇合乎曩篇。言所擬不異闇合昔之曩篇爾雅曰曩久也謂久舊也雖杼軸於予懷，怵佗人之我先。杼軸以織喻也雖出自己情懼佗人先已也毛詩曰杼軸其空苟傷廉而愆義，亦雖愛而必捐。言他人言我雖愛之必須去之也王逸楚辭注曰不受曰廉說文曰捐棄也

或苕發穎竪，離衆絶致。苕草之苕也言作文利害理難俱美或有一句同乎苕發穎竪離於衆辭絶於致思也毛詩傳曰苕陵苕也孫卿子曰蒙鳩爲巢繫之葦苕小雅曰禾穗謂之穎形不可逐，響難爲係。言方之於影而形不可逐譬之於聲而響難係也鶡冠子曰影之隨形響之應聲塊孤立而特峙，非常音之所緯。文之綺麗若經緯相成一句既佳塊然立而特峙非常音所能緯也心牢落而無偶，意徘徊而不能揥。牢落猶遼落也言思心牢落而無偶揥之意徘徊而未能也蔡邕瞽師賦曰時牢落以失次咢縱蹇而陽絶說文曰揥取也他狄切恊韻他帝切或爲禘禘猶去也石韞玉而山輝，水懷珠而川媚。

文心指瑕云製同他文理宜刪革若掠人美辭以為己力寶玉大弓終非其有全寫則揭篋傍采則探囊

翠印翠鳥言榛楛惡木而有珍禽萃之則木亦蒙禽之榮而不見剗伐也

已上言文中特有佳句而全篇不稱

已上言清而無應此文小之故

雖無佳偶因而留之譬若水石之藏珠玉山川爲之輝媚也尸子曰水中折者有玉圓折者有珠孫卿子曰玉在山而木潤淵生珠而岸不枯高氏注玉陽中之陰故能潤澤草珠陰中之陽有明故岸不枯廣雅曰韞裹也

彼榛楛之勿翦。亦蒙榮於集翠。榛楛喻庸音也以珠玉之句既存故榛楛之辭亦美毛詩曰榛楛濟濟郭璞山海經注曰榛小栗楛木可以爲箭

綴下里於白雪。吾亦濟夫所偉。言以此庸音而偶彼嘉句譬以下里鄙曲綴於白雪之高唱吾雖知美惡不倫然且以益夫所偉也宋玉對楚王問曰客有歌於郢中者其始曰下里宋玉笛賦曰師曠爲白雪之曲淮南子曰師曠奏白雪而神禽下降白雪五十絃瑟樂曲名下里俗之謡歌說文曰偉猶奇也協韻禹貴切

或託言於短韻。對窮迹而孤興。短韻小文也言文小而事寡故曰窮迹迹窮而無偶故曰孤興

俯寂寞而無友。仰寥廓而莫承。言事寡而無偶俯求之則寂寞而無友仰應之則寥廓而無所承

譬偏絃之獨張。含清唱而靡應。言累句以成文猶衆絃之成曲今短韻孤起譬偏絃之獨張含清唱而無應韻之孤起蘊靡則而莫承也毛萇詩傳曰靡無也應於興切

或寄辭於瘁音。徒靡言而弗華。瘁音謂惡辭也靡美也言空美而不光華也班固漢書贊

瘁音析
庸音格
調

已上言應而不和此辭窾之故

已上言和而不悲此理虛之故

已上言悲而不雅此辭俗之故

文心麗辭云若气無奇類文乏異采碌碌麗辭則昏睡耳目

曰纖微憔悴之音作而民思戞薛君韓詩章句曰靡好也混妍蚩而成體累良質而爲瑕妍謂言靡

蚩謂瘁音既混妍蚩共爲一躰翻累良質而爲瑕也礼記曰玉瑕不掩瑜鄭玄曰瑕玉之病也胡加切象下管之偏疾

故雖應而不和言其音既瘁其言徒靡類乎下管其聲偏疾升歌與之間奏雖復相應而不和諧杜預左氏傳注曰

象類也礼記曰升歌清廟下管象武王肅家語注曰下管堂下吹管象武舞也或遺理以存異徒尋虛以

逐微言寡情而鮮愛辭浮漂而不歸漂猶流也不歸謂不歸於實猶絃么

而徽急故雖和而不悲說文曰么小也於遥切淮南子曰鄒忌一徽琴而威王終夕悲許慎注曰鼓琴循絃謂之

務爲奔放之相以求和合

徽悲雅俱有所以成樂直雅而無悲則不成或奔放以諧合務嘈囋而妖冶埤蒼曰嘈啈聲皃啈與囋

及囋同才曷切徒悅目而偶俗固高聲而曲下言聲雖高而曲下張衡舞賦曰既娛

心以悅目廣雅曰耦諧也耦與偶古字通寤防露與桑間又雖悲而不雅防露未詳一曰謝靈運山

居賦曰楚客放而防露作注曰楚人放逐東方朔感江潭而作七諫然

靈運有七諫有防露之言遂以七諫爲防露也礼記曰桑間濮上之音亡

文心定勢云若雅鄭而共篇則總一之勢離

文心麗辭云若兩事相配而優劣不均是驥在左驂駑爲右服也

已上言雅而不豔此質多之故

國之音也鄭玄曰濮水之上地有桑閒先亡國之音於此水上或清虛以婉約每除煩而去濫左氏傳君子曰臣除煩而去惑闕大羹之遺味同朱絃之清氾雖一唱而三歎固既雅而不豔言作文之體必須文質相半雅豔相資今文少而質多故既雅而不豔比之大羹而闕其餘味方之古樂而同清氾言質之甚也餘味謂樂羹皆古不能備其五聲五味故曰有餘也禮記曰清廟之瑟朱絃而疏越一唱而三歎有遺音者矣大饗之禮尚玄酒而俎腥魚大羹不和有遺味者矣鄭玄曰朱絃練朱絃也練則聲濁越瑟底孔也畫疏之使聲遲唱發歌句者三歎三人從而歎之大羹肉湆不調以鹽菜也遺猶餘也然大羹之有餘味以爲古矣而又闕之甚甚之辭也若夫豐約之裁俯仰之形廣雅曰約儉也因宜適變曲有微情毛萇詩傳曰適之也楚辭曰結微情以陳辭說文曰微妙也或言拙而喻巧或理朴而辭輕或襲故而彌新或沿濁而更清孔安國尚書傳曰襲因也禮記曰明王以相沿鄭玄曰沿猶因述也或覽之而必察或研之而後精譬猶舞者赴節以投袂歌者應絃而遣聲王粲七釋曰邪睨鼓下亢音赴節左氏傳

文有專尚清約而質樸者

文心鎔裁云思贍者善敷才覈者善删

文心事類云凡用舊合機不啻自其口出

已上總論文變言隨手之變難以詞述

濬發言有文實巧而不為世俗所知者注未諦

蚩　按反刊本校語

中原有菽喻易采上句言世間自有佳文而佳者寡也

曰投袂而起杜預曰投搌也是蓋輪扁所不得言故亦非華說之所能精。莊子曰桓公讀書於堂上輪扁斲輪於堂下釋椎鑿而上問桓公敢問公之所讀者何言也公曰聖之言曰聖人在乎公曰死矣輪扁曰然則君之所讀者聖人之糟魄耳公曰寡人讀書輪人安得議乎有說則可無說則死輪扁曰臣也以臣之事觀之斲輪徐則甘而不固疾則苦而不入矣不徐不疾得於手而應於心口不能言也有數存焉於其間臣不能以喻臣之子臣之子亦不能受之於臣是以行年七十而老斲輪郭子玄云言物各有性効學之無益也李頤曰齊桓公也扁音篇又扶緬切斲丁角切謂斲輪之人扁其名也魄音普莫切李頤曰酒滓曰糟司馬彪曰爛食曰魄甘緩也苦急也李曰數術也王充論衡曰虛談竟於華葉之言無根之深安危之際文人不與徒能華說之効也普辭條與文律良余膺之所服尚書帝曰律和聲孔安國曰律六律也禮記子曰回得一善則拳拳服膺不失之練世情之常尤識前脩之所淑纆子董無心曰罕得事君子不識世情尤非也楚辭曰蹇吾法夫前脩非時俗之所服淑善也雖濬發於巧心或受嗤於拙目言文之難不能無累雖復巧心濬發或於拙目受嗤嗤笑也嗤與嗤同彼瓊敷與玉藻若中原之有菽瓊敷玉藻以喻文也毛詩

覬覦

謂瓊敷玉藻之文怵動學能致所喻絕非詩本旨

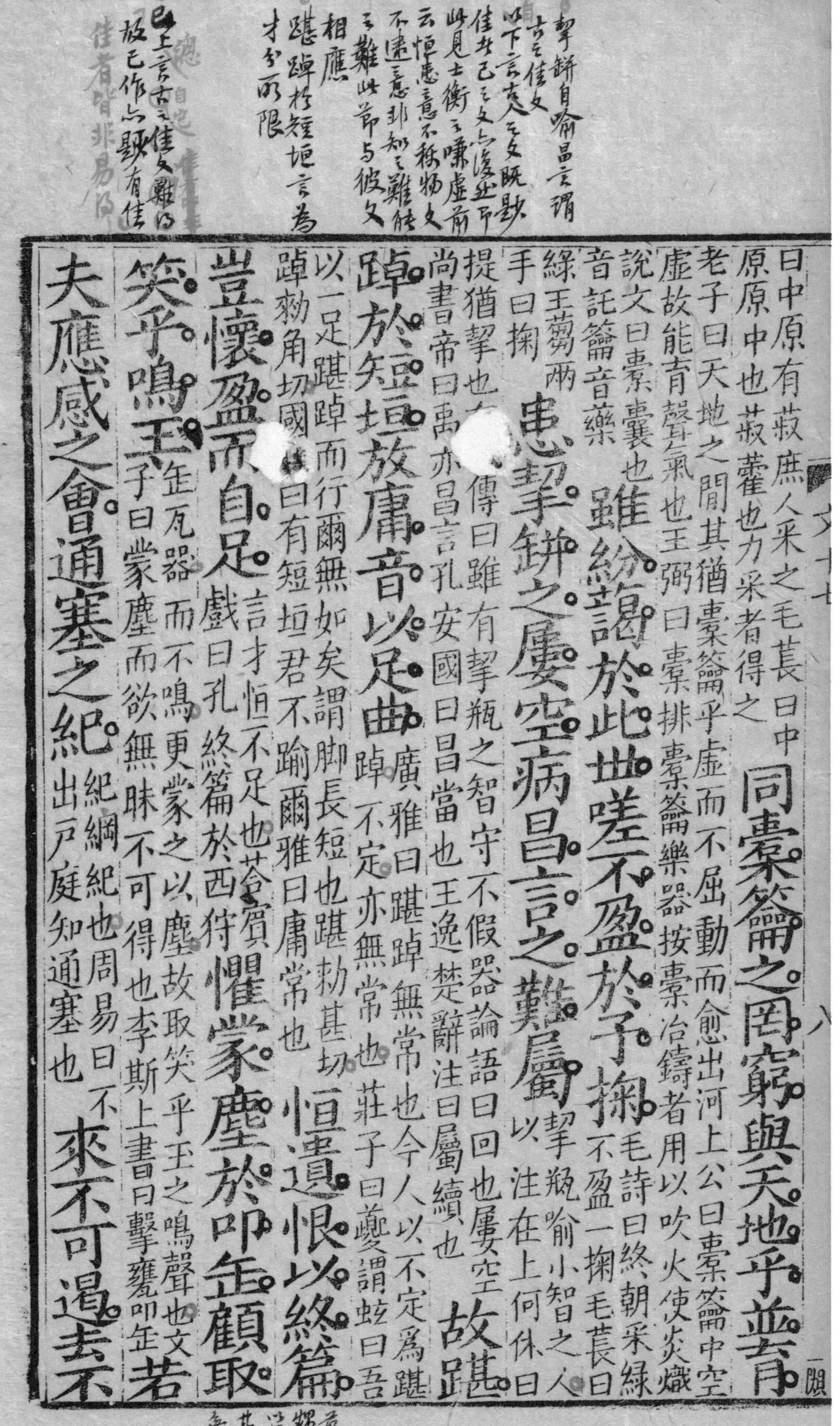

同槖籥之罔窮與天地乎並育日中原有菽庶人采之毛萇曰中原原中也菽藿也力采者得之老子曰天地之間其猶槖籥乎虛而不屈動而愈出河上公曰槖籥中空虛故能育聲氣也王弼曰槖排槖籥樂器按槖冶鑄者用以吹火使炎熾說文曰槖囊也音託籥音藥雖紛藹於此世嗟不盈於予掬毛詩曰終朝采綠不盈一掬毛萇曰綠王蒭兩手曰掬患挈缾之屢空病昌言之難屬挈缾喻小智之人以注在上何休曰提猶挈也左傳曰雖有挈瓶之智守不假器論語曰回也屢空尚書帝曰禹亦昌言孔安國曰昌當也王逸楚辭注曰屬續也故踸踔於短垣放庸音以足曲廣雅曰踸踔無常也今人以不定爲踸踔不定亦無常也莊子曰蘷謂蚿曰吾以一足踸踔而行爾無如矣謂脚長短也踸勑甚切踔勑角切國語曰有短垣君不踰爾雅曰庸常也恒遺恨以終篇豈懷盈而自足言才恒不足也蒼賈戲曰孔終篇於西狩懼蒙塵於叩缶顧取笑乎鳴玉缶瓦器而不鳴更蒙之以塵故取笑乎玉之鳴聲也文子曰蒙塵而欲無眛不可得也李斯上書曰擊甕叩缶若夫應感之會通塞之紀紀綱紀也周易曰不出戶庭知通塞也來不可遏去不

自求於心也

章

可止。莊子曰其來不可却其去不可止毛詩傳曰遏止也孔安國尚書傳曰遏絶也藏若景滅。行猶響起。枚乘上書諫吳王曰景滅迹絶王命論曰趣時如響起方天機之駿利。夫何紛而不理。莊子蚿曰今予動吾天機司馬彪曰天機自然也又大宗師曰其耆欲深者其天機淺也劉瓛曰言天機者言萬物轉動各有天性任之自然不知所由然也思風發於胷臆。言泉流於脣齒。論衡曰吾言潏淈而泉出紛威蕤以馺遝。唯毫素之所擬。威蕤盛貌馺遝多貌封禪書曰紛綸萎蕤毫筆也纂文曰書縑曰素楊雄書曰齎紬素四尺文徽徽以溢目。音泠泠而盈耳。延篤仁孝論曰煥乎爛兮其溢目也論語曰洋洋乎盈耳哉及其六情底滯。志往神留。春秋演孔圖曰詩含五際六情絶於申宋均曰申申公也仲長子昌言曰喜怒哀樂好惡謂之六情國語曰夫人氣縱則底底則滯韋昭曰底著也滯廢也兀若枯木。豁若涸流。莊子曰形固可使如枯木心固可使如死灰郭象注莊子曰遺身而自得雖掞然而不持坐忘行忘而爲之故行若曳枯木止若聚死灰是以云其神凝也向秀曰死灰枯木取其寂漠無情耳爾雅曰涸竭也國語泉涸而成梁涸水盡也攬營魂以探賾。頓精爽於自求。自求

上言文思開塞之殊

惟萬里句言所併弗廣，通億載句言所行弗久，文章容時容方，皆備廣適恒也

於文也楚辭曰營魂而升遐周易曰探賾索隱鉤深致遠左氏傳樂祁曰心之精爽是謂魂魄孟子曰使自求之理翳翳而愈伏思乙乙其若抽方言曰翳奄也乙抽也乙難出之貌說文曰陰氣尚強其出乙乙然乙音軋新論曰桓譚嘗欲從子雲學賦子雲曰能讀千賦則善爲之矣譚慕子雲之文嘗精思於小賦立感發病彌日瘳子雲說成帝祠甘泉詔雄作賦思精苦困倦小臥夢五藏出外以手收而内之及覺病喘悸少氣士衡與弟書曰思苦生疾是以或竭情而多悔或率意而寡尤左氏傳趙武曰范會言於晉國竭情無私淮南子曰人輕小害至於多悔論語子曰言寡尤行寡悔包曰尤過也雖茲物之在我非余力之所勠物事也勠并也言文之不來非子力之所并國語曰勠力一心賈逵曰勠力并力也故時撫空懷而自惋吾未識夫開塞之所由開謂天機駿利塞謂六情底滯伊茲文之爲用固衆理之所因恢萬里而無閡通億載而爲津言文能廓萬里而無閡假令億載而令爲津法言曰著古昔之㖧㖧傳千里之忞忞者莫如書軌曰㖧㖧目所不見忞忞心所不了小雅曰閡限也俯貽則於來葉仰觀象乎古人葉世

此近今所謂笙也　賦上稱頌

已上總歎之用

也幽通賦曰終保己而貽則尚書曰予恐來世又曰予欲觀古人之象

濟文武於將墜。宣風聲於不泯。論語子貢曰文武之道未墜於地尚書畢命曰彰善癉惡樹之風聲毛詩曰靡國不泯毛萇曰泯滅也爾雅曰泯盡也 塗無遠而不彌。理無微而弗綸。法言曰彌綸天地之事記久明遠者莫如書周易曰易與天地準故能彌綸天地之道王肅曰彌綸纏裹也 配霑潤於雲雨。象變化乎鬼神。論衡曰山大者雲多太山不崇朝辨雨天下然則賢聖有雲雨之智彼其吐文萬牒以上賈子曰神者變化而無所不為也 被金石而德廣。流管絃而日新。金鍾鼎也石碑碣也言文之善者可被之金石施之樂章禮記曰金石絲竹樂之器也漢書曰聖王已沒鍾鼓管絃之聲未衰吳越春秋樂師謂越王曰君王德可刻之於金石聲可託之於管絃毛詩曰漢廣德廣所及也周易曰日新之謂盛德

音樂

樂記曰凡音之起由人心生也心之動物使之然也感於物而動故形於聲聲相應故生變變成方謂之音比音而樂之及干戚羽旄謂之樂注曰方猶文章也又曰聲成文謂之音

○洞簫賦

漢書音義如淳曰洞者通也簫之無底者故曰洞簫釋名簫肅也言其聲肅肅然清也大者二十三

管長三尺四寸小者十六管一名籟

王子淵 漢書曰王褒字子淵蜀人也宣帝時爲諫議大夫帝太子體不安苦忽忽不樂詔使褒等皆之太子宮娛侍太子朝夕誦書奇文及自所造作疾平復乃歸太子嘉褒所爲甘泉及洞簫頌令後宮貴人左右皆誦讀之益州有金馬碧雞之寶使褒祀焉於道病卒

原夫簫幹之所生兮于江南之丘墟 廣雅曰原本也江圖曰慈母山此山竹作簫笛有妙聲丹陽記曰江寧縣慈母山臨江生簫管竹王褒賦云于江南之丘墟即此處也其竹圓異衆處自伶倫採竹嶰谷後見此奇故歷代常給樂府而呼鼓吹山幹小竹也王逸楚辭注曰幹體也 洞條暢而罕節兮標敷紛以扶疏 條暢通暢也罕稀也言竹節稀疏而相去標竹之末也宋玉笛賦曰奇篠異幹罕節簡支敷紛茂盛扶疏四布 徒觀其旁山側兮則嶇嶔巋崎倚巇迤𡾰誠可悲乎其不安也 嶇嶔巋崎皆山險峻之貌迤𡾰邪平之貌言竹生巇其旁故欹側不安𡾰音靡 彌望儻莽聯延曠蕩又足樂乎其

敞閑也儻莽曠瀁寬廣之貌儻佗朗切敞大貌言竹生敞閑之處又足樂也託身軀於后土兮經萬載而不遷左氏傳晉大夫謂秦伯曰君履后土而戴皇天后土地也言竹託生於地經歷萬載不易其貞莖也吸至精之滋熙兮稟蒼色之潤堅周易曰精氣爲物滋熙潤悅貌孔安國尚書傳曰稟受也周易曰震爲蒼莨竹感陰陽之變化兮附性命乎皇天孫卿子曰陰陽大化周易曰四時變化翔風蕭蕭而逕其末兮迴江流川而溉其山風賦曰翱翔乎激水之上荆軻歌曰風蕭蕭兮易水寒言風蕭蕭逕過其末回江謂江回曲也說文曰溉猶灌也言江之流注灌溉其山也揚素波而揮連珠兮聲礚礚而澍淵呂忱曰波水涌也漢武帝秋風辭曰横中流兮揚素波杜預左氏傳注曰揮湔也湔音賛字指曰礚大聲也說文曰注灌也澍與注古字通朝露清泠而隕其側兮玉液浸潤而承其根說文曰液津也夷石切孤雌寡鶴娛優乎其下兮春禽羣嬉翱翔乎其顛說文曰嬉樂也秋蜩不食抱樸而長吟兮玄猨悲嘯搜

原賦作於

據注讀改屛　注字顛倒

妃必本作娶始与襄字形近　襄

文十七　　十二

索乎其間爾雅曰蜩蜋蜩方言曰楚謂蟬爲蜩家語子夏曰蟬飲露而不食蜩徒凋切抱音附蒼頡篇曰朴木皮也上林賦曰玄猨素雌搜索往來貌搜所求切索所白切處幽隱而奥庰兮密漠泊以獭猭廣雅曰奥藏也說文曰屛蔽也庰與屛同嗼與怕同竹窑貌獭猭相連延貌字書獭猭獸逃走也漠與嗼同浦百切泊與怕同亡百切獭敕陳切猭敕負切惟詳察其素體兮宜清靜而弗諠方言曰素本也言審視竹之本體清而不讙譁也幸得謚爲洞簫兮蒙聖主之渥恩謚號也實二切言得謚爲簫而恒施用之豈非蒙聖王之厚恩也可謂惠而不費兮因天性之自然論語子曰因人所利而利之斯不亦惠而不費乎家語孔子曰器用陶匏以象天地之性也萬物無可以稱之者故其自然之體於是般匠施巧夔妃准法墨子曰公輸爲雲梯鄭玄曰般伎巧者莊子曰匠石之齊見櫟社樹匠伯不顧司馬彪曰匠石字伯尚書帝曰夔命汝典樂教胄子妃未詳也一云夔列子曰孔子就師襄學琴帶以象牙掍其會合帶猶飾也方言曰掍同也言以象牙飾其會合之際言巧密也掍胡本切鎪鏤離灑絳脣錯雜爾雅曰鎪鏤也離灑鎪鏤之貌絳脣謂簫孔以

當為愍之誤

朱飾之灑所宜切 鄰菌繚糾，羅鱗捷獵。言簫之形也。鄰菌繚糾，相著貌。如羅魚鱗布列也。捷獵，參差也。膠緻理比，挹抐擸擸。膠緻理比，言細密也。挹抐擸擸，言中制也。北扶至切。挹，於泣切。抐，女立切。擸，於頰切。擸，奴協切。於是乃使夫性昧之宕冥，生不覩天地之體勢，闇於白黑之貌形。性昧宕冥，謂天性闇昧，過於幽冥也。說文曰：宕，過也。生，初生也。淮南子曰：夫盲者不能別晝夜，分白黑矣。憤伊鬱而酷⿰酉忍，愍眸子之喪精。鄭玄禮記注曰：憤，怒氣充實也。伊鬱，不通。酷，猶甚也。蒼頡篇曰：⿰酉忍，憂貌。奴谷切。廣雅曰：眼珠子謂之眸。趙岐孟子注曰：眸子，目瞳子也。寡所舒其思慮兮，專發憤乎音聲。言冥生之人，而絕所見，思慮無所，故得專意發憤在於音聲。論語子曰：發憤忘食。故吻吮值夫宮商兮，龢紛離其匹溢。言口吻所吮，皆遇宮商，紛離匹溢，聲四散也。字林曰：吻，口邊也。說文曰：吮，嗽也。似兖切。形旖旎以順吹兮，瞋⿰口函⿰口胡以紆鬱。言簫聲既發，形旖旎以隨之。漢書音義張揖曰：旖旎，猶阿那也。司馬相如賦曰：又猗狔以招搖。說文曰：顄，頤也。釋名曰：⿰口胡咽下垂也。言氣之盛，而⿰口函⿰口胡類瞋也。楚辭曰：鬱結紆軫。王逸曰：紆，曲也。⿰口函與顄，劉並音含。⿰口胡音胡。氣旁迕

誤當作吸

鍖銋猶沾濡呫囁也

以飛射兮馳散渙以遝律旁迕言氣競旁出遞相逆迕也飛射氣出迅疾也散渙分布也遝律出遲貌遝張律切趣從容其勿述兮騖合遝以詭譎勿述無所逆誤之貌合遝盛多貌封禪書曰奇物譎詭詭譎猶奇怪也或渾沌而潺湲兮獵若枚折聲或渾沌不分潺湲或復其聲模無似枚之折也雜字曰潺湲水流貌獵聲也詩曰伐其條枚毛萇詩傳曰枚幹也廣雅曰獵折也或漫衍而駱驛兮沛焉競溢漫衍流溢貌駱驛相連延貌沛多貌惏慄密率掩以絶滅惏慄寒貌恐懼也風賦曰憯悽惏慄密率安靜也掩止息貌霅吸霵曄踕跳然復出霅霵曄踕衆聲疾貌說文曰跳躍也霅胡急切霵或爲驟同助急切跳徒彫切若乃徐聽其曲度兮廉察其賦歌廉亦察也啾吣嘲而將吟兮行鍖銋以龢囉啾衆聲也吣嘲聲出貌行猶且也胡庚切鍖銋聲不進貌龢囉聲迭蕩相雜貌吣音筆嘲音櫛鍖湯錦切銋奴錦切風㶉洞而不絶兮優嬈嬈以婆娑㶉洞相連貌嬈嬈柔弱也婆娑分散貌廣雅曰嬈奇也翩緜連以牢落兮漂乍棄而爲他說文曰漂浮也芳妙切他謂奇聲也言聲漂結

而去棄其舊調而更爲奇聲要復遮其蹊徑兮，與謳謠乎相龢。謳謠已發簫聲於其蹊徑要復而遮之與之相和也龢古和字故聽其巨音則周流氾濫并包吐含若慈父之畜子也韓詩曰夫爲人父者必懷慈仁之愛以畜養其子也含下闇切其妙聲則清靜厭瘱妙聲聲之微妙也厭安靜貌魯大家列女傳注曰瘱深邃也音翳字林曰順敘卑迖若孝子之事父也迖滑也迖佗戾切科條譬類誠應義理澎濞慷慨一何壯士言聲之慷慨如壯立澎濞渡浪相激之聲說文曰慷慨壯士不得志於心也優柔溫潤又似君子大戴禮曰優之柔之禮記曰溫潤而澤故其武聲則若雷霆輘輷佚豫以沸㥜輘輷大聲也埤蒼曰怫㥜不安貌輘力萌切輷呼萌切沸或爲濆扶味切㥜音謂其仁聲則若颽風紛披容與而施惠呂氏春秋曰南方曰颽風颽風長物故曰施惠容與寬裕之貌或雜遝以聚斂兮或拔掇以奮棄雜遝衆多貌拔掇分散也何休公羊傳注曰側手擊曰掇拔扶割切掇蘇割切悲愴怳以惻惐兮時恬淡以綏肆楚辭曰愴怳懭悢兮惻悽傷痛也廣雅曰恬靜也說文曰淡安也綏遲也王肅尚書注曰肆緩也被淋灑其靡靡兮時橫潰以陽遂孔安國尚書傳曰被及也淋灑不絕貌靡靡聲之細好也橫潰旁決貌陽遂清通貌言其聲或盛壯而細密時復橫潰而清通也橫音于孟切鄭玄周禮注曰陽清也又禮記注曰遂達也哀悁悁之可懷兮良醰醰而有味毛詩曰中心悁悁說文曰憂煩悁邑憂貌字林曰悁含怒也於玄切又曰醰甜同長味也大含切故貪饕者聽之而廉隅兮狼戾者聞之而不懟尚書曰叨懫曰欽孔安國曰貪饕急懫禮記曰儒者有砥厲廉隅戰國策曰張儀去趙王狼戾無親爾雅曰懟怨也剛毅彊虣反仁恩兮嘽唌逸豫戒其失字書曰虣古文暴字也嘽唌逸豫舒緩自放縱之貌嘽吐誕切唌音誕鍾期牙曠悵然而愕兮杞梁之妻不能爲其氣呂氏春秋曰伯牙鼓琴志在太山鍾子期曰善哉巍巍乎若太山須臾志在流水子期曰善哉洋洋若流水子期死伯牙破琴絕絃終身不復鼓琴以爲世無人爲鼓琴者按列女傳齊杞殖妻也齊莊公襲莒殖戰死杞梁之妻無子內外無五屬之親既非所歸乃就其夫之屍於其城下而哭之內誠動人道路迎者莫不爲之揮涕十日而城爲之崩杞梁字殖名也鄭玄注禮魯襄公

二十九年齊侯襲莒是也列子曰伯牙善鼓琴鍾子期善聽左氏傳曰師曠侍於晉侯杜預曰師曠晉樂太師子野書曰愕驚也琴操曰杞梁妻嘆者齊邑芑梁殖之妻所作也殖死妻嘆曰上則無父中則無夫下則無子將何以立吾亦死而已援琴而鼓之曲終遂自投水而死芑與杞同也

師襄嚴春不敢竄其巧兮浸淫叔子遠其類家語曰孔子學鼓琴於師襄七略有莊春言琴。宋玉笛賦曰於是天旋少陰白日酒歷命嚴春使叔子浸淫猶漸冉相親附之意也毛萇詩傳曰昔顏叔子獨處于室鄰之嫠婦又獨處室夜暴風雨至屋壞婦人趨而至叔子納之而使執燭放於乎旦蒸盡縮屋而繼之自為避嫌不審矣趙岐孟子章句曰故至也方往切

嚚頑朱均惕復惠兮桀跖鬻博儡以頓顇左氏傳富辰曰心不則德義之經為頑口不道忠信之言為嚚史記曰堯子丹朱不肖舜子商均亦不肖復惠復黠慧也桀夏桀也跖盜跖也莊子曰施及三王天下大駭矣下言桀跖上有曾史鬻夏育也古字同博申博也未詳其始陸機夏育贊曰夏育之猛千載所希申博角勇臨頷奮椎儡羸族貌顇即愁顇也

而入道德兮故永御而可貴楚辭曰吹參差兮誰思王逸曰參差洞簫時奏狡弄則彷徨翱翔埤蒼曰彷徨猶仿佯也或留而不行或行而不留言逝止無常狡急也弄小曲也

十四

莫恡瀾漫亡耦失疇埤蒼曰嘆蔘寂靜也嘆蔘與嘆恡音義同嘆麤田老切恡悶草切瀾漫分散也上林賦曰瀾漫遠剌老遷薄索合沓罔象相求薄迫也索求也合沓重沓也罔象虛無罔象然也莊子曰黃帝遊赤水之武遺其玄時罔象求之而得故知音者樂而悲之不知音者怪而偉之故聞其悲聲則莫不愴然累欷擊涕抆淚說文曰擊城也匹結切廣雅曰歔欷悲也抆亦拭也亡粉切其奏歡娛則莫不憚漫衍凱阿那腲腇者已憚漫衍凱歡樂貌阿那腲腇舒遲貌埤蒼曰腲腇肥貌腲一罪切腇乃罪切是以蟋蟀蚸蠖蚑行喘息言所感深爾雅曰蟋蟀蛬也郭璞曰促織也爾雅曰蠖蚇蠖也郭璞曰今蝍蝛也周書曰蚑行喘息說文曰蚑徐行凡生類之行皆曰蚑蚑音奇說文曰喘疾息也螻蟻蝘蜓蠅蠅翊翊方言曰南楚謂螻蛄爲括螻力侯切爾雅曰蚍蜉大螘螘與蟻同爾雅曰蜥蜴蝘蜓蝘於典切蜓徒典切蠅蠅翊翊遊行貌遷延徙迤魚瞰雞睨皆蟲之形也遷延徙迤卻退貌魚目不瞑雞好邪視故取喻焉瞰視也睨邪視也垂喙蜿轉瞪瞢忘食韓詩外傳曰雞肩有聲倮介之蟲無不延頸以聽說文曰喙口也許穢切或爲咮鳥

原賦作爛

疑每此十二字是也　○失韻

口也都遘切蛋轉動貌埤蒼曰瞪直視也直耕切瞢視不審諦也莫耕切況感陰陽之龢而化風俗之倫哉家語曰人也者天地之德陰陽之交亂曰狀若捷武超騰踰曳迅漂巧兮狀聲之狀也捷武言捷巧曳亦踰也或爲跇鄭德曰跇度也弋制切漂疾也妨妙切又似流波泡溲泛㵾趨巇道兮泡溲盛多貌泛㵾微小貌又云波急之聲方言曰泡盛也薄交切溲所求切泛房法切埤蒼曰㵾裁有水也所鑞切巇道嶮巇之道哮呷呟喚躋躓連絕淈殄沌兮言其聲之大哮呷呟喚或躋或躓時連時絕淈然相亂殄沌不分也埤蒼曰哮赫大怒也呼交切杜預左氏傳注曰躋升也將雞切漢書音義韋昭曰躓頓也竹利切淈胡忽切沌徒損切攪搜㶅捎逍遙踊躍若壞穨兮攪搜㶅捎水聲也壞穨言如物崩壞穨毀也攪胡卯切搜所卯切㶅胡角切捎所學切優游流離躊躇稽詣亦足耽兮韓詩曰搔首躊躇稽詣言留稽如有所詣也蒼頡篇曰詣至也穨唐遂往長辭遠逝漂不還兮穨唐隤墜貌本或無此十二字頼蒙聖化從容中道樂不淫兮中於道德雖樂不荒左氏傳曰吳公子札來聘爲之歌頌曰遷而不淫樂而不荒條暢洞達

四字疑羨文

吳韵
連延句上或脫一句

中節操兮言聲有條貫通暢洞達而中於節操終詩卒曲尚餘音兮言簫中次詩而曲將盡尚有餘音也吟氣遺響聯緜漂撇生微風兮漂撆餘響音少騰相擊之貌漂匹遥切撆匹曳切連延駱驛變無窮兮

舞賦一首并序按周禮舞師樂師掌教舞有兵舞有干舞有羽舞有旄舞呂氏春秋曰堯時陰氣滯伏陽氣閉塞使人舞蹈以達氣舞者音聲之容也

傅武仲范曄後漢書曰傅毅字武仲扶風茂陵人也少博學建初中肅宗博召文學之士以毅爲蘭臺令史少逸氣亦與班固爲竇憲府司馬早卒

楚襄王既遊雲夢使宋玉賦高唐之事高唐賦序曰楚襄王與宋玉遊於雲夢之臺望高唐之觀王曰試爲寡人賦之將置酒宴飲謂宋玉曰雲夢藪名在南郡華容縣高唐觀名此並假設爲辭寡人欲觴羣臣何以娛之左氏傳曰爵盈觴曲沃人杜預曰飲酒於曲沃王曰臣

原序作永

原賦作鄅

聞歌以詠言舞以盡意尚書曰歌詠言孔安國曰歌詠其義以長
其言毛萇詩序曰言之不足故嗟嘆之嗟
嘆之不足故詠歌之詠歌之不足不知手之舞之
足之蹈之說苑曰聲樂易良而合於歌情盡舞意是以論其詩不如
聽其聲謂言之不足故詠歌之聽其聲不如察其形謂詠歌之不足故手舞
足蹈也言不如視其舞
形鄭玄注樂記曰宮商角徵羽雜比曰聲聲單曰音激楚結風陽阿之舞張晏曰激楚歌曲也
列女傳曰聽激楚之
遺風結風亦曲名上林賦曰鄢郢繽紛激楚結風文穎曰激衝激急風也
結風迴風亦急風也楚地風既自漂疾然歌樂者猶復依激結之急風爲
節楚辭曰宮庭震驚發激楚兮淮南子曰夫足蹀陽阿之舞又曰歌采菱
發陽阿鄭人聽之曰不若延露以和非歌者拙也聽者異也高誘曰陽阿
古之名
倡也材人之窮觀天下之至妙噫可以進乎孔安國尚書傳曰
噫恨辭也鄭玄注
禮記曰噫
弗寤之聲王曰如其鄭何樂記曰鄭衛之音云國之音也恐其同於
鄭舞當如之何楚辭曰二八齊容起鄭舞
王逸曰鄭
國舞也王曰小大殊用鄭雅異宜韓詩曰舞則篹兮薛吾
曰言其舞應雅樂也弛張
之度聖哲所施禮記孔子曰一張
一弛文武之道是以樂記干戚之容雅美

蹲蹲之舞禮記曰干戚羽旄謂之樂鄭玄曰干楯也戚斧也武舞所執也毛詩小雅曰坎坎鼓我蹲蹲舞我一本或云旄之舞禮設三爵之制頌有醉歸之歌禮記曰君子飲酒也禮三爵而油油以退鄭玄曰油油悅敬貌毛詩魯頌曰振振鷺鷺于飛鼓咽咽醉言歸于胥樂兮夫咸池六英所以陳清廟協神人也禮記曰六英宋均曰能爲樂動聲儀曰黃帝樂曰咸池顓頊樂曰五莖帝嚳樂曰六英天地四時六合之英華也毛詩曰清廟祀文王也尚書曰八音克諧神人以和鄭衛之樂所以娛密坐接歡欣也禮記曰鄭衛之音亂世之音餘日怡蕩非以風民也其何害哉餘曰聽覽之餘日也怡蕩怡悅放蕩也爾雅曰怡樂也毛詩序曰風教也王曰試爲寡人賦之玉曰唯唯夫何皎皎之閑夜兮明月爛以施光古詩曰明月何皦皦楚辭曰夜皎皎兮既明朱火曄其延起兮燿華屋而熺洞房無名氏古詩曰朱火然其中青煙颺其間廣雅曰熺熾也虛疑切楚辭曰姱容脩態絙洞房黼帳祛而結組兮鋪首炳以焜煌司馬相如美人賦曰黼帳周垂祛猶舉也長門賦曰張羅綺之幔帳兮垂楚組之連綱漢書曰鋪首鳴謊

文曰鋪著門梅首陳茵席而設坐兮溢金罍而列玉觴毛詩曰文茵暢轂鄭玄注曰茵蓐也詩曰我姑酌彼金罍鄭玄曰君黃金罍玉觴玉爵也周禮曰朝覲有王几玉爵騰觚爵之斟酌兮漫既醉其樂康儀禮曰騰觚于賓又曰小臣請媵爵鄭玄曰今文媵皆作騰禮記禮器篇注曰凡觴一升曰爵二升曰觚毛詩曰既醉以酒楚辭曰君欣欣兮樂康毛萇詩傳曰康樂也嚴顔和而怡懌兮幽情形而外揚爾雅曰懌樂也文人不能懷其藻兮武毅不能隱其剛言皆欲騁其材能效其技也左氏傳曰致果爲毅簡惰跳踃般紛挐兮淵塞沈蕩改恒常兮言失度也簡惰踈簡怠惰也埤蒼曰踃跳也先聊切紛挐相著牽引也毛詩曰其心塞淵毛萇曰塞實也淵深也於是鄭女出進二八徐侍楚辭曰二八齊容起鄭舞淮南子曰鼓舞或作鄭舞高誘注曰鄭褎也楚王之幸姬善歌儛名曰鄭舞楚辭曰二八迭奏女樂羅些姣服極麗姁媮致態姁媮和悅貌態謂姿態也姁況于切媮以朱切貌嫽妙以妖蠱兮紅顔曄其揚華毛萇詩傳曰嫽好貌理紹切妖蠱淑豔也揚華揚其光華眉連娟以

原賦作帷

原注作蠻纖

注引説文以此文列於楊

揚

上文無張絃事此云弛緊急之絃張而不弛文武不能之意

細體疑文之繁縟也注傑

增繞兮目流睇而橫波連娟細貌繞謂曲也言眉細而益曲也上林賦曰長眉連娟橫波言目邪視如水之橫流也神女賦曰望余帷而延視兮若流波之將瀾珠翠的皪而炤燿兮華袿飛髾而雜纖羅珠翠朱及翡翠也説文曰的皪珠光也劉熙釋名曰婦人上服謂之袿上襜賦曰飛纖垂髾司馬彪曰髾燕尾也衣上假飾子虛賦曰雜纖羅垂霧縠司馬彪曰纖細也顧形影自整裝順微風揮若芳裝服也揮動也若杜也美人佩以為芳香也七發曰揄流波雜杜若動朱脣紆清陽動朱脣將歌也神女賦曰朱脣的其若丹毛詩曰有美一人清陽婉兮毛萇曰清陽眉目之閒亢音高歌為樂方杜預左氏傳注曰方法也歌曰攄予意以弘觀兮繹精靈之所束攄散也弘大也言精靈有所窘束今將舒繹之也方言曰繹理也弛緊急之絃張兮慢末事之骩曲言將觀舞故緊急之絃先已張者今廢弛之末事之骩曲者今輕慢之周禮曰弛懸也鄭玄曰弛釋下也説文曰緊纏絲急也蒼頡篇曰骩曲也於詭切言鄭衛之末事而委曲順君之好無益故廢而慢之舒恢炱之廣度兮闊細體之苛縹恢炱廣大之貌苛縹煩數之貌言度之恢炱者更令舒緩體之煩數者使之踈

閭楚辭曰收恢台之孟夏兮臭與台古字通賈逵國語注曰苛煩也賈多切鄭玄喪服注曰縟數也言舒廣大之度則細體之事不利於德者踈而闊之**嘉關雎之不淫兮哀蟋蟀之局促**毛詩序曰關雎樂得淑女以配君子憂在進賢不淫其色毛詩曰蟋蟀刺晉僖公也儉不中禮蟋蟀在堂歲聿云暮今我不樂日月其除古詩曰蟋蟀傷局促小見之貌**啓泰眞之否隮兮超遺物而度俗**太眞太極眞氣也否隔不通也言所否閉隔絶使通之呂氏春秋曰陶唐氏之時陰多滯伏湯道壅塞乃作舞宣導之莊子孔子謂老聃曰先生似遺物離人**揚激徵騁清角**激徵清角皆雅曲名琴操曰伯牙鼓琴作激徵之音韓子師曠曰清徵之聲不如清角**贊舞操奏均曲**舞操而奏操也琴道曰琴有伯夷之操樂汁圖徵曰聖人立五均均者亦律調五聲之均也宋均曰長八尺施絃**形態和神意協從容得志不劫**雍容閑雅得其大體不相迫劫也協和也鄭玄禮記注曰劫脅也**於是躡節鼓陳舒意自廣**言舞人躡鼓以爲節此鼓既陳故志意舒廣**遊心無垠遠思長想**莊子曰乘物以遊心晉灼曰垠崖也**其始興也若俯若仰若來若往雍容惆悵不可爲象**象形象也謂停節之間形態頓乏如惆悵失志也變態不

此翺之變形字

原賦作嬛

極不可盡述其形象也其少進也若翱若行若竦若傾兀動赴度。指顧應聲。兀然而動赴其節度手拍目顧皆應聲曲羅衣從風長袖交橫王孫子曰衛靈公侍御數百隨珠照日羅衣從風韓子曰長袖善舞駱驛飛散颯擖合并駱驛不絶貌颯擖屈折貌與曲度相合并也鶣䴏燕居拉揩鵠驚鶣䴏輕貌拉揩飛貌鶣音篇拉音臘綽約閑靡。機迅體輕。綽約美貌閑美閑緩而柔美赴曲機疾體自輕少上林賦曰便姍綽約莊子曰綽約若處子埤蒼曰嫺雅也機迅體輕言舞之回折如弩機之發迅姿絶倫之妙態懷慤素之絜清神女賦曰懷貞亮之絜清說文曰慤貞也薛君韓詩章句曰素質也脩儀操以顯志兮獨馳思乎杳冥脩治儀容志操以自顯心志杳冥謂遠而出冥也對問曰翺翔乎杳冥之上在山峨峨在水湯湯。與志遷化容不虛生。列子曰伯牙鼓琴志在登高山鍾子期曰善哉峨峨乎若太山志在流水鍾子期曰善哉湯湯然若江河伯牙所念鍾子期必得之言舞人與志遷化亦如此者容不虛生必有所象也湯音洋日明詩表指喟息激昂歌中有詩舞人表而明之指而合節表明也韓詩外傳曰魯哀公喟然太息說文曰喟大息也喟與喟同漢書王章妻謂章曰今在困厄不自激卬如淯曰激厲抗揚之意也卬我郎切氣若浮雲志若秋霜言旣高且絜也觀者增歎諸工莫當工樂師也於是合場遞進按次而俟遞迭也俟待也言待次第而出也埒材角妙夸容乃理晉灼漢書注曰埒等言鬬巧妙也夸猶美也理謂裝飾也軼態橫出瑰姿譎起眄般鼓則騰清眸吐哇咬則發皓齒瑰美也譎異也般鼓之舞載籍無文以諸賦言之似舞人更遞蹈之而爲舞節古新成安樂宮辭曰般鼓鍾聲盡爲鏗鏘張衡七盤舞賦曰歷七盤而屣躡又曰般鼓煥以駢羅王粲七釋曰七盤陳於廣庭疇人儼其齊俟揄皓袖以振策竦并足而軒跱邪睨鼓下伉音赴節安翹足以徐擊馺頓身而傾折卞蘭許昌宮賦曰振華足以却蹈若將絶而復連鼓震動而不亂足相續而不并婉轉鼓側蜲蛇丹庭與七盤其遞奏觀輕捷之翾翾義並同也說文曰哇謳聲也於佳切咬淫聲也烏交切楚辭曰美人皓齒嫮以姱兮摛齊行列經營切儗指摛行列使之齊整經營往來之貌摛他歷切相摩切也鄭玄禮記注曰儗猶比也魚里切扱引也言舞人舉引皆有所比擬也廣雅曰扱引也彷彿神動迴翔竦峙子虛賦曰若神仙之彷彿說文曰彷彿見不審也擊不致筴蹈不頓趾

原賦作秉雲
六臣作瞜眂音黎收
字同曹憲音又殊是
知舊音所合多矣

蹈鼓而足趾不頓言輕且疾也翼爾悠往闇復輟已言翼然而往闇而復止闇猶奄也古人呼闇殆與奄同方言曰奄遽也及至迴身還入迫於急節已輟止復迴身旋入舞揚過迫於曲之急節也浮騰累跪跗蹋摩跌言舞者之容也浮騰跳躍也累跪進跪貌跗蹋摩跌或及足跗以象蹈或以足摩地而揚跌也鄭玄禮記注曰跗足趾也方于切字書曰跌失蹠也徒結切紆形赴遠漼似摧折言要之曲折漼然以摧折紆曲其形以蹻其身也漼折貌七罪切纖縠蛾飛紛焱若絕纖縠細縠也蛾飛如蛾之飛也紛焱飛揚貌上林賦曰垂霧縠大戴禮曰食桑者有絲而蛾郭璞爾雅注曰蠶蛾也超逾鳥集縱弛殟歿殟歿舒緩貌言舞勢超逾如鳥疾速飛集也縱弛之際又且舒緩弛捨也字林曰鳥逾跳也殟烏骨切歿音沒蜲蛇姌嫋雲轉飄曶說文曰委蛇邪行去也姌嫋長貌蜲與逶同於危切蛇音移姌如剡切嫋音弱如雲轉之疾也飄曶如風之疾也毛萇詩傳曰迴風爲飄曶與忽同呼沒切體如遊龍袖如素蜺遊龍素蜺喻美麗也宋玉神女賦曰婉若遊龍從風翱翔司馬相如大人賦曰垂絳幡之素蜺黎收而拜曲度究畢言舞將罷徐收斂容態而拜曲度於是究畢蒼頡篇曰邌徐也邌與黎同力奚切曹憲曰瞜眂而拜

原賦作因遷延而辭避

上音戾下居蚓反今撿玉篇目部無此二字遷延。微笑。退復。次列。舞畢退次行列也好色賦曰遷延引身觀者。稱麗。莫不怡悅。於是歡洽宴夜命遣諸客言懽情已洽而宴迫於夜故命遣諸客也擾攘就駕僕夫正策埤蒼擾躟疾行貌史記曰天下擾躟僕夫執駕者策轡也大戴禮曰驪駒在門僕夫具存車騎並狎巃嵸逼迫狎謂多而相排也巃嵸聚貌巃力董切嵸音揔良駿逸足蹌捍凌越駿馬也逸疾也爾雅曰蹌動也蹌捍馬走疾之貌言馬駿逸奔突而走相凌越也龍驤橫舉揚鑣飛沫鄒陽上書曰蛟龍驤首鑣馬勒旁鐵也馬舉首而橫走動鑣則飛馬口之沫也馬材不同各相傾奪傾奪謂馳競也或有踰埃赴轍霆駭電滅列子伯樂曰天下之馬絶塵弭轍言馬踰越於塵埃之前以赴車轍如雷霆之聲忽驚忽滅也蹠地遠羣闇跳獨絶許慎淮南子注曰蹠踏也遠出於羣言疾速之甚也鄭玄尚書五行傳曰闇跳行疾貌闇跳獨絶言行急無比也或有宛足鬱怒般桓不發言馬按足緩步鬱怒飛遲留不發也周易曰初九盤桓利居貞後往先至遂爲逐末言逸材之馬雖後往而能先至遂爲

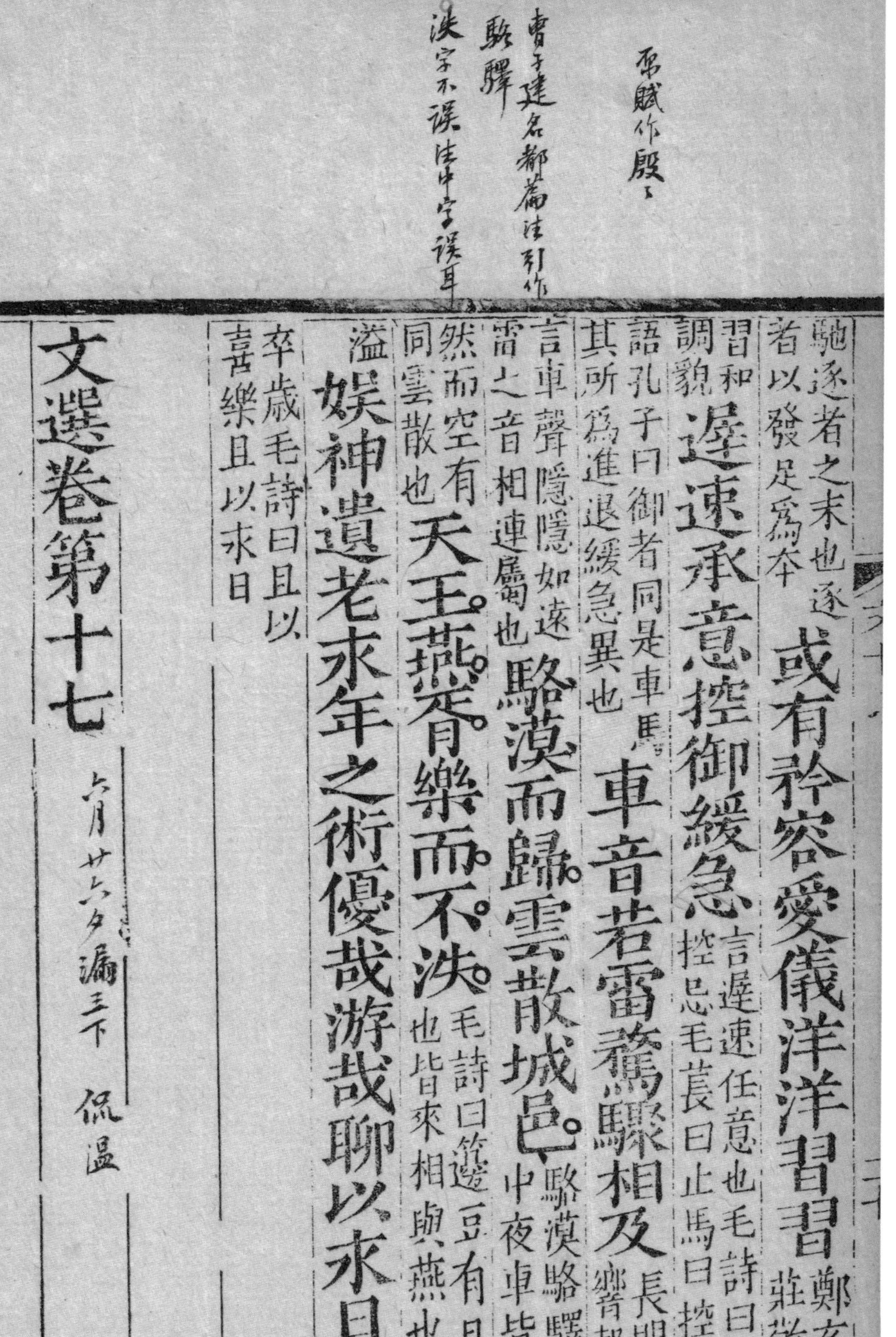

西賦作殷

曹子建名都篇注引作駱驛

泆字不誤注中字誤耳

馳逐者之末也逐者以發足爲本 或有矜容愛儀洋洋習習 鄭玄毛詩注曰洋洋莊敬貌又詩箋云習習和調貌 遲速承意控御緩急 言遲速任意也毛詩曰又良御忌抑磬控忌毛萇曰止馬曰控忌辭也音異家語孔子曰御者同是車馬其所爲進退緩急異也 車音若雷騖驟相及 長門賦曰雷隱隱而響起聲象君之車音言車聲隱隱如遠雷之音相連屬也 駱漠而歸雲散城邑 駱漠駱驛紛漠奔馳之貌中夜車皆歸城邑之中寂然而空有同雲散也 天王燕胥樂而不泆 毛詩曰籩豆有且侯氏燕胥胥皆也皆來相與燕也孝經曰滿而不溢 娛神遺老永年之術優哉游哉聊以永日 家語孔子歌曰優哉游哉聊以卒歲毛詩曰且以喜樂且以永日

文選卷第十七

六月廿六夕漏三下 侃溫

此笛非今之製亦七孔也
頭曰長笛制於笛也

文選卷第十八

梁昭明太子撰

文林郎守太子右內率府録事參軍事崇賢館直學士臣李善注上

音樂下

馬季長長笛賦一首　嵇叔夜琴賦一首

潘安仁笙賦一首　成公子安嘯賦一首

○長笛賦并序

周禮笙師掌教吹笛說文曰笛七孔長一尺四寸今人長笛是也風俗通曰笛滌也蕩滌邪志納之雅正

馬季長 范曄後漢書曰馬融字季長扶風茂陵人也將作大匠嚴之子爲人美容貌有俊才好吹笛爲校書郎順帝時遷南郡太守免與馬皇后親坐高堂施絳帳前授生徒後列女樂鄭玄盧植皆其弟子後拜議郎卒

融既博覽典雅精核數術仲長子昌言曰精核是非議之嘉也説文曰覈考實事也核與覈古字通漢書曰術數者皆羲和卜史之職韋昭曰歷數占術也又性好音能鼓琴吹笛而為督郵無留事韋昭釋名曰督郵主諸縣罰負殿糾攝之也辨位曰言督郵書掾者郵過也此官不自造書主督上官所下所過之書也史記齊威王語即墨大夫曰自子之居即墨無留事獨臥郿平陽鄔中有雒客舍逆旅漢書右扶風有郿縣平陽鄔聚邑之名也鄔烏古切毛詩曰王餞于郿毛萇曰地名説文曰鄔小障也一曰庳城在阜部服虔通俗文曰營居曰鄔左氏傳荀息曰今虢為不道保於逆旅吹笛為氣出精列相和歌録曰古相和歌十八曲氣出一精列二魏武帝集有氣出精列二古曲融去京師京師謂洛陽也踰年暫聞甚悲而樂之追慕王子淵枚乘劉伯康傅武仲等簫琴笙頌唯笛獨無王子淵作洞簫賦枚乘未詳所作以序言之當為笙賦文章志曰劉玄字伯康明帝時官至中大夫作簧賦傅毅字武仲作琴賦故聊復備數作長笛賦其辭曰

賦

並知因笛客為雒人樂其音也

說文顡頭顡顡大也

五臣作揣舊音團

惟鐘籠之奇生兮于終南之陰崖〔字林曰惟有也戴凱之竹譜曰鐘籠竹名毛詩曰終南何有毛萇曰周之山名尚書大傳曰觀乎南山之陰謂山北〕託九成之孤岑兮臨萬仞之石磎〔山海經曰桓山四成郭璞曰成亦重也言九者數之多也爾雅曰山小高曰岑孔安國曰八尺曰仞包氏曰七尺曰仞爾雅曰山瀆無所通谿尸子曰焦原者臨萬仞之谿〕特箭稾而莖立兮獨聆風於極危〔箭稾二竹名也言似二竹或生而莖立或生於極危爾雅曰東南之美者會稽之竹箭焉郭璞方言注曰箭者竹名也鄭玄周禮注曰箭幹謂之稾尚書曰惟箘簵楛鄭玄曰箘簵蒼頡篇曰聆聽也音零〕秋潦漱其下趾兮冬雪揣封乎其枝〔說文曰潦雨水也鄭玄周禮注曰漱齧也爾雅曰趾足也鄭玄毛詩箋曰團聚貌揣與團古字通徒欒切漢書音義孟康曰揣持也〕巔根跱之槷刖兮感迴飈而將頹〔巔根根生於巔也作顛根將顛隊墜也槷刖危貌感觸也爾雅曰飈颻謂之猋猋與飈同頹落也槷吾結切刖五刮切〕夫其面旁則重巘增右簡積頵砡〔面前也爾雅曰重巘隒郭璞曰謂山形如累巘巘曰甗山狀似之因以名也又曰簡大也說文曰頵頭頵落也丑殞切字林曰砡齊頭也牛六切〕

㟮 唐韻語其切

馬 韓作魚

兀嵲㟮嶷，傾昊倚伏。兀嵲㟮嶷峻之貌嵲力于切㟮助緇切嶷魚飢坊廖窌巧老港

洞坑谷廖窌巧老深空之貌港洞相通也廖苦交切窌郎交切巧老依字港胡貢切嶰壑澮嵷嵌窞

巖𥨊爾雅曰小山別大山曰嶰又兩山夾澗也澮嵷嶰壑深平之貌鄭玄曰澮所以通水於川也嵷音兌嵌即坎也周易曰入於坎窞凶

王弼曰最處嵌底也說文曰窞坎中小坎也徒感切巖深巖也說文曰巖岸也巖𥨊不平也廣雅曰𥨊窫也字從穴從復扶福切運衰

窂窔，岡連嶺屬。運衰迴旋相纏也窂窔卑曲不平也屬連也窂於孤切窔音按林𥳽蔓荊森

槮柞過樸說文曰篠小竹也𥳽與篠通本草經曰蔓荊實味苦森槮木長貌鄭玄毛詩箋曰柞櫟也子落切樸包木也補木切於

是山水猥至，渟涔障潰。廣雅曰猥衆也埤蒼曰渟水止也薛君韓詩章句曰涔漁池也音岑賈逵國語

注曰障防也字林曰潰旁決也頤淡滂流，碓投瀺穴。頤淡水搖蕩貌頤胡感切淡徒敢切碓投似碓之所投也

說文曰碓舂也都隊切瀺水注聲也字林曰流水行也瀺穴瀺注隙穴也士咸切爭湍苹縈，汩活澎濞。許慎

淮南子注曰湍水疾也苹縈迴旋之貌汩活疾貌字林曰澎濞水暴至聲也苹芳耕切汩古沒切活古活切波瀾鱗淪，窊

隆詭戾爾雅曰大波爲瀾郭璞曰言蘊淪也鱗淪相次貌說文曰宖邪下也宖隆高下貌詭戾乖違貌宖烏瓜切瀥瀑

噴沫犇遯碭突瀥瀑沸湧貌噴沫跳沫也碭徒郎切摇演其山動杌其根者

歲五六而至焉說文曰摇動也賈逵國語注曰演引也張揖注漢書上林賦曰杌摇也字林曰至到也是以

閒介無蹊人迹罕到孟子曰山徑之蹊閒介然用之而成路趙岐注曰介然人用之不止則蹊成爲路杜預注左氏傳曰介猶閒也閒介一也蹊徑也言山閒隔絶無有蹊徑也漢書曰舟車所不至人迹所不及猨蜼晝吟鼯鼠

夜叫爾雅曰蜼卬鼻而長尾張揖上林賦注曰蜼似彌猴而大郭璞爾雅注曰鼯鼠一名夷由狀如小狐似蝙蝠肉翅亦謂之飛生聲如人呼寒熊振頷特麚昏髟振動也方言曰頷頤也胡感切爾雅曰鹿牡麚牝麀也昏視髟長髦也言或顧視或振髦昏昌夷切髟方妙切山雞晨羣壄雉晁雊毛詩曰雉之朝雊尚求其雌說文曰雄雞之鳴爲雊壄古野字晁古朝字求偶鳴子悲號長嘯由衍識道噍噍讙譟由衍行貌羽獵賦曰噍噍昆鳴噍子由切鄭玄周禮注曰譟讙也經涉其左右哤聒其前後者無晝

此段前世詩賦言音樂者思所未及

夜而息焉左右謂林之左右國語管子曰四民雜處則其言庬哤聒雜聲也說文曰聒讙語也夫固危殆險巇之所迫也險巇猶傾側也衆哀集悲之所積也故其應清風也纖末奮蘱錚鐄譻嚍方言曰捎動也蘱與捎同所交切譻嚍並謂其仿聲也錚鐄聲也錚士庚切說文曰錚金聲鐄與鍠同音宏字林曰譻小聲也呼盲切埤蒼曰嚍大呼也呼交切若絙瑟促柱號鍾高調淮南子曰張瑟者小絃絙大絃緩高氏注曰絙急也楚辭曰絙瑟兮交鼓又曰破伯牙之號鍾王逸曰絙急張絃也博物志曰鑑脅號鍾善琴名於是放臣逐子棄妻離友彭胥伯奇哀姜孝己彭彭咸胥伍子胥也琴操曰尹吉甫周上卿人也有子伯奇伯奇母死更娶後妻生伯邦乃譖伯奇於吉甫曰見妾有美色然有邪心吉甫曰伯奇爲人慈仁豈有此也妻曰試置空房中君登樓而察之後妻知伯奇仁孝乃取毒蜂綴衣領伯奇前持之於是吉甫大怒放伯奇於野宣王出遊吉甫從伯奇乃作歌感之於宣王宣王曰此放子辭吉甫乃求伯奇射殺後妻左傳曰魯哀公夫人姜氏歸於齊將行哭而過市曰天乎仲爲不道殺適立庶市人皆哭魯人謂之哀姜帝王世紀曰高宗有賢子孝己其母早死高宗惑後妻之言放之而死天下哀之口子曰孝己事

原賦作炕

搯注引國語字當如此

親一夜而五起視衣厚薄枕之高下也家語曰曾子遣妻告其子曰高宗以後妻殺孝己尹吉甫以後妻放伯奇吾上不及高宗中不及吉甫庸知得免於非乎攢乎下風收精注耳收精不窺注耳專聽雷歎頹息掐膺擗摽歎聲若雷息聲若頹也楚辭曰吒增歎兮如雷靁與雷古今字也爾雅曰焚輪謂之頹郭璞曰暴風從上下也埤蒼曰掐爪也說文曰膺胷也國語曰無掐膺韋昭曰掐叩也苦洽切魏書程昱傳曰昱於魏武前忿爭聲氣忿忿高邊人掐之乃止毛詩曰寤擗有摽毛萇曰擗摽拊心貌泣血泫淚交橫而下毛詩曰鼠思泣血禮記曰高子皋之執親之喪泣血三年未嘗見齒楚辭曰橫垂涕兮泫流通旦忘寐不能自禦淮南子曰病疵瘕者通旦不寐鄭玄周禮注曰禦禁也於是乃使魯般宋翟構雲梯抗浮柱魯宋二國名也淮南子曰魯般古之巧人注公輸班也爲木鳶而飛論衡曰魯班刻木爲鳶飛三日不下爲母作木車木人爲御機關一發遂去不還人謂班母亡翟墨子之名也墨子曰公輸般爲雲梯垂成大山四起所謂善攻具也必取宋於是墨子見公輸般而止之張湛列子注曰雲梯可以淩虛甘泉賦曰抗浮柱之飛榱按墨子削竹以爲鵲鵲三日不行韓子云爲木鳶三年不飛一日而敗抱朴子曰墨子名翟宋人或云孔子時人或云在後今案其人在七十弟子後也蹉纖根跋篾

原賦作縷

縷言以足蹉蹋纖根又跋蹻細縷也蹉七何切一作搓埤蒼曰搓擨也方言曰篾小也縷言細似縷也上林賦曰布結縷顏監注蔓生着地之處皆生細根如相結故名縷今俗呼鼓箏草而幼童對銜之手鼓中央則聲如箏因以名彼雖草名抑亦義兼似縷也膺陗阤腹陘阻言以膺服於陗阤而腹实於陘阻也淮南子曰岸陗者必阤許慎曰陗峻也七笑切阤落也直紙切字林曰阤小崩也爾雅曰山絕陘郭璞曰連山中斷也陘音刑逮乎其上匍匐伐取挑截本末規摹䕶矩聲類曰挑決也鄭玄毛詩箋曰挑支落之佗堯切說文曰摹規也莫奴切䕶亦矱字王逸楚辭注曰矱度也矩法也䕶於縛切夔襄比律子壄協呂尚書帝曰夔命汝典樂教冑子家語孔子學琴於師襄鄭玄周禮注曰比次也周禮大師掌六律六呂六律陽聲黃鍾太簇姑洗蕤賓夷則無射六呂陰聲大呂應鍾南呂林鍾中呂夾鍾左氏傳曰師曠侍於晉侯杜預曰曠晉樂太師子野也孟子曰師曠之聰不以六律不能正五音十二畢具黃鍾爲主呂氏春秋曰黃帝命伶倫爲律伶倫制十二籥聽鳳鳥之鳴以別十二律以比黃鍾之宮故黃鍾宮律之本也高誘曰六律六呂各有管也故曰十二籥漢書律歷志曰十二陽六爲律陰六爲呂律者黃帝之所作也黃帝使伶倫自大夏之西昆侖之陰取竹解谷生其薄厚均者斷兩節閒吹之以爲黃鍾之律本氣至則應六律六呂者述十二月之音氣也

黃鍾律呂之長故曰爲主撟揉斤械剸掞度擬蒼頡篇曰撟正也鄭玄周禮注曰揉謂以火撟也如酉切說文曰斤斫木又曰械治也字林曰剸裁也大丸切又曰剡銳也周易曰掞木爲矢掞與剡音義同度擬量度比擬也鍃硐隤墜程表朱裏說文曰鍃大鑿中木也然則以木通其中皆曰鍃也蘇董切廣雅曰硐磨也音動說文曰隤墜也徒雷切爾雅曰墜落也說文曰程示也張晏漢書注曰表猶外也定名曰笛以觀賢士以其滌穢故可觀士陳於東階八音俱起儀禮大射禮曰樂人宿縣于階東周禮曰播之以八音孔安國注曰八音金石絲竹匏土革木食舉雍徹勸侑君子食舉謂進食於天子而設樂食竟奏詩之樂以徹食徹去也蔡雍禮樂志曰天子中樂殿中食舉樂也周禮曰及徹而歌徹鄭玄曰歌之者歌雍也周禮曰王以樂侑食鄭玄曰侑助也然後退理乎黃門之高廊漢書音義如淳曰令樂家五日一習爲理樂桓譚新論曰漢之三主內置黃門工倡重丘宋灌名師郭張漢書曰平原郡有重丘縣名師有名師也宋灌郭張皆其姓也工人巧士肄業脩聲工樂人也巧伎巧也賈逵國語注曰肄習也於是遊閒公子暇豫王孫史記曰宛孔氏有游閒公子之名國語優施曰我教暇豫之事君韋

昭曰閒暇也服虔曰諸公閒遊戲若依服解閒當工莧切韋昭曰優游閒暇也按史記貨殖傳有遊閑公子飾冠劍連車騎此則韋說勝閒音閑豫樂也心樂五聲之和耳比八音之調左氏傳曰五聲六律杜預曰五聲宮商角徵羽乃相與集乎其庭詳觀夫曲胥之繁會叢雜何其富也胥亦曲也字或為引蔡雍琴操有思歸引衛女之所作富謂聲之富也紛葩爛漫誠可喜也紛葩盛多貌波散廣衍實可異也毛萇詩傳曰衍溢也掌距劫遌又足怪也言聲之相逆遌也說文曰掌柱也鄭玄禮記注曰劫脅也郭璞穆天子傳注曰遌觸也五故切啾咋嘈啐似華羽兮絞灼激以轉切蒼頡篇曰啾衆聲也鄭玄周禮注曰咋咋然聲大也仕白切埤蒼曰嘈啐聲貌嘈音曹啐才喝切鶡冠子曰南方萬物華羽焉故調以羽絞灼激聲相繞激也切猶磨切也震鬱怫以憑怒兮耾碭駭以奮肆楚辭曰怫鬱兮弗陳王逸曰蘊積也怫扶弗切左氏傳蹶由曰今君震電憑怒杜預曰憑大也埤蒼曰耾聲貌碭突也杜預左氏傳注曰肆放也氣噴勃以布覆兮乍跱蹠以狼戾蒼頡篇曰噴叱也普寸切或作憤防

粉切勃盛貌布覆周布四覆也跱蹠言其聲跱立如有所蹠蹋也狼戾乖背也戰國策張儀曰趙王狼戾無親靁叩鍛之岌峇兮正瀏溧以風冽言音如靁之叩鍛岌峇爲聲也蒼頡篇曰鍛椎也都亂切岌苦協切峇苦合切漢書音義孟康曰瀏清也毛萇詩傳曰溧寒也說文曰冽清也瀏溧清涼貌冽寒貌薄湊會而凌節兮馳趣期而赴蹟凌乘也節曲節也趣向也期會也蹟謂顛仆也爾乃聽聲類形狀似流水又象飛鴻列子曰伯牙鼓琴志在流水鍾子期曰洋洋乎若江河琴道曰伯夷操似鴻鴈之音氾濫溥漠浩浩洋洋氾濫任波搖蕩之貌說文曰氾濫也上林賦曰汎淫氾濫溥漠以翺撫水之貌謂飛鴻之狀也長矕遠引旋復迴皇孟康漢書注曰矕視也莫干切廣雅曰引伸也李尤七疑曰迴皇競集充屈鬱律瞋菌碨抰皆衆聲鬱積競出之貌屈音掘瞋尺鄰切菌去倫切碨於迴切抰烏郎切酆琅磊落駢田磅唐衆聲宏大四布之貌酆普耕切琅力耕切磅唐廣大盤礴也宋玉笛賦曰磅唐千仞取予時適去就有方莊子曰去就取予能知六者塞道者也高誘呂氏春秋注曰適中適也毛萇詩傳曰方則也洪殺衰序希數

必當鄭玄周禮注曰殺減也所屆切左氏傳魏獻子曰遲速衰序杜預曰衰差序次也衰楚危切微風纖妙若
存若亡老子曰若存若亡藎滯抗絕中息更裝方言曰燼餘也藎與燼同在進切喪服子
夏傳曰抗極也許慎淮南子注曰裝束也調更裝而奏之奄忽滅沒瞱然復揚方言曰奄遽也瞱盛貌
或乃聊慮固護專美擅工聊慮固護精心專一之貌說文曰擅專也漂淩絲簧
覆冒鼓鍾漂淩謂漂蕩淩駕也覆冒謂掩覆冠冒也風俗通曰簧笙中簧也大笙謂之簧或乃植持縼
纆佁儗寬容言聲或植立而相牽引持似於縼纆也說文曰縼以長繩繫牛也徐絹切漢書音義張晏曰二股謂之糾三股
謂之纆佁儗寬容之貌佁勑吏切儗五吏切簫管備舉金石並隆毛詩曰既備乃奏簫管備舉漢書曰
石曰磬金曰鍾鄭玄禮記注曰隆盛也無相奪倫以宣八風尚書曰八音克諧無相奪倫呂氏春秋曰舜以
夔為樂正於是正六律和均五聲以通八風杜預左氏傳注曰八風八方之風金乾主磬其風不周石坎主鼓其風廣莫革艮主笙其風明庶匏震
主簫其風條竹巽主柷敔其風清明木離主瑟琴其風景絲坤主鍾其風涼土兌主壎其風閶闔律呂既和哀聲

五降左氏傳醫和對晉平公曰先王之樂中聲以降五降之後不容彈矣杜預曰聲成五降而息也降罷退也曲終闋盡餘絃更興鄭玄禮記注曰闋終也苦穴切繁手累發密櫛疊重左氏傳醫和曰於是有煩手淫聲慆堙心耳乃忘平和君子不聽也手煩不已則雜聲並奏記傳所謂鄭衛之聲謂此也樂記曰鄭衛之音亂世之音也又雜樂慆聲以濫衛而不止鄭音好濫淫志衛音促速煩志言鄭衛速聲煩手雜也密櫛密如櫛也毛詩曰其比如櫛踾踧攢仄蜂聚蟻同。踾踧迫蹙貌攢仄攢聚貌埤蒼曰踾蹋地聲也字林曰踧踖不進踾音福踧子六切衆音猥積以送厥終。然後少息蹔怠雜弄間奏易聽駭耳有所搖演言變易人之視聽也搖動也演引也言有所動引於心安翔駘蕩從容闡緩毛萇詩傳曰闡間也莊子曰惠施之林駘蕩而不得駘蕩安翔貌蒼頡篇曰闡開也漢書曰闡諧慢易之音作惆悵怨懟窳圔窴䆵字林曰懟怨也窳圔聲下貌圔於洽切窴䆵聲緩也窴恥葉切䆵女善切聿皇求索乍近乍遠聿皇疾貌臨危自放若頹復反。蚡緼繙紆緸冤蜿蟺蚡緼繙紆聲相紏紛貌蚡扶云切緼

注待考

於文切經究蜿蟺盤屈搖動貌鄭玄曰蜿委也經音因蜿於阮切蟺音善笢泯笏抑隱行入諸變笢笏桁隱手循孔之貌毛萇詩傳曰行往也鄭玄周禮注曰變猶更也樂成則更奏絞槩汩湟五音代轉絞槩汩湟音相切摩貌言聲相絞槩如水之聲汩湟水流貌絞古巧切槩古愛切汩于筆切湟音黃挼拏捘臧遞相乘邅說文曰挼摧也奴迴切蒼頡篇曰拏捽也引也奴家切廣雅曰捘按之也子潰切臧猶抑也邅邅迴也張連切一云邅當為躔司馬彪莊子注曰躔蹈也女展切反商下徵每各異善反商猶變商也淮南子曰變宮生徵變徵生商變商生羽琴道曰下徵七絃揔會樞極沈約宋書曰下徵調法林鍾為宮南呂為商注云第三孔也本正聲黃鍾之羽今為下徵之商也故聆曲引者觀法於節奏察變於句投以知禮制之不可踰越焉廣雅曰聆聽也引亦曲也蔡邕琴操曰思歸引者衛女之所作也琴引者秦時倡屠門高之所作也禮記曰文采節奏聲之飾也說文曰逗止也投與逗古字通音豆投句之所止也聽簉弄者遙思於古昔虞志於怛惕以知長戚之不能閒居焉簉弄蓋小曲也說文曰簉倅字如此毛萇傳曰怛怛惕惕憂勞也閒音閑故

○方字不誤此句不用韻亦可

理

論。記其義。協比其象。徬徨縱肆曠漾敞罔老莊之槩也老子已見遊天台賦史記曰莊子者蒙人也名周其要本歸於老子之言其言汪洋自恣其適己也曠若廣切敞用大貌槩猶節也温直擾毅孔孟之方也尚書曰皐陶曰擾而毅直而温言正直而有温和也温和正直柔而能毅也史記曰孔子名丘字仲尼姓孔氏魯昌平鄉陬邑人又曰孟軻鄒人也序詩書述仲尼之意激朗清厲隨光之介也激切明朗清而能厲厲列也莊子曰湯將伐桀因卞隨而謀之卞隨曰非吾事也湯又因瞀光而謀之瞀光曰非吾事也湯伐桀克之以讓卞隨卞隨曰再來漫我以其辱行乃自投椆水而死湯又讓瞀光曰無道之世不踐其土況尊我乎乃負石而自沉盧水高士傳曰湯伐桀求道于卞隨隨不應及滅讓於卞隨隨曰君以我為食天下遂投盧水而死湯又讓務光光亦投水而死劉熈孟子注曰介操也牢刺拂戾諸賁之氣也牢刺牢落乖刺也說文曰刺戾也左氏傳曰吴公子光享王鱄諸抽劒刺王說苑曰勇士孟賁水行不避蛟龍陸行不避虎狼節解句斷管商之制也史記曰管仲夷吾者潁上人也任政於齊又曰商君者衛之諸庶孽子也名鞅姓公孫氏好刑名之學秦封之於商號商君條決繽紛理申韓之察也言科條能分決繽紛能整理也史記曰申不害者京人也學本於黃老而主刑名又曰韓非者韓之諸公子也喜刑名法術之學見韓稍弱數以書諫韓王王不能用乃觀王者得失之變作孤憤五蠹說林十萬言秦王見其書曰嗟乎寡人得見與之游死不恨**繁縟駱驛范蔡之說也**辭旨繁縟又相連續也說文曰縟彩飾也范雎蔡澤並辯士也范雎已見西京賦蔡澤見歸田賦**務櫟銚⿰忄畫晳龍之惠也**務櫟銚⿰忄畫皆分別節制之貌務音鶩櫟音歷銚他堯切⿰忄畫胡麥切左氏傳曰鄭駟歂殺鄧晳而用其竹刑杜預曰鄧晳鄭大夫也史記曰公孫龍趙人為堅白同異之辨晉太康地記曰汝南西平縣有淵水可用淬刀劒特利故有堅白之論云黃以為堅白以為利也或辯之曰白所以為不堅黃所以為不利也**上擬法於韶箾南籥**左氏傳昭二十九年吳公子札來聘魯人為奏四代樂見舞韶箾者曰德至哉杜預曰舜樂也音簫又曰見舞象箾南籥者曰美哉杜預曰象箾舞者所執南籥舞也文王樂也南言文王化自北而南謂從岐周被江漢也爾雅釋樂曰大籥謂之産注籥如笛三孔而短小廣雅曰七孔箾音簫**中取度於白雪淥水**宋玉諷賦曰臣援琴而鼓之作幽蘭白雪之曲淮南子曰手會淥水之趣高誘曰淥水古詩**下采制於延露巴人**淮南子曰歌采菱發陽阿鄙人聽之不若延露以和宋玉對問曰客有歌於郢中者其始曰下里巴人**是以尊**

甲都鄙賢愚勇懼毛萇詩傳曰子都世之美好者鄙陋也呂氏春秋曰愚智勇懼可得而知魚鼈禽獸聞之者莫不張耳鹿駭熊經鳥申鴟眎狼顧拊譟踴躍鹽鐵論曰邊境無鹿駭狼顧之憂淮南子曰鴟視而狼顧熊經而鳥申此養形之人也莊子音義曰熊經若熊之攀樹而引氣也各得其齊人盈所欲禮記曰樂者樂也君子樂得其道小人樂得其欲齊分限也在細切皆反中和以美風俗禮記曰喜怒哀樂之未發謂之中發而皆中節謂之和漢書王尊曰廣教化美風俗屈平適樂國介推還受祿言各反其常性也屈平屈原也必適樂國而求仕不沈湘流以殞身也史記屈原者名平楚人同姓爲懷王左司徒爲上官大夫心害其能讒平及懷王卒襄王立又爲令尹子蘭使上官大夫短屈原於襄王王怒而遷之原至江南乃作懷沙賦於是懷石因投汨羅以死也今言屈平聞此笛聲即還之楚國不投汨羅而死下他皆放此毛詩曰適彼樂國左氏傳僖二十四年晉侯賞從亡者介之推不言祿祿亦不及推曰獻公之子九人唯君在矣惠懷無親內外弃之天未絕晉必將有主主晉祀者非君而誰而二三子以爲己力不亦誣乎其母曰盍亦求之以死誰懟曰尤而效之其又甚焉其母曰能如是乎與汝皆隱遂死而晉侯求之不獲以綿上爲之田澹臺

載尸歸，皋魚節其哭。博物志曰澹臺滅明之子溺死於江弟子欲收而葬之明止之曰螻蟻何親魚鼈何仇
弟子曰何夫子之不慈乎對曰生爲吾子死非吾鬼遂不收葬韓詩外傳
曰孔子出行聞有哭聲甚悲則皋魚也披褐擁劒哭於路左孔子下車而
問其故對曰吾少好學周流天下以後吾親死一失也高尚其志不事庸
君而晚仕無成二失也少擇交遊寡親友而老無所託三失也夫樹欲靜
而風不止子欲養而親不待往而不可反者年也逝而不可追者親也吾
於是辭矣立哭而死孔子謂弟子曰識矣於是門人辭歸養親者一十三
人長萬輟逆，謀渠彌不復惡。左傳曰莊十二年長萬南宮萬也弒宋閔公於蒙澤蒙澤宋地
梁國有蒙縣南宮氏長萬名也左傳曰桓十二年傳云初鄭伯將以高渠
彌爲卿昭公惡之固諫不聽昭公立懼其殺己辛卯弒昭公而立公子亹
君子謂昭公知所惡矣公子達曰高伯其爲戮乎復惡已甚矣注曰公子
達魯大夫復重本爲昭公所惡而復殺君重也昭公鄭莊公子忽姓高渠
彌名也鄭家大將欲爲卿蒯聵能退敵，不占成節鄂。左傳曰定十四年衞靈公逐太子蒯
聵太子奔宋至哀公二年衞靈公卒而立蒯聵之子輒爲衞侯晉趙鞅乃
納蒯聵于戚至哀三年衞石姑帥師圍之父子爭國爲讎敵也韓詩外傳
云不占陳不占也齊人崔杼弒莊公陳不占聞君有難將往赴之食則失
哺上車失軾其僕曰敵在數百里外而懼怖如是雖往其益乎占曰死君

原本無喁字人作民
高注作魚吹氣出於水

之難義也無勇私也乃驅車而奔之至公門之外聞鼓戰之聲遂駭而死
君子謂不占無勇而能行義可謂志士矣愕直也從邑者乃地名也非此
所施也字林曰鄂直言也謂節操蹇鄂而不怯懦也王公保其位隱處安林薄楚辭曰露新夷死林
薄王逸曰草木交曰薄宦夫樂其業士子世其宅淮南子曰古者至德之時農安其業大夫安其職而
處士脩其道鱏魚喁於水裔仰駟馬而舞玄鶴韓詩外傳曰昔伯牙鼓琴而淫魚出聽瓠
巴鼓琴而六馬仰秣淮南子瓠巴鼓瑟而淫魚出聽注曰瓠巴楚人也亦善於鼓瑟淫魚出頭於水而聽之淮南子水濁則魚噞則人亂注楚
人噞喁魚出頭也淮南子伯牙鼓琴而駟馬仰秣謂馬笑韓子師曠援琴一奏有玄鶴二八來集再奏而列三奏延頸而鳴舒翼而舞尚書大
傳曰虞舜歌樂曰和伯之樂舞玄鶴于時也緜駒吞聲伯牙毀絃孟子淳于髡曰昔緜駒處高唐
而齊右善歌伯牙已見上瓠巴聑柱磬襄弛懸列子曰瓠巴鼓琴而鳥舞魚躍孫卿子曰昔瓠巴鼓琴潛魚出
聽江邃文釋曰瓠巴齊人也說文曰聑安也丁篋切論語曰擊磬襄入于海周禮曰大喪令弛懸鄭玄曰弛釋下也懸鍾格也留眎瞭
眙纍稱屢讚字林曰瞭直視貌暮頡篇曰瞭直下視貌丑庚切字林曰眙驚貌勑吏切失容墜席搏

拊雷抃廣雅曰摶擊也說文曰抃拊手也雷抃聲如雷也焦眇睢維涕洟流漫焦眇、睢維、目開合之貌焦子小切方言曰眇小也亡小切聲類曰睢大視也字林曰睢仰目也許惟切字林曰維持也周易曰齎咨涕洟王弼曰齎咨嗟歎之聲也說文曰洟鼻液也他計切是故可以通靈感物寫神喻意喻曉也禮記曰樂和故萬物皆化言可以通於神靈感致萬物舒寫精神曉喻志意也致誠効志率作興事致極也効驗也尚書咎繇曰率作興事慎乃憲欽哉孔安國曰憲法也天子率臣下為起治事當慎汝法度敬其職也溉盥汙濊澡雪垢滓矣毛萇詩傳曰溉滌也古載切本或為槩音義同禮記曰食於賀者盥亦滌也公緩切說文曰濊水多也澡洗手也莊子曰澡雪而精神高誘淮南子注曰雪拭也說文曰滓澱也滓壯里切澱音殿昔庖羲作琴神農造瑟庖羲即伏羲也琴操曰昔伏羲氏之作琴所以修身理性反天眞也淮南子曰神農之初作瑟以歸神及望及其天心也女媧制簧暴辛為壎禮記曰女媧之笙簧世本曰女媧作簧暴辛為壎宋均曰女媧黃帝臣也暴辛周平王時諸侯作壎有三孔郭璞爾雅注曰壎燒土為之大如雞卵壎虛袁切倕之和鐘叔之離磬禮記曰垂之和鐘叔之離磬鄭玄曰垂堯之共工也

一切經音義十三引淮南許注作埏揉也埴土也

原文作歲

卄本曰叔舜時人和離謂次序其聲縣也**或鑠金礱石華皖切錯**皆理器之名也樂汁圖徵曰鑠金爲鐘四時九乳鑠金雖出樂緯此金謂黃金摠飾衆器非止鐘也賈逵注傳曰消鑠也說文曰金有五色黃爲長鑠與爍同國語張老曰天子之室斲其椽而礱之加密石焉韋昭曰礱磨也力東切禮記曰華而皖大夫之簣與鄭玄曰華畫也說者以皖爲刮節目也皖胡綰切爾雅曰骨謂之切犀謂之剒毛萇詩傳曰治骨曰切尚書曰錫貢磬錯孔安國曰治玉曰錯**丸挺彫琢刻鏤鑽笮**韓詩曰松栢丸丸薛君曰取松與栢然則丸取也漢書音義如淳曰挻擊也舒連切一作埏老子曰埏埴以爲器河上公注曰埏和也埴土也和土爲食飲之器也淮南子曰陶人克埏埴許重曰埏抒也埴土爲也爾雅玉謂之彫石謂之琢郭璞曰治玉石也爾雅曰金謂之鏤木謂之刻郭璞曰治器之名也說文曰鑽所以穿也又曰鑿穿木也國語臧文仲曰中刑用刀鋸其次用鑽笮韋昭注爲笮而賈逵注爲鑿然笮與鑿音義同也鑽子丸切**窮妙極巧曠以日月然後成器其音如彼**解嘲曰曠以日月**唯笛因其天姿不變其林伐而吹之其聲如此**天姿天然之姿也**蓋亦簡易之義賢人之業也**周易曰乾以易知坤以簡能易則易知簡則易從易知則有親易從則有功有親則可久

笛生大漢謂此長笛所貼吉也非作論所作笛師所教

四近世雙笛則於古笛也

據此文剡其上孔通洞之則其形似今之簫而豎吹之也

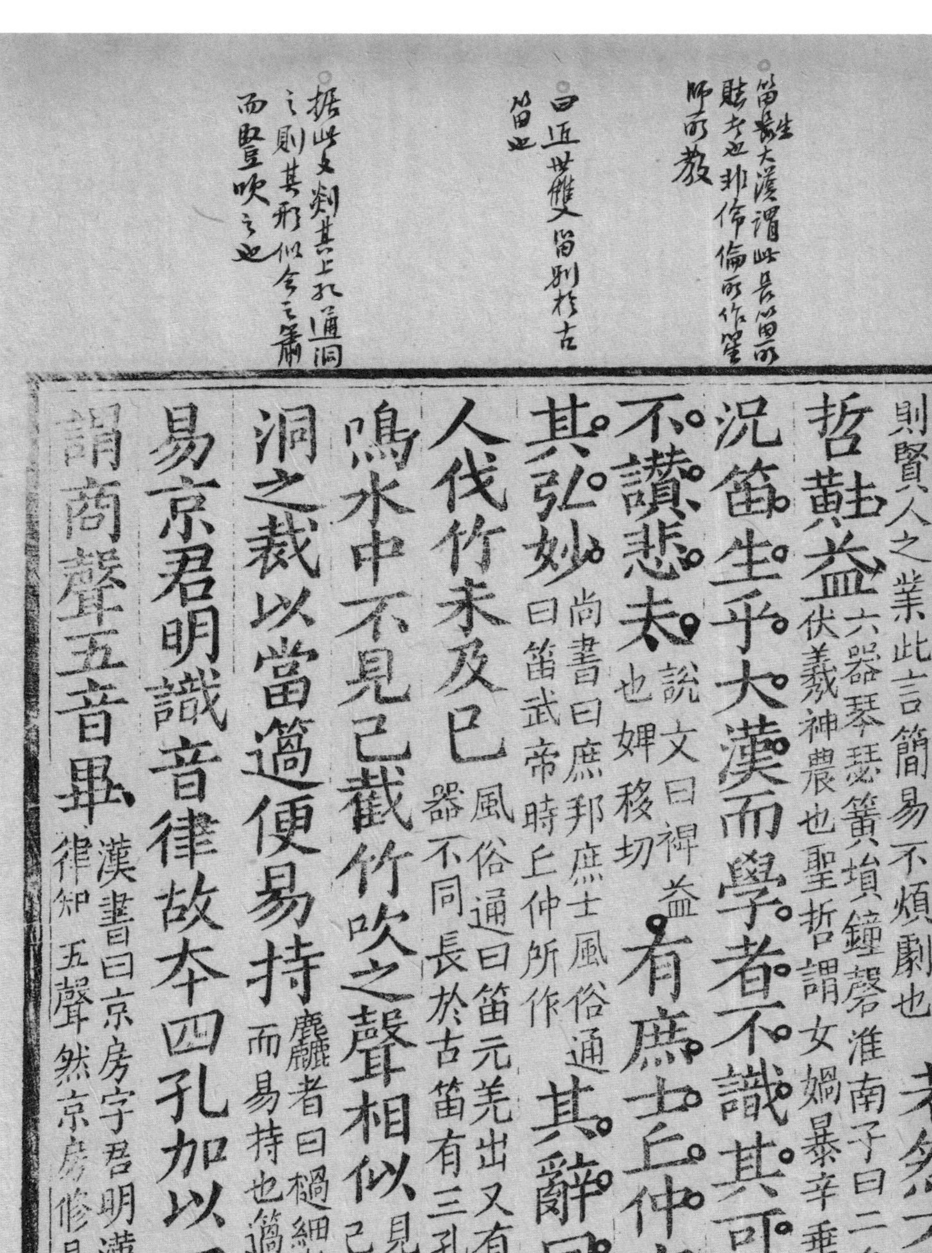

有功則可大可久則賢人之德可大則賢人之業此言簡易不煩劇也若然六器者猶以二皇聖哲韍益六器琴瑟簫塤鐘磬淮南子曰二皇鳳至於庭高誘曰二皇伏羲神農也聖哲謂女媧暴辛垂叔之流韍猶演也佗斗切況笛生乎大漢而學者不識其可以裨助盛美忽而不讚悲夫說文曰裨益也婢移切有庶士丘仲言其所由出而不知其弘妙尚書曰庶邦庶士風俗通曰笛武帝時丘仲所作其辭曰近世雙笛從羌起羌人伐竹未及已風俗通曰笛元羌出又有羌笛然羌笛與笛二器不同長於古笛有三孔大小異故謂之雙笛龍鳴水中不見已截竹吹之聲相似見胡鍊切己謂龍也剡其上孔通洞之裁以當篴便易持麤者曰楇細者曰校言裁笛以當篴故便而易持也篴馬策也竹瓜切裁或爲材易京君明識音律故本四孔加以一君明所加孔後出是謂商聲五音畢漢書曰京房字君明漢武帝時人也修易尤好鐘律知五聲然京房修易故曰易京笛本四孔京加

一孔於下爲商聲故謂五音畢沈約宋書曰笛京房備其五音言易京者猶如莊周蒙人謂蒙莊及磬襄宋翟之比

琴賦并序

尸子曰舜作五絃之琴以歌南風南風之薰兮可以解吾人之慍是舜歌也白虎通曰琴者禁也禁人邪惡歸於正道故謂之琴

嵇叔夜 臧榮緒晉書曰嵇康字叔夜譙國人幼有奇才博覽無所不見拜中散大夫以呂安事誅

余少好音聲長而翫之杜預左氏傳注曰翫習也以爲物有盛衰而此無變文子曰夫物盛則衰滋味有猒而此不勌莊子曰聲色滋味之於人心不待學而樂之左氏傳閻沒女寛曰及饋之畢願以小人之腹爲君子之心屬猒而已說文曰猒從甘田犬會意字也可以導養神氣宣和情志管子曰道血氣而求長年淮南子曰古之人神氣不蕩乎外處窮獨而不悶者莫近於音聲也孟子曰柳下惠遺佚而不怨阨窮而不憫是故復之而不足則吟詠以肆志吟詠之不足則寄言以廣意毛詩序曰言之不足故詠歌之詠歌之不足不知手

之舞之杜預左氏傳注曰肆申也尚書曰詩言志然八音之器歌舞之象歷世才士並爲之賦頌其體制風流莫不相襲淮南子曰晚世風流俗敗禮義廢仲長子昌言乘此風順此流而下走誰復能爲此限者哉孔安國尚書傳曰襲因也稱其材幹則以危苦爲上賦其聲音則以悲哀爲主美其感化則以垂涕爲貴麗則麗矣然未盡其理也高誘戰國策注曰麗美麗也推其所由似元不解音聲覽其旨趣亦未達禮樂之情也趣意也禮記曰故知禮樂之情者能作衆器之中琴德最優桓譚新論曰八音廣博琴德最優馬融琴賦曰曠三奏而神物下降何琴德之深哉故綴叙所懷以爲之賦其辭曰

惟椅梧之所生兮託峻嶽之崇岡毛詩曰椅桐梓漆爰伐琴瑟毛萇曰椅梓屬也史記曰龍門有桐樹高百尺無枝堪爲琴披重壤以誕載兮參辰極而高驤披開也重

壤謂地也泉壤稱九故曰重也毛萇詩傳曰誕大也載生也爾雅曰北極北辰也孔安國尚書傳曰襄上也驤與襄同含天地之醇和兮吸日月之休光謂包含天地醇和之氣引日月光明也周易曰天地絪緼萬物化醇鬱紛紜以獨茂兮飛英蕤於昊蒼說文曰蕤草木花貌汝誰切夕納景于虞淵兮旦晞幹於九陽納藏也淮南子曰日入于虞淵之汜又曰入于虞淵是謂黄昏高誘曰視物黄也晞乾也幹本也楚辭曰夕晞余身乎九陽王逸曰九陽謂九天之崖也經千載以待價兮寂神跱而永康論語子曰我待價者也價者物之數也康安也且其山川形勢則盤紆隱深崔嵬岑嵓盤曲紆屈隱幽深邃也崔嵬高峻之貌岑嵓危嶮之形字林曰嵓山巖也亙嶺巉巖岞崿嶇崟皆山石崖巘嶮峻之勢丹崖嶮巇青壁萬尋若乃重巘增起偃蹇雲覆偃蹇高貌言高在上偃蹇然如雲覆下也邈隆崇以極壯崛巍巍而特秀巍巍高大貌廣雅曰秀出也蒸靈液以播雲據神淵

御覽三十八叙山引尚書大傳曰孔子曰夫山者出雲雨以通乎天地之間

蜀都賦引作奥色字

而吐溜。蒸氣上貌言山能蒸出雲以沾潤萬物播布也孔子曰夫山者與吐風雲以通乎天地之間說文曰津液也溜水流也爾乃巔波奔突狂趭爭流觸巖觝隈鬱怒彪休觝至也隈水曲也彪休怒貌洶涌騰薄奮沫揚濤濆汩澎湃蜿蟺相糾濆汩去疾貌澎湃相戾之形也蜿蟺展轉也糾繚也蜿於阮切蟺音善糾已糾切放肆大川濟乎中州肆猶縱也中州猶中國也安回徐邁寂爾長浮安回波靜遠去象上林賦曰安翔徐回又曰寂漻無聲澹乎洋洋縈抱山丘。說文曰澹水搖也詳觀其區土之所產毓奧宇之府寶殖廣雅曰奧藏也毛萇詩傳曰宇居也珍怪琅玕瑤瑾翕艷高唐賦曰珍怪奇偉尚書曰球琳琅玕皆美玉名說文瑾玉名翕艷盛貌詩傳曰艷赤色貌叢集纍積奐衍於其側。蒼頡篇曰奐散貌衍溢也若乃春蘭被其東沙棠殖其西楚辭曰春蘭兮秋菊山海經曰崑崙之丘有木焉其狀如棠而黃華赤實其味如李而無核名曰沙棠御水人食之使不溺涓子宅其陽玉

原賦作倒

醴涌其前列仙傳曰涓子者齊人好餌朮著天地人經三十八篇釣於澤得符鯉魚中隱於宕山能致風雨造伯陽九山法淮南王少得文不能解其音旨其琴心三篇有條理焉揚雄泰玄賦曰茹芝英以禦飢飲玉醴以解渴宋玉笛賦曰丹水濡其左醴泉流其右玄雲蔭其上翔鸞集其巔清露潤其膚惠風流其閒邊讓章華臺賦曰惠風春施竦肅肅以靜謐密微微其清閑爾雅曰謐靜也微微幽靜也夫所以經營其左右者固以自然神麗而足思願愛樂矣東都主人曰闕庭神麗於是遯世之士榮期綺季之疇周易曰遯世無悶列子曰孔子遊於泰山見榮啓期行乎郕之野鹿裘帶索鼓琴而歌孔子曰先生何以爲樂曰天地萬物惟人爲貴吾得爲人一樂也男貴女賤吾得爲男二樂也生有不見日月不免繦褓者吾年九十是三樂也貧者士之常死者人之終處常得終復何憂乎孔子曰能自寬也班固漢書曰漢興有東園公綺季夏黃公角里先生當秦之時避世而入商洛深山以待天下之定即四皓也皇甫謐高士傳曰四皓皆河內軹人一曰在汲乃相與登飛梁越幽壑飛梁橋也甘泉賦曰歷側景而絶飛梁援瓊枝陟

子當作字依左思詠史詩注引皇甫謐高士傳曰許由武陽城槐里人則此文當於仲字句絕　◎注

峻崿以遊乎其下莊子曰南方生樹名瓊枝周旋求望邈若凌飛言若鳥之凌飛左氏傳史克曰奉君以周旋邪睨崑崙俯闞海湄說文曰睨邪視也崑崙山名也闞視也毛萇詩傳曰水草交曰湄指蒼梧之迢遞臨迴江之威夷漢書有蒼梧郡山海經曰南方蒼梧之丘其中有九嶷山舜之所葬在長沙零陵界洞簫賦曰迴江流川而溉其山韓詩曰周道威夷悟時俗之多累仰箕山之餘輝高士傳曰堯讓位於許由由辭曰鷦鷯巢在深林不過一枝偃鼠飲河不過滿腹隱乎沛澤堯讓不已於是遁於中岳潁水之陽箕山之下死因葬於箕山之巔十五里堯因就封其墓號曰箕公子仲武陽城槐里人也呂氏春秋曰昔堯朝許由於沛澤之中曰請屬天下於夫子許由遂之箕山之下羨斯嶽之弘敞心愷慷以忘歸西京賦曰赫昈昈以弘敞爾雅曰愷慷樂也史記曰穆天子見西王母樂之忘歸情舒放而遠覽接軒轅之遺音軒轅黃帝也遺音謂琴也慕老童於騩隅欽泰容之高吟山海經曰騩山神耆童居之其音常如鐘磬音郭璞曰耆童老童也顓頊之子山海經曰顓頊生老童思玄賦曰大容吟曰念哉騩山在三危西九十里顧茲

愷慷

橋而興慮思假物以託心莊子曰不以身假物乃斲孫枝準量所任說文曰斲斫也張衡應問曰可剖其孫枝鄭玄周禮注曰孫竹枝根之末生者也蓋桐孫亦然至人攄思制爲雅琴莊子曰不離於眞謂之至人又曰至人無已神人無功郭象曰無已故順物順物而至劉向有雅琴賦乃使離子督墨匠石奮斤孟子曰離婁黃帝時人黃帝亡其玄珠使離婁索之能視百里之外見秋毫之末離子離朱也淮南子曰離朱之明察鍼末於百步之外椄愼子爲離珠周禮禁督逆祀者鄭玄曰督正也字書曰督察也莊子曰匠石之齊見櫟社樹觀者如市匠石不顧司馬彪曰匠石字伯夔襄薦法般倕騁神夔及師襄班垂並已見上文鎪會裛廁朗密調均鎪會謂鎪鏤其縫會也裛廁謂裛纏其塡廁之處也說文曰裛纏也廣雅曰廁間也華繪彫琢布藻垂文孔安國尚書傳曰繪會五彩也胡憒切錯以犀象籍以翠綠犀象二獸名翠綠二色也絃以園客之絲徽以鍾山之玉列仙傳曰園客者濟陰人也常種五色香草積數十年食其實一旦有五色神蛾止香樹末客收而薦之以布生桑蠶焉時有好女夜至自稱我與君作妻道蠶蟲狀客與俱蠶得百頭繭皆如甕繅一繭六十日乃盡

訖則俱去莫知所如淮南子曰譬若鍾山之玉許慎曰鍾山北陸無日之地出美玉爰有龍鳳之象古人之形西京雜記曰趙后有寶琴曰鳳凰皆以金玉隱起爲龍螭鸞鳳古賢列女之像伯牙揮手鍾期聽聲廣雅曰揮動也呂氏春秋曰伯牙鼓琴鍾子期聽之志在泰山鍾子期曰善哉巍巍乎若太山須臾志在流水子期曰湯湯乎若流水子期死伯牙破琴絕絃終身不復鼓琴以爲世無賞音列子曰伯牙善鼓琴鍾子期聽伯牙鼓琴每奏鍾期輒窮其趣伯牙捨琴而嘆曰善哉子之聽夫志相象猶吾心也吾於何逃聲哉華容灼爚發采揚明何其麗也說文曰灼明也又曰爚火光也伶倫比律田連操張漢書曰黃帝使伶倫自大夏之西崑崙之陰取竹之嶰谷斷兩節閒而吹之以爲黃鍾之宮制十二筩以聽鳳凰之音以比黃鍾之宮皆可以生之是爲律本韓子曰田連成竅天下善鼓琴者也然而田連鼓上成竅擫下而不成曲或曰成連古之善音者琴操伯牙學琴於成連先生先生曰吾能傳曲而不能移情吾師有方子春善於琴能作人之情今在東海上子能與我同事之乎伯牙曰夫子有命敢不敬從乃相與至海上見子春受業焉進御君子新聲憀聊亮何其偉也憀亮聲清徹貌亦與聊字義同及其初調則角羽俱起宮徵相證王逸楚辭注曰

證驗也參發並趣上下累應踸踔磥硌美聲將興廣雅曰踸踔無常也磥硌壯大貌磥與磊同力罪切固以和昶而足耽矣廣雅曰昶通也耽勑兩切爾乃理正聲奏妙曲揚白雪發清角淮南子曰師曠奏白雪而神禽下白雪五十弦瑟樂曲名韓子曰昔衛公之晉於濮水上宿夜有鼓新聲者召師涓撫琴寫之公遂之晉晉平公曰試聽之師曠援琴一奏有玄鶴二八來舞再奏而列三奏延頸鳴舒而舞音中宮商師曠曰不如清角師曠奏之有雲從西北方起之大風起天雨隨之此言感天地清角爲勝宋玉對問曰其爲陽春白雪韓子師曠曰清徵之聲不如清角紛淋浪以流離奐淫衍而優渥粲奕奕而高逝馳岌岌以相屬廣雅曰奕奕盛貌王逸楚辭注曰岌岌高貌沛騰遌而競趣翕韡曄而繁縟韡曄盛貌繁縟聲之細也郭璞爾雅注曰遌相觸遌也狀若崇山又象流波浩兮湯湯鬱兮峩峩列子曰伯牙鼓琴志在登高山鍾子期曰善哉峩峩兮若泰山志在流水巳見上文怫愲煩寃紆餘婆娑怫愲煩寃聲蘊積不安貌怫扶味切愲音渭風賦曰勃鬱

○兢 矜矜也

唐賦作萃蔡 張揖注同

煩寃上林賦曰紆餘委蛇陵縱播逸霍濩紛葩言聲陵縱播布而起霍濩然似水聲紛葩開張貌霍濩盛
貌魯靈光殿賦曰霍濩燐亂檢容授節應變合度競名擅業安軌
徐步洋洋習習聲烈遐布含顯媚以送終飄餘響
乎泰素含顯媚之聲以送曲終也列子曰太素者質之始也若乃高軒飛觀廣廈閑房子虛賦曰
軒長廊之有牕冬夜肅清朗月垂光新衣翠粲纓徽流芳
翁呷翠粲張揖曰翠粲衣聲也班婕妤自傷賦曰紛翠粲兮紈素聲洛神賦曰披羅衣之璀粲字雖不同其義一也爾雅曰婦人之徽謂之縭
郭璞曰今之香纓也於是器冷絃調心閑手敏毛萇詩傳曰閑習也觸摅如志唯
意所擬說文曰批反手擊也與摅同蒲結切如志謂如其志意初涉淥水中奏清徵淥水已見上文
韓子曰師曠奏清徵有玄鶴二八集廊門雅昶唐堯終詠微子七略雅暢第十七曰琴道曰堯暢逸遊又曰達則
兼善天下無不通暢故謂之暢昶與暢同又曰微子操微子傷殷之將亡終不可奈何見鴻鵠高飛援琴作操寬明弘潤優遊

倣原書當作飧　並此賦無飧字不應有注別本無此文是也

蹻踦（蹻踦蹻　踦蹻踈踦）拊絃安歌，新聲代起。（楚辭曰：翔江州而安歌。王逸曰：安意歌吟也。漢書曰：李延年善歌，爲新變之聲。）謌曰：凌扶搖兮憩瀛洲，要列子兮爲好仇。（爾雅曰：扶搖風也。莊子曰：扶搖而上者九萬里。史記曰：瀛洲，海中神山也。列子曰：勃海之中有山，曰瀛洲。莊子：列子御風泠然者，風仙也。劉向上列子表曰：列子者，鄭人，與鄭繆公同時。漢書曰：列子名禦寇，先莊子，莊子稱之。毛詩曰：窈窕淑女，君子好仇。）餐沆瀣兮帶朝霞，眇翩翩兮薄天遊。（鄭玄周禮注曰：餐，夕食也。說文曰：餐，吞也。楚辭曰：餐六氣而飲沆瀣兮，漱正陽而食朝霞。凌陽子明經曰：夏食沆瀣。沆瀣，北方夜半氣也。廣雅曰：薄，至也。）齊萬物兮超自得，委性命兮任去留。（莊子有齊物篇。楚辭曰：漠靈靜以恬愉，澹無爲而自得。服鳥賦曰：縱軀委命，不私與已。）激清響以赴會，何絃歌之綢繆。（會，節會也。論語曰：子之武城，聞絃歌之聲。毛詩傳曰：綢繆，猶纏緜也。）於是曲引向闌，衆音將歇。（引亦曲也。半在半罷謂之闌。）改韻易調，奇弄乃發。揚和顏，攘皓腕，（舞賦曰：嚴顏和而怡懌。洛神賦曰：攘皓腕於神滸。）飛纖指以馳騖，紛儮譶以流漫。（儮譶

原姪作闕

原賦作煥

聲多也僻不及也師立切說文曰高語疾言也徒合切或徘徊顧慕擁鬱抑按盤桓毓養從容祕說廣雅曰盤桓不進貌從容舉動也毓與育同闐爾奮逸風駭雲亂闐疾貌七發曰波湧而雲亂牢落凌厲布濩半散牢落猶遼落也洞簫賦曰翩緜連以牢落劉歆遂初賦曰過句注而凌厲上林賦曰布濩宏澤甘泉賦曰半散照爛粲以成章豐融披離斐韡奐爛豐融盛貌風賦曰被麗披離斐韡明貌斐斆尾切韡于鬼切風賦曰眴奐粲爛英聲發越采采粲粲廣雅曰英美也或閒聲錯糅狀若詭赴言其狀若詭詐而相赴也鄭玄禮記注曰糅雜也雙美並進駢馳翼驅駢併也翼疾貌蒼頡篇曰隨後曰驅初若將乖後卒同趣或曲而不屈直而不倨左傳吳公子季札聞歌頌曰直而不倨曲而不屈杜預曰倨傲也居預切或相凌而不亂或相離而不殊左氏傳曰武城人斷其後之木而不殊漢書音義曰殊猶絕也時劫掎以慷慨或怨嫿而躊躇說文曰掎偏引也嫿嬌也子庶切或作姐古字通假借也姐子也切韓詩曰愛而不

見搔首踟躕踟躕猶躑躅也忽飄颻以輕邁，乍留聯而扶疏。言扶疏四布也或參譚繁促，複疊攢仄。參譚相隨貌參七感切譚徒感切一音從並依字攢仄聚聲長笛賦曰蹈踧攢仄從横駱驛，奔遯相逼。魯靈光殿賦曰從横駱驛拊嗟累讚，間不容息。淮南子曰時之反側間不容息高誘曰不容氣息促之甚也瓌豔奇偉，殫不可識。高唐賦曰譎詭奇偉不可究陳若乃閑舒都雅，洪纖有宜。說文曰閑雅也毛萇詩傳曰都閑也清和條昶，案衍陸離。案衍不平貌上林賦曰陰淫案衍之音衍弋戰切廣雅曰陸離參差也穆温柔以怡懌，婉順敘而委蛇。毛萇傳曰婉然美貌委蛇聲長貌鄭玄毛詩箋曰委蛇委曲自得之貌或乘險投會，邀隙趨危。會節會也邀要也嚶若離鵾鳴清池，翼若游鴻翔曾崖。蒼頡篇曰嚶嚶鳥聲也琴道曰操似鴻鴈詠之聲張衡舞賦曰含清生而吟詠若離鵾鳴姑耶紛文斐尾，慊縿離纚。紛文斐尾文彩貌慊縿離纚羽毛貌微風餘音，靡靡猗猗。

原賦作葩

靡靡順風貌猗猗衆盛貌或摟捴櫟捋縹繚潎冽摟捴櫟捋皆手撫絃之貌爾雅曰摟牽也劉熙孟子注曰摟牽也力頭切說文曰捴反手擊也廣雅曰櫟擊也毛詩之傳曰捋取也縹繚潎冽聲相糾激之貌說文曰繚纏也上林賦曰轉騰潎冽潎冽水波浪貌言聲似也輕行浮彈明嫿睩慧說文曰嫿靜好也睩察也七祭切疾而不速留而不滯左氏傳吴公子札觀頌曰處而不底行而不流淮南子曰流而不滯翩緜飄邈微音迅逝遠而聽之若鸞鳳和鳴戲雲中迫而察之若衆葩敷榮曜春風古本葩字爲此䔢郭璞三蒼䔢爲古花字今讀音于彼切字林音于彼切張衡思玄賦曰天地烟熅百卉含蘤鳴鶴交頸雎鳩相和以韻推之所以不惑既豐贍以多姿又善始而令終字書曰贍足也封禪書曰豈不善始善終哉毛詩曰高朗令終令善也嗟姣妙以弘麗何變態之無窮西京賦曰盡變態乎其中若夫三春之初麗服以時班固終南山賦曰三春之季孟夏之初纂要曰一時三月謂之三春九十日謂之九春西京賦曰麗服颺菁乃攜友生以遨以嬉毛詩曰雖有兄

原註作草

弟不如友生又曰以遨以遊說文曰嬉樂也涉蘭圃登重基春秋運斗樞曰山者地之基背長林翳華芝甘泉賦曰登夫鳳皇而翳華芝臨清流賦新詩楚辭曰竊賦詩之所明王逸曰賦鋪也嘉魚龍之逸豫樂百卉之榮滋樂動聲儀孔子曰風雨動魚龍仁義動君子歸田賦曰百卉滋榮理重華之遺操慨遠慕而長思重華謂舜也琴道曰舜操者昔虞舜聖德玄遠遂升天子喟然念親巍巍上帝之位不足保援琴作操若乃華堂曲宴密友近賓蘭肴兼御旨酒清醇邊讓章華臺賦曰蘭肴山竦椒酒淵流毛詩曰旨酒思柔醇厚也進南荆發西秦南荆即荆豔楚舞也古妾薄命行歌曰齊謳楚舞紛紛漢書有秦倡員紹陵陽度巴人宋玉對問口既而曰陵陽白雪國中唱而和之者彌寡然集所載與文選不同各隨所用而引之又對曰客有歌於郢中者始曰巴人變用雜而並起竦衆聽而駭神料殊功而比操豈笙籥之能倫若次其曲引所宜則廣陵止息東武太山廣陵等曲今並猶存未詳

所起應璩與劉孔才書曰聽廣陵之清散傅玄琴賦曰馬融譚思於止息魏武帝樂府有東武吟曹植有太山梁甫吟左思齊都賦注曰東武太山皆齊之土風謡歌謳吟之曲名也然引應及傅者明古有此曲轉以相證耳非嵇康之言出於此也佗皆類此飛龍鹿鳴鵾雞遊絃漢書曰房中樂有飛龍章毛詩序曰鹿鳴宴羣臣也蔡邕琴操曰鹿鳴者周大臣之所作也王道衰大臣知賢者幽隱故彈絃風諫古相和歌者有鵾雞曲遊絃未詳更唱迭奏聲若自然高唐賦曰更唱迭和流楚窈窕懲躁雪煩言流行清楚窈窕之聲足以懲止躁競雪蕩煩懣也懲直陵切下逮謡俗蔡氏五曲歌録曰空侯謡俗行蓋亦古曲未詳本末俗傳蔡氏五曲遊春淥水坐愁秋思幽居也王昭楚妃千里別鶴猶有一切承間簉乏亦有可觀者焉琴操曰王襄女漢元帝時獻入後宮以妻單于昭君心念鄉土乃作怨曠之歌歌録曰石崇楚妃歎歌辭曰楚妃歎莫知其所由楚之賢妃能立德著勲垂名於後唯樊姬焉故令歎詠聲永世不絶疑必爾也相鶴經曰鶴一舉千里蔡邕琴操曰商陵牧子娶妻五年無子父兄欲爲改娶牧子援琴鼓之歎別鶴以舒其憤懣故曰別鶴操鶴一舉千里故名千里別鶴也崔豹古今注曰別鶴操商陵牧子所作也牧子娶妻五年無子父母將爲之改娶

閒之中夜起聞鶴聲倚戶而悲故子聞之愴然歌曰將乖比翼隔天端山川悠遠路漫漫攬衣不寢食後人因以爲樂章也漢書音義曰一切權時也進已是五文然非夫曠遠者不能與之嬉遊非夫淵靜者不能與之閑止莊子老聃曰其居也淵而静非夫放達者不能與之無吝說文曰吝亦貪惜也非夫至精者不能與之析理也周易曰非天下之至精其孰能與於此莊子曰判天下之美析萬物之理若論其體勢詳其風聲器和故響逸張急故聲清說苑曰應侯與賈子坐聞有鼓瑟之聲應侯曰今瑟一何怨也賈子曰張急調下使之怨也夫張急者良材也國下者官卑也取良材而卑官之能無怨乎蔡邕月令章句曰凡絃之緩急爲清濁琴緊其絃則清緩則濁閒遼故音庳絃長故徽鳴閒遼謂絃間遼遠也紛長謂徽闊而絃長也阮籍樂論曰琵琶箏笛間促而聲高琴瑟之體間遼而音埤義與此同鄭玄周禮注曰庳短也音埤傅毅雅琴賦曰時促均而增徽接角徵而控商性絜靜以端理含至德之和平禮記曰絜靜精微易教也孝經曰昔者先王有至德要道禮記曰樂行血氣和平

此与聲無哀樂論相應

誠可以感盪心志而發洩幽情矣說文曰泄除去也舞賦曰幽情形而外揚是故懷戚者聞之莫不憯懍慘悽愀愴傷心字林曰慘毒也漢書音義郭璞曰愀變色貌說文曰愴傷也憯七感切慘七敢切愀七小切含哀懊咿不能自禁郁字林曰懊咿內悲也列子曰喜懼抃舞不能自禁懊於六切咿音伊其康樂者聞之則欨愉懽釋抃舞踊溢說文曰欨笑貌也況于切留連瀾漫嗢噱終日服虔通俗篇曰樂不勝謂之嗢噱嗢烏没切噱巨略切若和平者聽之則怡養悅悆淑穆玄真廣雅曰養樂也恬虛樂古棄事遺身莊子曰虛靜恬惔者道德之至也又曰棄事則形不勞是以伯夷以之廉顏回以之仁論語子曰伯夷叔齊餓於首陽之下又曰顏回問仁子曰克己復禮爲仁列子子夏問孔子曰顏回之爲仁奚若子曰回之仁賢於丘比干以之忠尾生以之信論語曰比干諫而死莊子盜跖曰尾生與女子期於梁下女子不來水至不去抱柱而死高誘注淮南子曰尾生魯人與婦人期於梁下不至而水溺死惠施以之辯給萬石以之訥愼莊子曰惠施多方其書五

高誘注淮南子齊俗訓惠子名施仕爲梁相

依漢書校

慶爲以下爲漢書文

車高誘曰惠施宋人仕魏爲惠王相漢書曰萬石君奮恭謹舉朝無比奮長子建次甲次乙次慶皆以馴行孝謹官至二千石景帝曰石君及四子皆二千石人臣尊寵迺舉集其門凡號奮爲萬石君建爲郎中令奏事下建讀之驚恐曰書馬者與尾而五今迺四不足一獲譴死矣其爲謹慎雖佗皆如是服虔曰作馬字下曲者四而爲五建時上書奏誤作四慶爲太僕御出上問車中幾馬慶以策數馬畢舉手曰六馬孔安國曰訥遲鈍也其餘觸類而長所致非一同歸殊途或文或質周易曰引而伸之觸類而長之又曰天下同歸而殊途一致而百慮禮記曰虞夏之質殷周之文至矣揔中和以統物咸曰用而不失禮記曰樂者天地之命中和之紀周易曰百姓日用而不知其感人動物蓋亦弘矣禮記曰樂其感人深于時也金石寢聲匏竹屏氣孔安國曰屏除也王豹輟謳狄牙喪味孟子淯于髡曰昔王豹處淇而河西善謳說文曰謳齊歌也淮南子曰淄澠之水合狄牙嘗而知之天吳踊躍於重淵王喬披雲而下墜山海經曰朝陽之谷有神名曰天吳是爲水伯其形首足尾並人面而色青楚辭曰譬若王喬之乘雲兮載赤霄而凌太清舞

原文作稀

鸑鷟於庭階，游女飄焉而來萃。說文曰：鸑鷟，鳳屬，神鳥也。國語曰：周文王時鸑鷟鳴於岐山。韓詩曰：漢有游女，不可求思。薛君曰：游女，漢神也。言漢神時見，不可求而得之。列女傳曰：游女，漢水神。鄭大夫交甫於漢皋見之，聘之橘柚。張衡南都賦曰：游女弄珠於漢皋之曲。感天地以致和，況蚑行之眾類。禮記曰：聖人作樂以應天，制禮以配地。此則樂者天之和也。洞簫賦曰：蟋蟀蚸蠖，蚑行喘息，垂喙蜎轉，瞪瞢忘食。說文曰：蚑，行也。凡生之類行皆曰蚑。嘉斯器之懿茂，詠茲文以自慰，永服御而不厭，信古今之所貴。懿，美也。傅毅雅琴賦曰：明仁義以厲己，故永御而密親。

亂曰：愔愔琴德，不可測兮。劉向雅琴賦曰：游予心以廣觀，且德樂之愔愔。韓詩曰：愔愔，和悅貌。聲類曰：和靜貌。體清心遠，邈難極兮。良質美手，遇今世兮。紛綸翕響，冠眾藝兮。識音者希，孰能珍兮。本詩曰：不惜歌者苦，但傷知音希。能盡雅琴，唯至人兮。賈逵曰：唯，獨也。

笙賦 周禮笙師掌教笙鄭衆曰笙十三簧爾雅曰大笙謂之簧郭璞曰列管匏中施簧管端白虎通曰笙者太簇之氣衆物之生也

潘安仁

河汾之寶有曲沃之懸匏焉 河汾二水名也漢書曰汾水出汾陽北山又曰河東郡聞喜縣故曲沃也崔豹古今注曰匏瓠也有柄曰懸匏可爲笙曲沃者尤善 鄒魯之珍有汶陽之孤篠焉 漢書魯國有騶縣有汶陽縣杜預左氏傳注曰汶水大山出萊蕪縣說文曰篠小竹戴凱之竹譜曰篠出魯郡堪爲笙也 若乃緜蔓紛敷之麗浸潤靈液之滋隅隈夷險之勢禽鳥翔集之嬉 鄭玄毛詩箋曰隅角也說文曰隈曲也 固衆作者之所詳余可得而略之也 賈逵國語注曰略猶簡也 徒觀其制器也則審洪纖面短長 周禮曰審曲面勢以飭五材鄭司農曰察五材曲直方面形勢之宜 剫生簳裁孰簧 剫割也

原鈔作妖

設宮分羽經徵列商泄之反謐厭焉乃揚鄭玄毛詩箋曰泄出也厭猶揜也於頰切亦作擜謂掐擜也管攢羅而表列音要妙而含清長門賦曰聲幼要而復揚各守一以司應統大魁以為笙言其管各守一聲以主相應統物也鄭玄禮記注曰魁猶首也大魁謂匏首插定所也苦回切今古怪切基黃鍾以舉韻望鳳儀以擢形毛萇詩傳曰基本也漢書黃帝使伶倫取竹斷兩節間而吹之以為黃鍾之宮黃鍾律呂之長故言基也說文曰笙十三簧象鳳之身尚書曰鳳皇來儀寫皇翼以插羽摹鸞音以厲聲列管以象鳳翼也列仙傳曰王子喬好吹笙作鳳鳴鸞鳳類故通言之如鳥斯企翾翾歧歧司馬彪曰企望也景福殿賦曰鳥企山跱翾翾字林翾翾初起也歧歧飛行貌漢書音義曰歧歧將行貌明珠在味若銜若垂郭璞爾雅注曰味鳥口也音晝脩檛內辟餘簫外逶脩檛長管也辟開也餘簫衆管也逶逶迤漸邪之貌騈齊馬田獦攦鯝鯵參差騈田聚也獦攦不齊也攦音歷鯝鯵裝飾重疊貌鯝音押鯵助甲切於是

雲

六臣作懺音潘激

謬 別本校語

乃有始泰終約前榮後悴激憤於今賤求懷乎故貴杜預左氏傳注曰泰奢也約儉也家語孔子曰激憤厲之志始桓子新論琴道曰雍門周見孟嘗君孟嘗君曰先生鼓琴亦能令人悲乎對曰臣之所能令悲者先貴而後賤故富而今貧於是雍門揮琴而孟嘗君流涕衆滿堂而飲酒獨向隅以掩淚說苑曰古人於天下譬一堂之上今有滿堂飲酒有一人獨索然向隅泣則一堂之人皆不樂韓詩外傳曰衆或滿堂而飲酒有人向而悲泣則一堂爲之不樂王者之於天下也有一物不得其所則爲之悽愴心傷盡祭不舉樂焉援鳴笙而將吹先嗢噦以理氣言將欲吹笙咽中先噦而理氣也說文曰嗢咽也又曰噦氣氣悟也嗢於忽切噦紆月切嗢噦或爲溫穢謂先溫煖去其垢穢調理其氣也初諤雍容以安暇中佛鬱以怫慣埤蒼曰佛鬱不安貌終嵬峩以蹇愕又颵遝而繁沸蹇愕正直之貌罔浪孟以惆悵若欲絕而復肆罔及浪孟皆失志之貌又云孟浪虛誕誑之聲也肆放也言聲將絕而復放劉留檄糴以奔邀似將放而

二十三

煜　且

中匵櫢纙疾貌埤蒼劉宿留也櫢音激愀愴惻減虺韡煜熠愀愴惻減悲傷貌虺韡熠盛多貌減與棫同況逼切廣雅曰煜熾也音育說文曰熠盛光也熠以入切汎淫氾豔霅曄岌岌汎淫氾豔自放縱貌霅曄急疾貌霅素合切曄于怯切或案衍夷靡或竦踴剽急夷靡平而漸靡靡也或既往不反或已出復入徘徊布濩渙衍葺襲葺襲重貌舞既蹈而中輟節將撫而弗及言以笙聲爲主故舞者足蹈中止而待之歌者將撫節而恐不及樂聲發而盡室歡悲音奏而列坐泣列子秦青曰昔韓娥爲曼聲哀哭一里老幼悲愁垂涕相對復爲曼聲長歌一里老幼喜躍抃舞不能自禁搦纖翮以震幽簧越上筩而通下管搦指捻也奴協切翮管也其形類羽故曰翮也周易曰震動也呂氏春秋曰伶倫制十二筩說文曰筩斷竹也徒東切應吹噏以往來隨抑揚以虛滿噏翕虛及切虛滿謂隨氣虛滿也勃慷慨以憀亮顧躊躇以舒緩憀亮聲清也聲類曰憀旦也音留

唶

廣雅曰躊躇猶豫也綴張女之哀彈流廣陵之名散閔洪琴賦曰汝南鹿鳴張女羣彈然蓋古曲未詳所起詠園桃之夭夭歌棗下之纂纂魏文帝園桃行曰夭天園桃無子空長虛美難假偏輪不行古咄唶歌曰棗下何攢攢榮華各有時棗欲初赤時人從四邊來棗適今日賜誰當仰視之攢聚貌纂與攢古字通歌曰棗下纂纂朱實離離毛詩曰其實離離毛萇曰離離樂也宛其落矣化爲枯枝毛詩見死其死矣毛萇曰宛死貌人生不能行樂死何以虛謚爲楊惲與孫會宗書曰人生行樂耳謚法曰謚者行之迹也爾乃引飛龍鳴鵾雞雙鴻翔白鶴飛飛龍鵾雞已見上文古樂府有飛來雙白鶴篇子喬輕舉明君懷歸荆王喟其長吟楚妃歎而增悲歌錄曰吟歎四曲王昭君楚妃歎楚王吟王子喬皆古辭荆王子喬其辭猶存夫其悽戾辛酸嚶嚶關關若離鴻之鳴子也爾雅曰關關嚶嚶音和也含胡嘽諧雍雍喈喈若羣鶵之從

母也。洞簫賦曰：嗔函胡以紆鬱。禮記：嘽諧慢易繁文簡節之音作，而民康樂。爾雅曰：雝雝，和也。毛萇詩傳曰：喈喈，和聲遠聞也。歌録步出夏門行古辭歌曰：鳳凰鳴啾啾，一母從九鶵。郁抒劫悟，泓宏融裔。郁抒，口循孔貌。劫悟，氣相衝激。泓宏，聲大貌。融裔，聲長貌。說文曰：泓，泓下深也。哇咬嘲啫，一何察惠。舞賦曰：吐哇咬則發皓齒。說文曰：哇，諂聲。哇咬，淫聲也。楚辭曰：鶤雞嘲哳而悲鳴。哇咬嘲哳，聲繁細貌。訣厲悄切，又何磬折。訣厲，謂決斷清冽也。悄切，憂貌。磬折，言其聲若磬形之曲折也。若夫時陽初暖，臨川送離。神農本草曰：春夏爲陽。莊子曰：暖然似春。楚辭曰：登山臨水送將歸。酒酣徒擾，樂闌日移。漢書音義應劭曰：不醒不醉曰酣。擾，謂擾攘裝飾也。鄭玄曰：闌，終也。踈客始闌，主人微疲。韓子曰：穰歲之秋，踈客畢食。文穎漢書注曰：闌，言希也。謂飲酒半罷半在謂之闌。弛絃韜籥，徹填屏簴。杜預左氏傳注曰：弛，解也。韜，藏也。絃，謂琴瑟也。孔安國論語注曰：徹，去也。屏，除也。廣雅曰：長琴三尺六寸六分，五絃。瑟二十七弦也。爾雅曰：大籥謂之産。郭璞注曰：籥如笛，三孔而狹小。廣雅曰：七孔。大塤謂之嘂。郭璞注曰

依宋定圖改正

穎据段君說改

燒土爲之大如鵞子銳上平底形似稱錘六孔小者如雞子䶵謂之䶵郭璞曰䶵竹爲也尺四寸圍三寸一孔上出二寸三分右翹橫吹之小者尺二寸廣雅曰六七孔也爾乃促中筵攜友生解嚴顏擢幽情舞賦曰嚴顏和而怡懌幽情形而外揚披黃包以授甘傾縹瓷以酌酃尚書曰厥包橘柚說文曰縹青白色字林瓷白瓶長頸大禹切鄒陽酒賦曰醪醴既成綠瓷既啓又曰其品類則沙洛淥酃鄔鄉若下齊公之情吳錄地理志曰湘東酃以爲酒有名光歧儼其偕列雙鳳嘈以和鳴光華飾也歧衆管也以其分別故謂之歧或作伎謂光華之伎也西京雜記曰成帝侍郎善鼓琴能爲雙鳳之曲晉野悚而投琴況齊瑟與秦箏子野師曠字晉人故曰晉野杜預左氏傳注曰悚懼也史記蘇秦說齊王曰臨菑其民無不吹竽鼓瑟歌錄有美人篇齊瑟行風俗通曰箏蒙恬所造楚辭曰扶秦箏而彈徽新聲。變。曲。奇韻。橫。逸。縈纏歌鼓網羅鍾律爛熠爚以放豔蔚彯蓬勃以氣出熠爚光明貌。蓬勃泰出貌秋風詠於燕路天光重乎朝日魏文帝燕歌行曰秋風蕭瑟天氣涼傅玄長簫歌有天光篇魏文帝善哉行有朝日篇言既奏天光又奏朝日故曰朝日重也重遂龍切大不踰宮細不過羽鄭玄月令注曰大不過宮細不過羽國語泠州鳩對景王曰臣聞琴瑟尚宮鍾尚羽大不踰宮細不過羽唱發章夏導揚韶武樂動聲儀曰堯樂曰大章禮記曰大章章之也鄭玄曰言堯德章明也樂動聲儀曰舜樂曰大韶禹曰大夏武曰大武協和陳宋混一齊楚樂動聲儀曰樂者移風易俗所謂聲俗者若楚聲高齊聲下所謂事俗者若齊俗奢陳俗利巫也又曰先魯後殷新周故宋然宋商俗也張衡舞賦曰移風易俗限一齊楚邇不逼而遠無攜聲成文而節有敘左氏傳昭公二十九年吳公子札來聘魯人爲奏四代樂爲之歌頌季札歎曰至矣哉邇而不偪遠而不攜節有度守有敘凡人邇近者好在逼迫此樂中乃有不逼之聲凡人極遠者好在攜離此頌中乃有遠不攜離之音毛詩序曰聲成文謂之音彼政有失得而化以醇薄呂氏春秋曰其治厚者其樂厚其治薄者其樂薄樂所以移風於善亦所以易俗於惡孝經曰移風易俗莫善於樂故絲

竹之器未改而桑濮之流已作禮記曰絲竹樂之器也又曰桑間濮上之音亡國之音鄭玄注曰濮水之上地有桑間者亡國之音於此水出惟簫也能研羣聲之清惟笙也能揔衆清之林言衆若林能揔之禮記曰唱和清濁迭相爲經鄭玄曰清謂蕤賓至應鍾濁謂黄鍾至仲吕衛無所措其邪鄭無所容其淫禮記曰鄭衛之音亂世之音非天下之和樂不易之德音其孰能與於此乎禮記曰順氣成象而和樂興焉又曰德音之謂樂周易曰非天下至精其孰能與於此

嘯賦鄭玄毛詩箋曰嘯蹙口而出聲也籀文爲歗在欠部毛詩曰其嘯也歌

成公子安臧榮緒晉書曰成公綏字子安東郡人也少有俊才辭賦壯麗徵爲博士歷中書郎

逸羣公子體奇好異傲世忘榮絶棄人事文子曰傲世賤物不汙於俗漢書曰張良願棄人間事欲從赤松子遊睎高慕古長想遠思謝承後漢書曰陳謙睎高視遠清舉

矯俗馮衍顯志賦曰獨耿介而慕古舞賦曰遠思長想將登箕山以抗節浮滄海以游志箕山已見上文論語子曰道不行乘桴浮於海從我者其由歟於是延友生集同好尚書序曰與我同好精性命之至機研道德之玄奧周易曰乾道變化各正性命管子曰虛無無形謂之道化育萬物謂之德應德璉馳射賦曰窮百氏之玄奧愍流俗之未悟獨超然而先覺禮記曰不從流俗老子曰雖有榮觀燕處超然孟子伊尹曰天生斯民使先知覺後知使先覺覺後覺也狹世路之阨僻仰天衢而高蹈史記曰不從流俗王之阨僻羽獵賦曰狹三王之阨僻孔融薦禰衡表曰龍躍天衢左氏傳齊人歌曰魯人之皐使我高蹈邈姱俗而遺身乃慷慨而長嘯琴賦曰弃事遺身遺身謂其身事楚辭曰臨深水而長嘯于時曜靈俄景流光濛汜廣雅曰耀靈日也俄邪也歸田賦曰於時曜靈俄景楚辭曰出自湯谷次于濛汜淮南子濛汜日所入處逍遙攜手踟跦步趾廣雅曰蹢躅踟跦也踟跦與踟蹰古字通左氏傳蔿啓彊謂魯

侯曰今君若步玉趾發妙聲於丹脣激哀音於皓齒神女賦曰朱脣的其若丹楚辭曰美人皓齒嫮以姱響抑揚而潛轉氣衝鬱而熛起言聲在喉中而轉故曰潛也熛起言疾字林曰熛飛火也協黃宮於清角雜商羽於流徵黃宮謂黃鍾宮聲清角已見上文宋玉風笛賦曰吟清商追流徵飄遊雲於泰清集長風乎萬里言所感幽深有同龍虎聖主得賢臣頌曰虎嘯而風冽龍興而致雲氣泰清天也鶡冠子曰上及泰清下及泰寧響絕遺餘玩而未已良自然之至音非絲竹之所擬是故聲不假器用不借物近取諸身役心御氣周易曰近取諸身動脣有曲發口成音觸類感物因歌隨吟大而不夸細而不沈夸漫也琴道曰大聲不震譁而流漫細聲不湮滅而不聞清激切於竽笙優潤和於瑟琴玄妙足以通神悟靈精微足以窮幽測深老子曰玄之又玄衆妙之

門禮記曰夫禮樂逼乎鬼神窮高遠而測深厚精微已見上文收激楚之哀荒節北里之奢淫楚辭曰宮庭震驚發激楚王逸曰激楚清聲也史記曰紂使師涓作淫聲北里之舞靡靡之樂濟洪災於炎旱反亢陽於重陰言有洪水之災濟之以炎旱有亢陽之災反之於重陰說苑曰湯時太旱七年煎沙爛石靈寶經曰禪黎世界墜王有女字姓音生仍不言年至四歲王恠之乃棄女於南浮桑之阿空山之中女無糧常日咽氣引月服精自然充飽忽與神人會於丹陵之舍柏林之下姓音右手題赤石之上語姓音汝雖不能言可憶此文也遣朱宮靈童下教姓音治弟之術授其釆書八字之音於是能言於山出還在國中國中大枯旱地下生火人民焦燎死者過半穿地取水百丈無泉王悕懼女顯其真爲王仰嘯天降洪水至十丈於是化形隱景而去唱引萬變曲用無方鄭玄論語注曰方常也和樂怡懌悲傷摧藏摧藏自抑挫之貌言悲傷能挫於人琴操王昭君歌曰離宮絕曠身體摧藏時幽散而將絕中矯厲而慨慷矯舉也徐婉約而優遊紛繁鶩而激揚

飄眇音亡佈繚眺

列〻音亦作烈〻

依

漢依注當作幕 注

依漢書改

罽賓

情既思而能反心雖哀而不傷毛詩序曰關雎哀而不傷總八音之至和固極樂而無荒毛詩曰好樂無荒若乃登高臺以臨遠披文軒而騁望新語曰高臺百仞文軒彫窗楚辭曰白薠兮騁望喟仰抃而抗首嘈長引而憀亮憀亮已見上文或舒肆而自反或徘徊而復放孔安國尚書傳曰肆緩也或冉弱而柔撓或澎濞而奔壯說文曰冉弱長貌上林賦曰柔撓嫚嫚橫鬱鳴而滔涸洌飄眇而清昶滔涸如水之滔漫或竭涸也飄眇聲清長貌眇亡鳥切爾雅曰涸竭也字林曰洌寒貌逸氣奮涌繽紛交錯列列飈揚啾啾響作奏胡馬之長思向寒風乎北朔古詩曰胡馬思北風又似鴻鴈之將鶵羣鳴號乎沙漠似鴈之音已見琴賦字林曰鳴聲也大曰鴻小曰鴈漢武帝元朔六年衛青將六將軍絶幕應劭曰幕匈奴之南界傳贊沙土曰幕今案決幕漫也西域傳曰罽賓國以銀爲錢文爲騎馬幕爲人面

嫚〻

靄音之反別本

如湇曰幕音漫韋昭曰幕錢背也然則漫幕同義古詩曰此匈奴中沙漫地也崔浩謂之河底故李陵歌曰徑萬里兮度沙漠是也猶今人呼帳幔亦曰幕可依字讀義無奭今書或作漠音訓同說文曰漠北方流沙

故能因形創聲隨事造曲應物無窮機發響速怫鬱衝流參譚雲屬怫扶勿切淮南子曰通古之風氣以貫譚萬物之理譚猶着也參譚不絕又曰龍舉而景雲屬若離若合將絕復續飛廉鼓於幽隧猛虎應於中谷楚辭曰後飛廉使奔屬王逸曰飛廉風伯也毛詩曰大風有隧春秋元命苞曰猛虎嘯谷風起類相動也南箕動於穹蒼清飈振乎喬木毛詩曰維南有箕春秋緯曰月失其行離于箕者風爾雅曰穹蒼蒼天也毛詩曰南有喬木散滯積而播揚蕩埃靄之溷濁國語泠州鳩曰太蔟所以金奏贊陽出滯也姑洗所以脩絜百物考神納賓鄭玄儀禮注曰播散也風賦曰駭溷濁揚腐餘說文曰溷亂也變陰陽之至和移淫風之穢俗禮記曰夫禮樂行乎陰陽又曰移風易俗鄭玄曰樂用之則正

人和陰陽若乃遊崇岡陵景山臨巖側望流川坐盤石漱清泉景山大山也聲類曰盤大石也說文曰漱盪口也藉皐蘭之猗靡蔭脩竹之蟬蜎楚辭曰皐蘭被徑斯路漸猗靡隨風之貌楚辭曰嬋娟之脩竹枝乘兎園賦曰脩竹檀欒乃吟詠而發散聲駱驛而響連駱驛不絶貌舒蓄思之悱憤奮久結之纏緜論語子曰不憤不啓不悱不發字書曰悱心誦也芳匪切纏緜已見上注心滌蕩而無累志離俗而飄然莊子曰聖人無天災無物累淮南子曰單豹背世離俗若夫假象金革擬則陶匏孔安國尚書傳曰象法也禮記曰器用陶匏尚禮然也衆聲繁奏若笳若簫磞硠震隱訇礚聊嘈字林曰礚大聲也磞芳宏切硠音郎聊音勞嘈音曹發徵則隆冬熙蒸騁羽則嚴霜夏凋動商則秋霖春降奏角則谷風鳴條列子曰鄭師文學琴於師襄師襄曰子之琴何如師文曰請嘗試之於是當春而叩商絃以召南呂凉風忽至草木成實及秋而叩角絃以激

此段複

夾鍾溫風徐廻草木發榮當夏而叩羽絃以召黃鍾霜雪交下川池暴冱及冬而叩徵絃以激蕤賓陽光熾烈堅冰立散師襄曰雖師曠之清角鄒衍之吹律無以加之張湛曰商金音屬秋南呂八月律角木音屬春夾鍾二月律羽水音屬冬黃鍾十一月律徵火音屬夏蕤賓五月律鄭玄禮記注曰喜蒸也聲類曰喜熙字

音均不恒曲無定制鶡冠子曰五聲不同均然其可喜一也晉灼子虛賦注曰文章假借可以協韻均與韻同均古韻字也

行而不流止而不滯已見上文

隨口吻而發揚假芳氣而遠逝音要妙而流響聲激嚁而清厲激嚁清疾貌嚁音翟

信自然之極麗羌殊尤而絕世杜預左氏傳注曰尤異也

越韶夏與咸池何徒取異乎鄭衛樂動聲儀曰黃帝樂曰咸池韶夏鄭衛已見上文

于時緜駒結舌而喪精王豹杜口而失色孟子曰王豹處淇而善謳綿駒處唐而齊右善歌言二人以歌謳化齊衛之國鄧析子曰左右結舌西京賦曰喪精亡魄漢書鄧公曰杜忠臣之口莊子曰見夫子之失色

虞公輟聲而止歌甯子檢手而歎息晏子春秋虞公善歌以新聲惑景公晏子退朝而拘

之漢興又有虞公即劉向別録曰有人歌賦楚漢興以來善雅歌者魯人虞公發聲清哀遠動梁塵其世學者莫能及淮南子曰甯戚欲干齊桓公窮困無以自達於是爲商旅宿齊郭門之外桓公郊迎開門辟任車爝火甚盛從者甚衆戚飯牛車下望桓公而悲擊牛角而疾商歌曲甯戚衛人商金聲清故以爲曲歌曰出東門兮厲石班上有松栢兮青且蘭麁布衣兮縕縷時不遇兮堯舜牛兮努力食細草大臣在爾側吾當與爾適楚國應劭曰齊桓夜迎客甯戚疾擊其角商歌曰南山崖崖白石爛生不遭堯與舜禪短布單衣適至骭從昏飯牛薄夜半長夜瞑瞑何時旦七略曰漢興善歌者魯人虞公發聲動梁上塵呂氏春秋曰甯戚至齊暮宿於郭門之外桓公郊迎客夜至闗門甯戚飯牛望桓公而悲擊牛角疾歌桓公聞之歌者非常人也命後車載之史記春申君曰秦楚臨韓韓必斂手鍾期棄琴而改聽孔父忘味而不食論語曰子在齊聞韶三月不知肉味孔安國曰不圖於韶樂之至於斯周生烈曰孔子在齊聞韶樂之盛故忽忘肉味王肅曰不圖作韶樂之至於此此齊也百獸率

舞而抃足，鳳皇來儀而拊翼。尚書夔曰：於予擊石拊石，百獸率舞；簫韶九成，鳳皇來儀。孔安國曰：雄曰鳳，雌曰皇，靈鳥也。儀，有容儀也。備樂九奏而致鳳皇也。乃知長嘯之奇妙，蓋亦音聲之至極。晉書：阮籍字嗣宗，陳留尉氏人，容皃環傑，志氣宏放，尤好莊老，嗜酒能嘯。籍嘗於蘇門山遇孫登，與商略終古栖神道氣之術，登皆不應。籍因長嘯而退，至於半嶺，聞有聲若鸞鳳之音，響乎巖谷，乃登之嘯也。

文選卷第十八　壬戌六月廿七日畢　侃温